《雲門廣錄》詞彙探析

周碧香—著

目　錄

第一章

緒　論

　　本研究以雲門宗開山祖師文偃禪師《雲門匡眞禪師廣錄》（以下簡稱《雲門廣錄》）爲語料，研究其詞彙現象。本章說明研究背景與動機、研究目的、研究方法、研究對象及章節架構。

第一節　研究背景與動機

　　筆者長期關注近代漢語詞彙、早期禪家語錄的語言現象，因執行計畫，接觸保留禪宗文獻較多的《卍續藏》、《嘉興藏》等大藏經，得以閱讀更多近代漢語初期的語錄；深深地受到禪家極富個人風格的用語、不同家門引渡學人活潑的門法、豐富的機鋒應對所吸引。往下說明研究動機與背景。

一、思索早期禪家語錄的價值

　　禪宗是佛教中國化的代表，晚唐五代是禪宗快速發展、變化的時代，此時開展出適應行腳天下、接應四方的新形勢，創造行禪的新形式，保存於禪宗語錄之中。

　　禪宗語錄，承襲印度佛文化的結集傳統，內容以「長行」（gadya）、「偈」（包括「伽陀」、「祇夜」）間雜，以「偈」爲中心的佛經體，是新型的語錄體（張子開2009：519）。

> 語錄體是對傳統佛教的革命，顛覆了六朝以來佛教注經的傳統，強調了佛陀教學中口傳的性質。這種重口傳而反對書寫的作風，在8世紀以後的禪門話語中被廣泛地應用。（龔隽2006：303-304）

祖師的「語錄」實際代表傳教形式的革變。禪宗視語言文字爲方便法門，原不立文字，故早期以口頭傳播爲主；語錄，因學子聽禪師說法之際，或筆記或口誦，以作爲修習指導，以「備忘」形式記錄禪師

垂示的內容，立意本爲方便複習和修行之用；因行腳風氣盛行，僧侶相互往來、機鋒對答、舉說話題，經由不同禪師詮釋、見解，再流傳四方、不同禪師詮釋、記錄、傳誦，構成「說、記、傳、釋」不斷循環的歷程，這些話語成了叢林之間傳抄、討論的「話頭」。最終於禪師辭世後集記，藉此總結禪師遺誡、統一異說，當作本派傳承所本（張子開2009：519）。

　　然而，機緣不一，並不是每部語錄均能即時刊刻成書，或流傳於叢林之間；或成爲史傳書籍如《祖堂集》、《景德傳燈錄》的材料；或待後世有心人士輯錄、刊印。有幸收錄於史傳者因全書體例考量，僅選取禪師部分言論；由後世刊印者，卻因其時間較後、有更改之可能性飽受質疑。如是現象，屢屢阻礙了我們探索禪師言論及禪理的道路。

　　時間，自然是版本選擇考量的因素，倘若能考量禪宗語錄的特質和流傳事實，更能吻合語料性質。如上述所言，並不是每部語錄均能刊刻成書，更何況是即時纂修成書。以禪宗五家祖師爲例，僅臨濟宗義玄及雲門宗文偃二位禪師圓寂，旋即由弟子纂集成書，但現存最早的版本皆是北宋宣和二年（西元1120）書後題有「住福州鼓山圓覺苾芻宗演重開」的刊刻本；其餘三家祖師則至後世才編印成書，又次之；無數的禪師身後未能有得意弟子、後繼者蒐羅其言談、付梓，任其湮沒於歷史的長河之中，相較之下，二家祖師當屬幸運。然而，《臨濟錄》、《雲門廣錄》仍因印行時間而備受質疑非一手資料。細究之，「重開」二字，意謂重開雕版刻印，表示之前曾刊印過，今人重新印行，《論語》、佛經類此；況且《論語》和佛經爲後人輯印成冊，未曾有人提出《論語》非孔子的思想、佛經非佛祖所言的臆說。相較之下，禪家語錄何其不幸呢？

　　理應爲代表性語料，因著流傳的自由，版本、成書時間的不確定，阻礙著早期禪籍語言的研究；形成禪宗語言研究，長期以後世資料爲主的現象，如《五燈會元》、《景德傳燈錄》、《古尊宿語要》、《古尊宿語錄》皆爲熱門材料，前二者屬燈錄體，史傳意義

較高,禪家語錄僅是內容之一;後二者雖時間較晚,但為語錄的總集,蒐羅具語錄性質者多於前二者。此四者對禪家語錄,實具保存之功;然如欲據此了解某一禪家思想全貌,實無可能,故應當探溯其源頭——語錄,方得以完整、完備、完善。

　　禪家語錄堪稱是後世燈錄體、禪宗史傳的沃土,記錄禪師引人開悟的言行,孕育後世的文字禪、看話禪。禪宗語錄是兼具宗教思想、文化及語言運用的特殊典籍。就語言演變來看,禪僧語錄是佛典語言的一員、近代漢語的代表語料,是漢語詞彙雙音化之後進一步發展的紀錄,早期禪宗典籍是近代漢語初期最為珍貴的語料。

　　筆者近些年著手閱讀、整理晚唐五代禪宗文獻,初以現存燈錄之祖《祖堂集》為語料,再溯及五家祖師的語錄,初步完成臨濟宗祖師《傳心法要》和《宛陵錄》、《臨濟錄》的整理工作,目前著手分析《雲門廣錄》,將其詞彙整理結果對比分析、描寫,得以歸納近代漢語初期禪宗的詞彙現象。

　　晚唐五代禪籍語言研究是長期被忽略、亟待耕耘之地,學術界能考量語錄一體的特質,重新認識其價值,是為筆者之望禱。

二、禪宗語言研究偏頗的現象

　　筆者蒐集的禪宗文獻語言研究約有四百七十七篇(參見〈附錄禪宗語言研究成果〉),整理分析後,歸納三個明顯的現象,說明如下:

(一) 語料年代含混

　　學術界注意到禪宗文獻語言的特殊性,投入心力研究之,以禪宗語言為題的專書有于谷1995《禪宗語言和文獻》、張美蘭1998《禪宗語言概論》、周裕鍇1999《禪宗語言》、周裕鍇2009《禪宗語言研究入門》;或單篇論文如袁賓1988〈禪宗著作裡的口語詞〉、袁賓1989〈再談禪宗語錄中的口語詞〉、郭維茹2000〈試論禪宗語錄反映的情態體系〉、王錦慧2002〈從禪宗語錄看事態助詞「來」的

用法與產生〉、韓維善2004《五種禪宗語錄中的虛詞研究》、盧烈紅2005〈禪宗語錄詞義札記〉、張子開、張琦2008〈禪宗語言的種類〉、李艷琴2013〈禪籍衙門俗語宗門義管窺〉、王長林2015〈禪宗文獻語詞析疑〉等,大多未標示語料時代。

標示時代者,標示「唐」或「晚唐」者有三十六筆,如馬伯樂撰、馮承鈞譯1944〈晚唐幾種語錄中的白話〉、高名凱1948〈唐代禪家語錄所見的語法成分〉、郝慰光1985《唐朝禪宗語錄語法分析》、楊秀明2008〈從《祖堂集》看唐末閩南方言「仔」綴語詞的發展〉等篇;稱「隋唐五代」者,周碧香2002〈隋唐五代漢文佛典中的助詞「個」〉;標示「唐五代」者,如李福唐2006〈《祖堂集》中所見晚唐五代複音介詞〉、周碧香2013〈從晚唐五代禪籍探究漢語詞彙的類化現象〉等;僅稱「五代」者,周碧香2011〈五代禪籍「V諸」的詞彙化──從古漢語「諸」說起〉;只稱「宋代」者,具熙卿1998《宋代禪宗語錄被動式語法研究──以被字句、為字句為例》;「唐宋」合稱較多有二十筆,如王群2006〈唐宋禪宗文獻「自X」類詞的歷史形成〉、具熙卿2007《唐宋五種禪宗語錄助詞研究》、張鵬麗2009〈唐宋禪宗語錄特殊選擇疑問句考察〉、譚世寶2012〈略論唐至遼宋禪宗對悉曇文字及漢語言文字研究之貢獻〉、王閏吉2013〈唐宋禪錄疑難語詞考釋四則〉、鞠彩萍2014〈唐宋禪籍詈稱的深層文化折射研究〉、康健2015〈唐宋禪錄中的「是即/則是」句式〉等,所用語料以宋代資料為主。

如是,年代含混,無法據此建構歷史語法、詞彙演變,顯示詞彙研究存有努力的空間。

㈡ 集中於少數幾部典籍

禪宗語言的研究,集中於少數幾部經典,如五代《祖堂集》、宋朝《五燈會元》、《景德傳燈錄》、《古尊宿語要》等。

研究《祖堂集》尤最,已達一百八十篇,占禪籍語言研究總數37.7%,如孫錫信1983〈《祖堂集》中的疑問代詞〉、曹廣順

1986〈《祖堂集》中與語氣助詞「呢」有關的幾個助詞〉、伍華1987〈論《祖堂集》中以「不、否、無、摩」收尾的問句〉、刁晏斌1994〈《祖堂集》正反問句探析〉、宋寅聖1996《《祖堂集》虛詞研究》、王錦慧1997《敦煌變文與《祖堂集》疑問句比較研究》、周碧香2000《《祖堂集》句法研究——以六項句式為主》、張美蘭2003《《祖堂集》語法研究》、章正忠2005《《祖堂集》詞彙研究》、林新年2006《《祖堂集》動態助詞研究》、鞠彩萍2006《《祖堂集》謂語動詞研究》、余溢文2007《《祖堂集》代詞研究》、王閏吉2010《《祖堂集》語言問題研究》、嚴寶剛2011〈從《祖堂集》看唐五代時期的名詞化標記「底」〉、周北南2013〈《祖堂集》方位詞「前」語法特徵〉、周碧香2015〈從《祖堂集》談「个」的語法化與詞彙化——兼論與「底（地）的關係」〉、高婉瑜2016〈《祖堂集》的勘驗詞〉等。《祖堂集》的研究成果可謂豐碩，然而也存在著重出的事實，如李福唐2005《《祖堂集》介詞研究》和田春來2007《《祖堂集》介詞研究》、宋殿偉2008《《祖堂集》方位詞研究》和周玉妤2008《《祖堂集》方位詞研究》、張美蘭2003《《祖堂集》語法研究》和曹廣順、梁銀峰、龍國富2010《《祖堂集》語法研究》等。

以北宋《景德傳燈錄》為語料者，如祖生利1996〈《景德傳燈錄》的三種複音詞研究〉、李斐雯2001《《景德傳燈錄》疑問句研究》、祖生利2001〈《景德傳燈錄》中的補充式複音詞〉、馮國棟2005〈從《景德傳燈錄》看禪宗語言的文學性〉、胡靜書2006《《景德傳燈錄》介詞研究》、張泰2009〈《景德傳燈錄》成語研究〉、黃新強2011《《祖堂集》與《景德傳燈錄》連詞比較研究》、符筱筠2012《《景德傳燈錄》中「來」、「去」二詞研究》、聶娟娟2014〈《景德傳燈錄》中問人的疑問代詞研究〉等共二十六篇，占5.5%。

以南宋《五燈會元》為語料者共四十三篇，占9.0%，如袁賓1987〈《五燈會元》口語詞探義〉、袁賓1990〈《五燈會元》口

語詞選釋〉、段觀宋1994〈《五燈會元》俗語言詞選釋〉、滕志賢
1995〈《五燈會元》詞語考釋〉、張美蘭1996〈論《五燈會元》
中同形動量詞〉、黃靈庚1999〈《五燈會元》詞語札記〉、具熙卿
1999〈《五燈會元》、《碧巖集》、《景德傳燈錄》中所見的被字
句分析〉、武振玉2001〈《五燈會元》中的是非問句與選擇問句初
探〉、孟豔紅2004《《五燈會元》程度副詞研究》、闞緒良2004
《《五燈會元》虛詞研究》、王遠明2006《《五燈會元》量詞研
究》、鄒仁2008《《五燈會元》動態助詞研究》、殷偉2009〈《五
燈會元》中「T，是否？」句式研究〉、惠紅軍2009〈《五燈會元》
中的處置式〉、王遠明2010〈《五燈會元》量詞的語義特徵〉、方
吉萍2012〈《五燈會元》中「相似」比擬句式〉、楊潔2012《《五
燈會元》祈使句研究》、李旭2014〈《五燈會元》詞語札記〉等。

　　研究南宋《古尊宿語要》和《古尊宿語錄》的語言現象者，如
盧烈紅1998《《古尊宿語要》代詞助詞研究》、劉海平2005《《古
尊宿語要》疑問句研究》、劉勇2005《《古尊宿語錄》疑問句研
究》、廖顯榮2009〈《古尊宿語要》中介詞「以」淺探〉、丁治民
2010〈《古尊宿語錄》偈頌用韻考〉、惠紅軍2012〈《古尊宿語
錄》量詞句法功能的語法等級〉、王籽齷2014〈《古尊宿語錄》中
方位詞「上」的用法分析〉等合計十八篇，占3.8%。

　　唐代禪籍語言的研究成果，綜合性者共四篇，如馬伯樂撰、馮
承鈞譯1944〈晚唐幾種語錄中的白話〉、高名凱1948〈唐代禪家語
錄所見的語法成分〉、郝慰光1985《唐朝禪宗語錄語法分析》、黃
秀琴2000〈試論唐代禪宗詩偈語言表達方式的轉變——言外見意〉
等；專對一部典者，研究《六祖壇經》者二十篇占4.2%，如王文杰
2000《《六祖壇經》虛詞研究》、張澤寧2004〈《六祖壇經》中助
動詞「得、須、可、敢、能」的使用法〉、邱湘雲2004〈《六祖壇
經》及其語言研究考述〉、王夢純2007〈《六祖壇經》中的「是」
字判斷句的考察〉、陳年高2006〈敦博本《壇經》的動補結構〉、
馬梅玉2008〈《六祖壇經》中的兼語式與現代漢語中的兼語式的比

較〉、張舒翼2011《敦煌本《六祖壇經》連詞研究》、呂佩2014
《《六祖壇經》複音節複合詞義構詞法研究》等;研究《趙州語
錄》者四篇,如歐陽宜璋2002〈「趙州無」的語言符號解讀〉、歐
陽宜璋2002〈趙州公案語言的主位推移與問答結構分析〉、洪瀟瀟
2011〈略論禪宗的語言運作機制——以趙州禪中心〉等;研究《傳
心法要》者僅周碧香2010〈《傳心法要》多重構詞探究〉一篇;研
究《臨濟錄》者,有曲曉春2011《《臨濟錄》疑問句研究》、周碧
香2012〈從《臨濟錄》談早期禪宗語錄的詞彙特點〉、汪維輝2016
〈有關《臨濟錄》語言的幾個問題〉三篇。此外,尚有《雲門廣
錄》、《馬祖語錄》等禪籍仍待整理與研究,目前為止亦未見《雲門
廣錄》的語言現象者。整體而言,唐代禪籍語言研究顯得單薄。

　　綜上所述,不論在成果的數量、典籍、研究角度諸方面,目前語
言學界仍集中探究少數幾部典籍,尤其唐代禪籍的語言現象尚待有志
之士開拓與耕耘。

(三) 禪宗詞彙研究尚待深化

　　禪宗詞彙的研究成果計三百一十七篇,占禪宗語言研究66.5%,
較音韻、句法來得多,顯示禪宗語言研究偏重於詞彙研究。

　　觀察詞彙研究各個次領域,以詞類研究最為突出,總計
一百三十五篇,占詞彙研究42.6%,尤以助詞、疑問詞、名詞、副詞
四類較多。餘者,詞語釋義七十六篇占24.0%,慣用語四十八篇占詞
彙研究15.1%,構詞二十八篇占詞彙研究8.8%,單字詞十八篇占詞彙
研究5.7%,綜合者十二篇占詞彙研究3.8%。如是,充分地展現了詞
彙次領域研究的不平均。

　　研究構詞現象,如馮淑儀1994〈《敦煌變文集》和《祖堂集》
的形容詞、副詞詞尾〉、祖生利2001〈《景德傳燈錄》中的補充式
複音詞〉、祖生利2002〈《景德傳燈錄》中的聯合式複音詞〉、汪
允2005《《祖堂集》與《景德傳燈錄》詞尾研究》、齊煥美2006
《《祖堂集》詞綴研究》、周碧香2006〈《祖堂集》「所」字探

析──「所V」詞化蠡析〉、齊煥美、裴蓓2007〈《祖堂集》附加式構詞考察〉、周碧香2010〈《祖堂集》聯綿詞探析〉、周碧香2010〈《傳心法要》多重構詞探究〉、周碧香2011〈五代禪籍「V諸」的詞彙化──從古漢語「諸」說起〉、張麗2011〈《祖堂集》中兩組倒序詞的梳理〉、呂佩2014《《六祖壇經》複音節複合詞義構詞法研究》、周碧香2014〈《祖堂集》音譯詞及相關詞彙探析〉、張鵬麗2015〈《碧巖錄》五類結構複音詞研究〉等共二十八篇。就使用材料而言，仍以《祖堂集》、《景德傳燈錄》為主，禪宗詞彙構詞現象的研究仍待補足。

綜合上述，集中少數詞類或偏重幾部典籍，顯示研究的偏頗。此種現象，或許與宋代禪宗文獻的數量較多、編纂較完整有關；但若以宋代典籍為據，實則難以掌握禪宗典籍初始語言的全貌。準此，筆者關注禪宗文獻的語言變化，分析、描寫《雲門廣錄》詞彙現象，期許更了解近代漢語初期詞彙發展的樣貌。

第二節　研究目的

筆者致力整理早期禪宗文獻的工作，詳究溝通禪宗研究與語言研究、揭櫫早期禪家語錄的價值、觀察複音化初期的詞彙情況為要務。

一、溝通禪宗研究與語言研究
禪宗語言是佛宗與漢語史研究相交疊之處，禪宗著作是中國佛教的重要文獻，禪宗文獻語言正值中古漢語和近代漢語的過渡時間，兼具俗語言及當代語言的性質。

二十世紀以來禪宗語言研究主要以《五燈會元》、《祖堂集》、《景德傳燈錄》等幾部禪籍為語料，二三十年來蓬勃發展，取得若干成績；但存在著宗教與語言兩個領域絕緣的現象：

　　自八十年代以來，禪宗語言問題受到語言學者的普遍關
注，不過，大多數語言學者只對禪宗語言作唐宋口語的
活化石性質感興趣，而不去考慮禪宗語言觀念和實踐的
歷時性變化，也不太關心禪宗語言中蘊藏的宗教的或哲
學的精神。所以儘管禪宗思想和禪宗語言都成為當代學
術研究的熱點，並都取得了相當可觀的成果，而二者卻
基本處於相互隔絕、不相往來的狀態。……因為離開語
言研究，無法真正理解禪宗宗教革命的意義，燈錄所載
固然不是信史，但其中祖師的言行，最能體現禪宗中國
化的精髓，有一種語境的真實。而離開思想史研究，也
無法準確理解禪語語法所特有的邏輯、禪語詞彙所特有
的詞義、禪語修辭所特有的功能。（周裕鍇2009：3-4）

此情勢侷限了禪宗語言研究。因著禪宗特殊的宗教觀、悟道和思辨方
式，造就了極具特色的禪宗語言，尤以淳樸鄙野的詞語最受矚目，
是研究漢語史、唐宋時代口語的重要材料。然而，倘若考量禪宗語言
的完整性，還包括1.如實語，即世俗語言；2.教法語，即佛教通用
語；3.叢林語，禪宗獨創語；4.悖理語，指宗門開悟語；5.副語言
文字，包括機鋒、動作、表情神態、非語言文字形式的聲音等（張
子開、張琦2008），都應該全面觀照，尤其是後面三者，更是禪
宗最為特殊的部分。況且，禪錄源於佛典傳統的偈頌，或舉引「公
案」、「話頭」，亦非全然的口語，更可體現禪宗詞彙的多樣性。

　　如何通過禪宗語言實踐的歷史觀照，探尋其蘊藏的宗教精神，是
當前禪籍詞語研究之務。筆者立基於普通語言學，汲取禪宗思想、源
流、派別等相關知識，聚焦於禪宗語言複音詞，嘗試溝通禪宗研究與
語言學研究兩個面向。

　　本研究分析《雲門廣錄》詞彙運用的情形，期能掌握雲門宗典籍
詞語的特點，且因考慮禪家語言的特殊性，不排除非口語的形式，以
能了解詞彙體系的發展與運用；更期許自己在詞彙形式之餘，兼顧宗

教哲理及禪宗特殊的思維模式，彌補語言、禪宗兩大研究領域絕緣之
憾。

二、揭櫫早期禪宗語錄的價值

本研究旨呼籲學界對於早期禪家語錄的關注，由宗教和語言兩方
面探討其價值。

㈠ 宗教上的價值

禪宗脫胎於佛教，演化爲全新的、不同於佛教、印度禪的「宗
教」，展現出全新格局、嶄新風貌的中國式佛教。晚唐五代是禪宗重
新調整的時代，在有形、無形的情勢，使得佛教快速地禪宗化、禪
宗地域化。禪宗至此承擔起佛教在精神層面的功能，滿足社會的需
要，邁向歷史的巔峰，聚徒立說、宗派紛呈，呈現百花齊放的繁榮景
象。

禪宗南宗在唐朝後期至五代，迅速發展成爲禪宗主流，分衍五個
流派，自南嶽懷讓法系形成臨濟宗、潙仰宗；青原行思的法系下形成
曹洞宗、雲門宗和法眼宗，此乃禪宗五家，史稱「一花開五葉」。臨
濟宗至宋又產生黃龍派與楊岐派，合稱七宗。師資演化之外，所處的
時間、地域和社會等各方條件，都是決定禪宗多樣化的因素。

唐五代禪宗文獻，鮮少表現出亂世的離難和悲吟、極度悲觀或厭
生，與原始佛教「修死之道」大異其趣，此時禪宗轉爲爲生存者提供
精神慰藉，成爲穩定人心的力量。這樣一個苦難後充滿生命力的時
代，若欲把握禪宗精髓，從五家七宗祖師的語錄入手，是爲最佳路
徑。

㈡ 語言上的價值

禪宗語言一方面是傳播禪宗文化的媒介，一方面是建築在禪宗思
想而成的符號。語錄，乃門人輯錄禪師訓示而成，根據語錄所見，禪
家的語言是極具魅力、吸引人的，誠如日本學者所言：

　　　　禪家能夠自由地、直率地表述自己的信仰並付諸行動。
　　　　作為記載他們言行的唐代語錄，比起宋代以後的禪語錄
　　　　來，個性色彩就鮮明得多，而且具有一種潑辣的風格。
　　　　那時的各位禪師所說的話，即使是一言一語，也都是只
　　　　有他自己纔能說出來的，表現著他的整個人格。（入矢
　　　　義高1994：4）

禪師著重隨機、隨緣式接引學人、機鋒相對的禪辯，深富個人魅力的
語言，在早期禪宗典籍中俯拾可見。

　　活潑生動、口語化的語言是禪宗語言受青睞之因，馬伯樂
（1944）、高名凱（1948）將禪家語錄譽為「最早的白話文」；
或將禪宗語錄與敦煌俗文學，並列為兩批重要的口語文獻（于谷
1995：103）；蔣紹愚稱之為「為特定目的而作的口語的實錄」（蔣
紹愚1994：18），全然肯定禪宗文獻語言在觀察漢語演進歷史的價
值。如何借助禪宗文獻以建立近代漢語詞彙系統理論、詞義系統，是
值得關注的研究議題，更為筆者努力的方向。

　　我們不應侷限於關注禪宗文獻的俗語、口語，理當擴及其他面向
的詞彙研究；誠如「它豐富了漢語詞彙。展現了唐宋時期漢語詞彙
的概貌，這些有助於我們構建近代漢語詞彙系統理論。」（張美蘭
1998：13）

　　禪宗語言並非僅具時代性的通俗語、口語，還包括源自於漢譯佛
典的詞語，或源於禪師的發明和改造的「行話」。行話與口語組構了
禪宗語言，故梳理工作不可或缺。

　　揭櫫早期禪宗語錄的價值是筆者研究的主要動力，禪師深富個人
魅力的語言代代相傳，積累成經過時間淬鍊的語言和容易記憶的形
式，乃是禪師個人的思想及生命的心路歷程；這些語言，被記錄、客
觀化，即成了「語錄」，它們在禪宗史及語言史上深具價值。禪僧語
錄則是佛典語言的一員、近代漢語的代表語料，是漢語詞彙雙音化後
再次發展的紀錄。

　　早期禪籍語言研究是長期被忽略、亟待耕耘之園地。筆者以雲門宗《雲門廣錄》爲研究對象，逐一分析其各類構詞法複音詞的特點。

三、觀察複音化初期的詞彙現象

　　兩個音節以上構成的詞彙，稱爲複音詞。詞彙是語言體系裡變化最爲快速的一環。漢語詞彙結構由單音節發展而爲雙音節，甚至多音節，謂之複音化（complex tone）。複音化爲漢語詞彙發展的方向，複音詞則爲漢語詞彙的主體。此歷程大抵自先秦始，東漢快速成長，至唐代以雙音節爲主的詞彙系統已然建立，近代漢語又進一步發展（董秀芳2002：8）。

　　關於近代漢語初始時期，大抵有隋末唐初、晚唐五代、宋元三說。語言歷史分期的依據何在？

　　　　語言的歷史分期是應該由語言發展的內部規律來決定
　　　　的。（王力1988：45）
　　　　從語音、語法、詞彙三方面來看，是哪一方面的大轉變
　　　　可以認爲語言發展的關鍵呢？我們認爲應該以語法作爲
　　　　主要的根據。語法結構和基本詞彙是語言的基礎，是語
　　　　言特點的本質。而語法結構比基本詞彙變化得更慢。如
　　　　果語法結構發生了顯著的變化，就可以證明語音的質變
　　　　了。（王力1988：47）

　　筆者歸納《祖堂集》的句法表現，承襲上古漢語及中古漢語，不斷修正，產生新的成分和用法，影響至後世用法，如是新舊兼具的特色，實具承先啓後的意義，故而認同呂叔湘等人「把近代漢語的開始定在晚唐五代即第九世紀」的說法（周碧香2004：456）。

　　近代漢語，處於古漢語走向現代漢語的過渡時期，晚唐五代即是漢語複音化穩定、完成時期，是漢語發展的重要階段。此時因受社會

環境變化的影響，在詞彙上有明顯的變化，如複音詞大量增加、產生新構詞方式、詞綴的增減等（蔣紹愚1994：286），實是漢語詞彙發展史重要的時期。

　　全面地看，近代漢語詞彙的研究包含幾個方面：詞語的考釋、常用詞演變的研究、構詞法的研究、各階段詞彙系統的研究、近代漢語詞彙發展史的研究（蔣紹愚1994：270）；其中以詞語考釋的研究最早、研究成果也最為豐碩，但是在構詞、各階段的詞彙系統及常用詞演變等方面，則顯得薄弱，尤其對詞彙系統、詞彙發展規律最為缺乏（蔣紹愚1994：251）。

　　　　要講整個近代漢語詞彙發展史，就應當先把近代漢語各
　　　　個歷史階段的詞彙系統弄清楚，然後才能進而研究下一
　　　　個階段比之上一個階段有哪些繼承，有哪些發展。這件
　　　　工作，現在條件還不成熟。但也可以從局部做起，即考
　　　　察某些詞語的歷史變化，並注意尋找詞彙發展變化的規
　　　　律。（蔣紹愚1994：288）

　　經過十多年學者們的努力，中古、近代漢語詞彙的研究成果豐碩，董志翹（2004）呼籲二十一世紀在微觀研究大量成果之外，應有更多從宏觀角度、從理論角度的專著，並古今通觀、前後關照；以中土傳世的口語性文獻為主要對象，以漢譯佛典作為旁證材料。

　　承上，研究近代漢語詞彙不應停留在詞語考釋，更要注意構詞法、常用詞演變、專書詞彙、詞彙發展史等面向，通過縱向、橫向的研究，全面地探索近代漢語詞彙的面貌，了解漢語的變化，總結出語言發展變化的普遍性規律，將有益於普通語言學研究。

　　複音化是漢語詞彙發展的成果，即漢語詞彙的結構性改變、演化。若僅就詞彙的音節數由少而多的現象來談，會較顯侷限，故近年來漢語詞彙研究漸以「詞化」或「詞彙化」表示之。詞彙化（lexi-calization/morphologization）指「短語等非詞單位逐漸凝固或變得緊

湊而形成單詞的過程」（董秀芳2002：35）。即從非詞到詞的變化過程，諸如短語、句法結構、跨層結構等，皆可因運用頻繁而成為結合緊密的詞。

　　一個詞彙的形成，卻未必完全是平面發展的，可能兼具語法化與詞彙化，如「所」由實詞發展為結構助詞是語法化、由結構助詞到成為詞頭，是詞彙化的現象。這兩種語言演進的模式，語法化是具有實義的詞演化成語法標誌，是由內而外的演進；詞彙化乃由一個大於詞的語言單位，變化成詞，是由外而內的演進；兩條脈絡兼具相似性，都是「語言單位從理據清晰到理據模糊、從分立到融合的變化過程」（董秀芳2002：329）。

　　觀察一個詞的結構關係是重要的，在漢語詞彙結構性變化的近代漢語初期，更能清楚了解詞彙發展情形。

　　綜合上述，晚唐五代是禪宗發展的重要階段，佛教至此走向禪宗化，開展出活潑的生機，為中國文化開創嶄新局面，成為後世的典範；倘若專注於近代漢語的禪宗語錄，必能追根究柢、溯本清源。故應追溯探源近代漢語早期禪宗語錄，研究其語言運用的樣貌，此一領域正等待學術界投入生力軍，深入探究，共同描繪禪宗新世紀的語言特點。

第三節　研究方法

　　竺家寧（1999b）將衍聲、合義、重疊、派生與節縮五者併稱為漢語複音詞的結構類型，乃兼顧構詞法、造詞法、構形法三者的分類法。本研究以此五者為主要類型，觀察《雲門廣錄》各種複音詞運用的狀況，討論跨越兩種構詞類型的詞彙。最後，將分析、統計、觀察所得依序說明描述之。

　　本研究以分析法與綜合法為基本，在分析上採分布與替換結合，定性以描寫其性質、利用統計以求定量，以描寫為出發點、以詮釋

爲研究的自我要求，共時與歷時相應比較，傳統方法與現代方法同
用，力求資料精確。

一、分析法與綜合法為基本

分析法（analytic approach），把客觀對象分解爲若干部分，強
調這些組合成分在整體中的作用，著重觀察平面上的一個或一組因素
在構成整個系統中的作用，故又稱「系統的方法」。

綜合法（synthetic approach），將分析得來的各個部分嘗試著組
合成整體，著重於這些部分的依存關係，將其視爲彼此有聯繫的整
體。

二者是語言研究的基本方法，亦是詞彙分析的基本法則。

二、分布與替換分析結合

本研究交錯運用分布分析法（distribution）與替換分析法（sub-
stitution），以吻合漢語複音詞的特性。

分布是指語言成分能出現的全部環境。分布分析法是以相鄰的詞
的性質來規定本單位的性質（呂香云1985：280），常用來作爲區別
詞類的標準。因爲意義上差別與分布上的差別是相應的，因此，分布
上的差別足以推導出意義上的差別（呂香云1985：284）。形態（詞
法）分析是語言分析的另一個層面，詞素（morphemes）是語言中最
小的、不能再切分、有意義的單位。從語言的結構觀之，詞素分析受
到分布原則的支配（桂詩春、寧春岩1997：119）。運用此法，可核
對某一個詞與不同詞素間搭配情形，觀察不同詞素間的相似程度，
如：

　⑴桃子＝桃兒≠桃頭≠桃家

　　枕頭＝枕子＝枕兒≠枕家

四個同樣是名詞後綴，但「子」與「兒」的相似度最高，與「頭」次
之，與「家」最遠。這樣的方法，有助於提升觀察詞綴間彼此消長的

能力，並由中可分析出語言內部的因素。

　　替換分析法，是將結構中的某一部分抽出，換上別的成分，若成立，則替換成功，對語言段進行切分和歸類的基本方法（方經民1993：111）。運用此法可證明環境內的成分具有組合能力；若該成分無法再進行切分替換，則爲詞素。如：

　　⑵兒子：兒童、兒女、兒歌……。

　　　　兒子：桌子、椅子、肚子、帽子、筷子……。

作爲替換環境的「兒」、「子」內部無法進一步再切分和替換，「兒子」是由詞素「兒」、「子」構成。由兩個詞素替換的情形，「兒」的共存限制高於「子」，「子」的構詞力高於「兒」。替換分析法也是確定成分分布的基本方法（方經民1993：113）。

三、定性與定量並用

　　現代語言學的特徵乃在於規則化、系統化、計量化（胡明揚1995：4）。

　　本研究乃以定性研究法爲基本原則。定性研究的首要原則：爲了了解在自然發生的狀態下的各種現象，研究者不能操縱研究背景，把研究背景看成是自然發生的事件、過程、相互關係。觀察的語言和文化處於一個動態發展的過程，必須忠實地記錄這些發展，蒐集各方面的數據（桂詩春、寧春岩1997：93），即是定性研究的具體表現。

　　輔之以定量分析。二十世紀後葉，受到數理語言學的影響，「統計法」普遍地運用在語言學的研究上，說明事物達到一定的數量後會產生質性的變化；通過定量分析，探索反映在量上的質性特徵變化，達到精確表述的目的。

　　對本研究來說，定量與定性是缺一不可的，運用定性分析能觀察詞彙內部要素彼此間的關係、確立構詞法的運用，不同構詞法在近代漢語初期的運用。同時，佐之定量的分析，可適切地說明詞彙發展的狀態。

四、描寫與詮釋兼顧

描寫（description）和詮釋（explanation）是語言研究的重要步驟。

描寫，包含考察的主題、考察的對象、考察的結果三個部分，即客觀如實地呈現分析、歸納、比較與統計的結果，由紛雜的語言現象中尋求規律，是語言研究的根本目的。

詮釋，結合語言內部因素與外部因素，探索語言演變的前後因果，進行合理的解釋。

語言體系裡，任何一種研究工作均不能脫離分析與描寫，準確描寫了解各個語言現象的具體情形及發展。對於歷時語言學，詮釋更是重要，結合語言因素與非語言因素，對語言演變現象與規律，進行深入詮釋，明瞭演變的動因、機制與方法，此乃語言研究的終極目標。

五、共時與歷時相應

共時與歷時，是現代語言學之父索緒爾《普通語言學教程》第三章〈靜態語言學與演化語言學〉所提（費爾迪南・德・索緒爾1985：108-135）；由語言不同時空平面的兩個軸線提出二者的區分，明示不得將歷時與共時混爲一談的重要觀點，進而建立現代語言學研究的基礎。

共時（synchroine），存在於同時軸線之中，涉及同時存在的事物間的關係，語言靜態的一切都是共時存在的；共時語言學，又名靜態語言學，研究構成系統要素間的邏輯關係和心理關係。

歷時（diachroie），存在於連續的軸線，有關演化的一切都是歷時的。歷時語言學又名演化語言學，研究能相互替換的要素間的關係，著重於改變語言的事件，有兩個研究的路徑：一是順時間的前瞻展望，一是溯時間的回顧展望。

同一個時間，一個詞語在不同的地區可以有不同的用法，如「餛

餛」又有「抄手」、「雲吞」、「扁食」等稱呼，這是共時的語言現象；一個事物古今的不同稱呼，如「目」和「眼睛」，或同一個詞古今所指有別，如「去」古代指「離開」，現在則指「前往」，這些都是歷時現象。共時，是每個歷時演變的結果的同時存在；歷時，以每個共時的現象爲基礎，二者不能混爲一談，也無法完全斷絕，彼此相互依存，只是由不同時間的角度切入。

再者，共時、歷時是比較研究（comparative study）的切入點，比較研究是現代語言學重要的方法。

本研究以《雲門廣錄》複音詞爲對象，與晚唐《傳心法要》、《臨濟錄》歷時比較、與五代《祖堂集》共時對比，再綜合共時比較與歷時比較的結果，構擬出近代漢語初期詞彙的面貌和特點。

六、傳統與現代同用

語料的正確性是研究工作的基本要求，兼用傳統方法與現代方法。傳統版本學的校讎與對勘工夫，實施《雲門廣錄》不同版本的對比工作，爲本研究的基準；再者，爲了精準地處理語料，運用現代語料庫進行檢索，以節省人力。語料的處理，再以檢索與回溯校對結合的方式進行。檢索指運用電子文獻，如中央研究院「漢籍電子資料庫」、中華電子佛典協會「CBETA電子佛典系列」等資料庫提取用例；校對指回歸原典，一一查覈原文，將錯誤減到最少，提高材料的精準度。

第四節　研究對象與架構說明

本節說明研究對象與全文架構。

一、研究對象

本文以《雲門廣錄》爲研究語料，其詞彙結構爲研究內容。

　　整部《雲門廣錄》就用語性質可分為兩部分：首先，〈對機〉、〈室中語要〉、〈垂示代語〉、〈勘辨〉、〈偈頌〉等等，近似口語的記錄實為語錄體的主體。再者〈大師遺表〉、〈遺誡〉、〈雲門山光泰禪院匡眞大師行錄〉、〈請疏〉等因文體所限，用語典雅，乃文偃禪師的一生行止、禪學主張、宗門風格的珍貴資料。禪宗語錄雖以口語為特點，成語、諺語、行話等非口語亦逐漸受到重視，故筆者認為如欲溝通語言與宗教兩方面的研究，須全面地分析、了解《雲門廣錄》的詞彙運用實況。

　　本文所指詞彙結構包含詞與詞組，需將詞組納入討論的原因：

　　一、詞與成詞詞素的區別不易，漢語歷史悠久，古今變化較大，詞彙有複音詞化的趨勢，「詞的複音化不僅是詞的音節數增加，而是一個系統化的過程，這其中包含了一般詞組到固定詞組、由詞組到詞、由詞到詞素等多方面的變化」（孫劍藝2002：81）。

　　二、許多詞組是禪家所創造或常用，如「點茶」、「勘僧」、「三家村」、「閒家具」、「鬼窟裡」、「披毛戴角」、「大丈夫漢」、「飯袋子」、「毛頭」、「布幔天網」、「六不收」等，具有時代性、語體特性及個人特點，倘若刪去不討論，則無法完整呈獻禪宗語言的特殊性。

二、研究架構

　　本論文共分八章，各章節處理的內容與問題概述於下：

　　第一章緒論分為四節，包括研究背景與動機、研究目的、研究方法、研究對象，與全書架構。

　　第二章文獻探討，總結前人研究成果，包括古代及近現代研究《雲門廣錄》各個面向的成果。

　　第三章介紹文偃禪師與《雲門廣錄》，包括文偃禪師的生平事蹟、禪學與宗風略要、雲門宗沿革、《雲門廣錄》的版本、內容及影響。

　　第四章至第七章為展現《雲門廣錄》詞彙分析的結果，第四章衍聲詞、第五章合義詞、第六章重疊詞與派生詞、第七章節縮詞及多重構詞為內容，依次分類舉例說明。

　　第八章結論，歸納《雲門廣錄》複音詞的特點，以「死亡」義場的詞語與同時期的禪家典籍對比分析，說明其在詞彙發展史上的意義。最後，談談未來研究展望，即繼續研究的方向。

第二章

前人研究成果

往下依主題分類，探討《雲門廣錄》各個類別的研究成果。

第一節　語言

古代研究《雲門廣錄》且論及語言現象者，唯《祖庭事苑》一書。

一、北宋《祖庭事苑》

北宋睦庵善卿（活躍於西元1088-1108年間）所著《祖庭事苑》全書共八卷，以雲門文偃（西元864-949）、雪竇重顯（西元950-1052）等禪師之十八種語錄或著作為材料，以辭書的形式，匯集了二千四百餘條目，校勘訛誤之字形、牒釋深難語義或字音，揭示條目之典據事緣（黃繹勳2006：123）《祖庭事苑》，堪稱中國最早之禪宗辭書，是閱讀禪宗典籍之輔助工具。

《祖庭事苑》於北宋大觀二年（1108）刊印成書，卷一訓解《雲門錄》、《雲門室中錄》共二百零九條目，是最早研究《雲門廣錄》語言現象的成果。

本書的成書動機、內容等，書前四明苾芻法英〈序文〉云：

大觀二年春。吾以輔道之緣。寓都寺之華嚴。會睦庵卿上人過予手書一編甚鉅。其目曰祖庭事苑。以盡讀之。見其筆削敘致。動有師法。皆可考據。因扣其述作之由。且曰曩遊叢林。竊見大宗師升堂、入室之外。復許學者記誦。所謂雲門、雪竇諸家禪錄。出眾舉之。而為演說其緣。謂之請益。學者或得其土苴緒餘。輒相傳授。其間援引釋教之因緣。儒書之事蹟。往往不知其源流。而妄為臆說。豈特取笑識者。其誤累後學。為不淺鮮。（《祖庭事苑》）

卿因獵涉眾經。徧詢知識。或聞一緣。得一事。則錄之
於心。編之於簡。而又求諸古錄。以較其是非。念茲在
茲。僅二十載。總得二千四百餘目。此雖深達達摩西來
傳心之意。庶幾通明之士推一而適萬。會事以歸真。而
事苑之作豈曰小補。或得此書讀之。而能詆斥嫚罵。特
立意於語言文字之外。以力扶吾道。豈斯人之可喜可愕
也。是亦由吾事苑而啓焉。愚壯其言。而奇其志。謹書
以為序。（《祖庭事苑》）

說明善卿乃因叢林間演說雲門、雪竇等禪家語錄之時，臆說互見，
唯恐誤累後學；故以二十年的時間，總計訓解二千四百多個禪宗詞
目。

　　本書顯示了文偃禪師圓寂一百多年後，人們對其語言已無法確
實掌握，透露宋人閱讀唐代禪宗典籍的困難。成書之時間，距今已
逾九百年，時空、語言和文化差異，對現代讀者而言，閱讀及使用
《祖庭事苑》時，著實存在著理解的困難度，況且全書訓解了十八種
禪宗文獻，並非《雲門廣錄》詞彙的專著；然而作為研究《雲門廣
錄》語言的先驅是不爭的事實，為本研究的先導。

二、黃繹勳2006〈論《祖庭事苑》之成書、版本與體例——以卷一之《雲門錄》為中心〉

三、黃繹勳2011《宋代禪宗辭書《祖庭事苑》之研究》

　　黃氏二文介紹《祖庭事苑》的成書、版本問題，雖非《雲門錄》
的專著，但以《雲門錄》為例說明《祖庭事苑》的體例，包括詞
目、正形、注音、釋義、引證和案語六項；提出利用《祖庭事苑》
解讀《雲門錄》的優缺點，為我們奠定使用《祖庭事苑》的基礎認
識。

　　文中於體例「正形」處提及現今《大正藏》所收《雲門廣錄》有些採用善卿的意見修正，如「擗口」改爲「劈口」，黃氏認爲：「但是『冥濛』一詞，善卿認爲當作『冥蒙』，因爲『蒙，猶昧』也，今《大正藏》版《雲門廣錄》仍作『冥濛』。」（黃繹勳2006：148）

　　倘若以詞彙學來看，《大正藏》保留「冥濛」並無不妥，「冥濛」、「冥蒙」皆聯綿詞；聯綿詞以聲表義，文字僅有標音作用而不表示意義，字形並未固定特指。如是，語言學知識對理解《雲門廣錄》語言，或許能提供另一種看法。

第二節　禪師經歷和禪法

　　此類研究包括文偃生平行腳、悟道的經歷、禪法及若干公案解釋。

一、岑學呂1951《雲門山志》

　　此書側重書寫雲門開山祖師文偃和尚和中興雲門的虛雲老和尚事蹟，記錄雲門山雲門寺的客觀資料，包括「地域」介紹形勢交通、風景名勝、民情物產；「寺院」敘述偃祖創建規模、歷代修建概況、雲公重建新猷；「住持」、「中興」、「護法」、「產業」、「規約」。與雲門大師相關有「宗統」，包括虛雲弟子釋惟心所撰的〈傳略〉、南漢雷岳所撰的〈祖師行錄〉，以及〈雲門宗法統〉、〈偃祖法要〉；「文獻」包括〈請偃祖開堂疏〉、〈偃師遺表〉、〈偃師遺誡〉；「碑記書牘」有〈大漢韶州雲門山光泰禪師故匡眞大師實信碑銘並序〉、〈大漢韶州雲門山大覺禪寺大慈雲匡聖弘明大師碑銘並序〉、〈雲門寺山門記〉；「詩偈」，如〈偃祖十二時歌〉、〈偃祖偈頌〉、〈圓明大師頌雲門三句話〉、〈圓明大師餘頌八首〉等。此外，「住持」的〈開山住持〉、「護法」的〈開山護

法〉、「產業」的「偃祖開山時之產業」是外緣資料。此書為研究雲門宗祖師提供了許多珍貴的語料。

二、李安綱1997《雲門大師傳》

全書為臺灣佛光山「佛門大師傳」系列之一。李氏以傳記資料為基礎，加上藝術想像，以小說的形式寫成的佛門人物傳記，分為四章：一、捨身事佛在髫年，持戒空王律法嚴；二、折腳睦州真諦了，脫柀雪嶺道統傳；三、諸方遊歷英名震，靈樹冥通上座間；四、御賜紫袍師尊貴，雲門絕唱響人天。

三、曹瑞鋒2010〈雲門文偃禪師年譜〉

根據〈雲門山光泰禪院匡真大師行錄〉、〈南漢甲碑〉、〈南漢乙碑〉三項資料，以時間為序，書寫雲門宗祖師文偃禪的逐年事蹟。此文是此類較新的研究成果。

四、溫金玉1995〈雲門文偃禪法述評〉

文中提及「雲門三病」，其一修行未到悟境，仍停滯於相對分別的迷妄中；其二是已達悟境，然因執著悟境，以致無法自由自在；其三自以為已至悟境，而能得不依藉一物之自由。溫氏歸納雲門接引學人的方法為「雲門八要」，包括「玄」、「從」、「真要」、「奪」、「或」、「過」、「喪」、「出」：「玄」謂接化學人的方法，乃玄妙而非言語思量所能測知；「從」指視學人之根基而接化；「真要」指立足於佛道，以拈示宗旨；「奪」指接化之時，絲毫不容學人擬議，以截斷其煩惱性；「或」，指師家能自由自在地活用語言以接化學人；「過」指接化方式嚴峻，不許學人轉身迴避；「喪」，令學人脫離不能鑑照自我清淨本性、執著己見的謬見；「出」謂採取自由接化之方式，給學人闊然自在的契悟機會。

溫氏以解釋雲門三句及一字禪，舉揚雲門家風。

五、楊曾文1998〈雲門文偃及其禪法思想〉

此文略述文偃禪師生平事蹟，再說明文偃的禪法思想，包括人人有佛性，自悟是根本，批評盲目地搜求公案、語錄和到處行腳遊方，主張道在自然日用之中，雲門三句和一字關。此文可以作爲認識禪師及禪法思想入門資料。

六、蘇欣郁2002《雲門文偃禪學研究》

五代十國是佛教禪宗化、禪宗地方化的時代，後者尤以君主護持爲主因，雲門宗的形成即與南漢政權有密切關係。文偃禪師於開雲門宗之前，遊方歷參洪州宗與石頭宗諸師，形成日後禪學思想與教學宗風融合眾家之長的特色。宗風以「出奇言句」、「人難湊泊」而聞名，乃因文偃禪師天縱慧辯的語言能力，且深諳中國經典與文化民情，說禪乃能切合自如。

雲門宗積極拓展叢林之餘，文字著作之數量與種類十分豐富，形成北宋初雲門宗興盛局面，但至南宋末衰微，法系至元已無法考證。然雲門宗風並未如法系般凋萎，如宋葉夢得以「雲門三句」論詩、點化「一字關」，成爲大慧宗杲禪師「看話禪」的材料，雲門宗持續地影響著後世的詩學與禪學。

七、張國一2003〈雲門文偃的心性思想〉

《雲門廣錄》內容豐富爲唐禪諸祖之冠，爲後世研究雲門思想的最佳憑據。張氏聚焦於文偃禪師在心性思想的論述，認爲雲門宗禪實屬互攝互入、廣大作用的華嚴禪；在教學上手法上，雲門爲反逼實證，實是祖師之中最峻烈者。諸多特點，與法眼文益禪師概括雲門禪法「涵蓋」、「截流」的長處相互印證。

八、萬毅2007〈雲門文偃的禪學思想〉

以唐末五代禪宗風格流變爲切入點，五家都標榜「明心見性」以

表明自己傳承佛法，然而各家禪師接引學人的設施不同，進而形成不同家風；此時又興起「機鋒」、「棒喝」，逐漸取代直指人心，促使禪宗風格丕變。五代末北宋初，陸續出現禪師的語錄，宋代大型「燈錄」相繼出現，孕育了後世的文字禪。

　　文偃的禪風，經其傳法弟子德山緣密和尚歸結為「雲門三句」和「一字關」。雲門三句和日常問答的機鋒，反映文偃禪師宗教哲學的客觀唯心主義的特點，能針對不同的具體情況，靈活運用，如「抽顧」、「鑑」、「咦」，構成文偃禪師反理性、反邏輯、反知識說理的特點。

九、楊雅筑2003〈雲門三句及其論詩析探〉

　　禪門「三句」教語，是禪師接引學人的基本方法。雲門三句在禪宗與詩論，皆占一席之地，不同的禪師對於雲門三句，有不同的說解與引用，成為引渡後人開悟的舟楫；文人階級亦加入討論，如葉夢得《石林詩話》將雲門三句援引為論詩的法則。

　　從百丈懷海的三句教語切入，指出三句的精神與表述方式，印證百丈三句教法與《金剛經》、《壇經》的關係，導出三句特有的形式和內容，最後由三句的原始精神與雲門三句原始排序，解釋《石林詩話》難以理解的論詩部分，廓清雲門三句在根源上、內容上、詩學理論的迷思。

　　以上各篇大抵聚焦於雲門三句、一字關、抽顧、鑑、咦等方面討論文偃接引學人的方式，為雲門宗家風峻切之因。此外，尚有介紹雲門公案者，如：

十、曾普信1961〈雲門和尚的公案〉

十一、曾普信1967〈雲門和尚的禪機〉

十二、吳經熊著、吳怡譯1969〈截斷眾流的雲門禪師〉

十三、桑進林2002〈「驢唇不對馬嘴」考證〉

十四、許茂琳2008〈覺妙地明雲門文偃　敲開心門〉

十五、鄭湧2010〈言為心聲不由擬議──記雲門「日日是好日」〉

以上六篇主要以文偃禪師特定公案為討論內容，再加入簡單的釋義、詮釋，或引生活例證或作者個人的感想和經驗，雖非學術專著，卻是引領入門的篇目。

十六、程東、薛冬1993《雲門宗門禪──歷代禪師絕世奇錄》

　　本書以簡要的文字介紹雲門宗禪風，擴及歷代雲門宗的禪師言語與公案，包括文偃禪師遊方經歷和接引學人的機緣，共一百七十三則。雖是白話譯本，然注重保留雲門風格簡潔、明快的風格，具有孤危、險峻的特點，不用多語饒舌，於隻字片語間，得使人超脫言表，不囿於外在情貌，實為雲門宗入門的導覽書。

十七、鈴木哲雄1984〈雲門文偃と南漢〉

作者就雲門與南漢政權關係，討論對雲門性格與施教方式、弘法地點選擇等影響。

十八、永井政之1991〈広東の仏教信仰──雲門文偃末後の事蹟〉

討論文偃禪師的事蹟。

十九、入矢義高1991〈雲門との機緣〉

二十、西口芳男1991〈雲門禪っの斷簡〉

二十一、岩村康夫1993〈雲門文偃の佛法〉
討論雲門文偃禪師的禪法。

二十二、村上俊1991〈《室中語要》見雲門の認識について〉

三十三、村上俊1993〈雲門について〉
專就語錄的內容來研究雲門的禪學思想。

第三節　宗風及法脈

此類主要說明雲門宗風或整個法脈發展。

一、釋證源1992《雲門宗宗風之研究》

前兩章追溯雲門宗的禪源，從早期禪學至曹溪禪風的開展，講述雲門宗風的淵源。第三章闡述雲門宗高古隱約宗風，包括祖師的思想、孤奇峭峻接引方法，及三句的闡釋、以直下無事為要旨、一字禪的警策、日日是好日。第四章介紹雲門宗派下傑出人物，包括中興祖師雪竇重顯、禪淨兼修天衣義懷、貫釋佛儒佛日契嵩、文字禪匠佛印了元。

此文有助掌握、了解雲門宗的法脈流變和文偃禪師禪學思想。

二、黃啓江1994〈雲門宗與北宋叢林之發展〉

此文討論雲門僧侶與北宋叢林發展之關係。說明雲門僧侶在嶺南、荊湖、江南、兩浙傳法建剎，形成大小叢林之事實。其後，勢力

遂由江南各地方漸漸深入汴京,爲北宋中期最興盛的宗派。其盛行與雲門僧注重寺院的營造及重建有關,寺院規模影響了禪法的傳播,升堂說法、提倡宗風、開闢田畝、崇飾棟宇,使香火之供不匱乏,爲學徒遠來參學提供了良好的外在條件。雲門僧與官僚、士大夫往來,傳法時亦師亦友,不但道望增重,有助於叢林發展。如是,僧侶與統治階級相互爲用,是爲宋代叢林發展的必要條件,以及宋代佛教盛行的重要因素之一。

　　雲門僧侶的表現相當積極,著書立說宣揚禪法、提倡佛教信仰,如語錄、燈錄、世譜、文集、偈頌、論辯、清規等等,運用文字達到弘法、護法的目的。雲門宗可說是北宋最不離文字的宗派,與後世文字禪、看話禪的發展密切相關。

三、麻天祥1998〈雲門改屬的道統之爭〉

　　自唐慧能以下,禪宗迅速發展,一花五葉、五家七宗、分燈並耀等都是禪宗發展的顯著標誌。宗派的施設,固然有教義、方法歧異之因素,但更多的是出自禪門弟子依傍門戶的道統觀念。北宋末年,臨濟僧人達觀曇穎及黃龍系惠洪,提出「二道悟」之說,將原本隸歸於石頭禪門下的雲門和法眼二宗改屬洪州,揭起了雲門歸屬之爭,從而種下了禪宗道統紛爭的因子,且持續到清初。作者對此提出質疑,認爲雲門改屬純屬禪門派系之爭,暴露了禪宗末流依竹附木之陋習。

四、張海沙2005〈雲門宗風與晚唐五代詩論〉

　　張氏認爲雲門宗獨特的禪風禪法,影響了晚唐詩作錘鍊字句的風氣。詩人、禪師交遊,禪師弘法時運用啓示性的、暗示性的方法,啓發了詩人,既要表達詩人內心的意旨又要避免直說,「造境而寓意」便是詩歌創作常用的手法。雲門宗「句中有路」以語言進行啓示的方式,啓發詩人追求言外之意。禪門對語言的用心,助長中晚唐起文人對字句的雕琢、對言外之意的追求之風,雲門宗對晚唐五代詩論

起著關鍵性的作用。

五、萬毅2006〈雲門宗法脈歸屬問題試探——文偃與南嶽懷讓系禪師的淵源〉

作者從雲門文偃禪的行腳悟道切入，討論雲門宗法脈歸屬的問題。就正統宗法觀念來看文偃的師承法脈關係，應作為雪峰義存的弟子，其開創的雲門宗應屬青原行思的傳法世系，並非如宋代臨濟宗人所言屬於南嶽懷讓的傳法世系。然而文偃於創宗過程得到諸多南嶽系禪師的幫助，如睦州陳尊宿和靈樹如敏禪師，又屬事實。

在禪宗發展史，晚唐五代乃分燈之初，各家並非勢同水火，禪師間相互參訪、切磋、往來本是常事。雲門宗法脈歸屬的問題，如實地反映了宋代禪宗五家內部的門戶之爭。

六、馮學成2008《雲門宗史話》

作者以居士的身分書寫雲門宗沿革，簡明扼要地介紹雲門宗流變，梳理雲門宗風及法脈流傳。包括創立、北宋時鼎盛、北宋中後期極盛與危機、南宋衰落和近代虛雲老和尚的重續、雲門宗的禪文化內涵及其影響。

雲門宗經歷五代、北宋、南宋，流傳整整三百年，宗門內許多出類拔萃的高僧，包括香林澄遠、德山緣密、智門光祚、洞山曉聰、圓通居訥、大覺懷璉、明教契嵩、佛國惟白、雪竇重顯等。雲門大德受宋王朝的極至推崇，使得雲門宗的重心由山林轉到城市、由粗布麻衣變為紫衣磨衲，與廟堂日益親近而與禪宗精神漸行漸遠，至南宋王朝滅亡，雲門宗也隨之燈熄焰滅。

第四節　立言與著作

此類研究著重於討論雲門宗內的著作。

一、吳言生2001〈雲門宗禪詩研究〉

本文從雲門宗的接機方式、禪學思想、禪悟思維特質切入，研究雲門宗禪詩，揭示雲門三句的禪悟內涵、雲門宗禪詩的取象方式、運思特點、美感質性。雲門三句的詩禪感悟，通過詩歌形式表現出來，形成了山水眞如、日用是道、水月相忘、把斷牢關、意象對峙、隨緣適性、對機接引的美感特質。

二、曹瑞鋒2011《《雲門匡真禪師廣錄》研究》

此論文是綜合性的研究。首章討論版本編錄刻印的問題，包括紙衣錄、歷代著錄和現存版本、現存版本被收入各種藏經的情形。第二章針對《雲門廣錄》結合〈實性碑〉、〈碑銘〉等其他文獻，說明雲門禪師之生平經歷。第三章以日本大正藏第四十七冊所收的《雲門廣錄》爲本，分析對機、室中語要、垂示代語、勘辨、偈頌五部分。第四章以「雲門三句」、「顧鑑咦」論述雲門禪法，說明雲門三句得名和來源，分析「雲門三句」與五家宗旨、棒喝、臨濟三玄、天臺宗《法華經》體宗用、唯識宗三自性的通融性。再者，說明「顧鑑咦」得名、師承淵源，以及雲門「顧鑑咦」與「一字禪」、「雲門三句」之關係。第五章論述《雲門廣錄》對後代的影響，如《拈古集》、《頌古集》對雲門公案不同的闡釋，及後世閱讀《雲門廣錄》而開悟者。

本論文不論在《雲門廣錄》版本、文偃禪師生平、雲門宗風各方面都是較新、全面的參考資料。

國外及許多日本學者著力研究《雲門廣錄》偈語及語錄，尤其是探討《雲門廣錄》的版本問題。

三、永井政之1971〈雲門の語録の成立に關する一考察〉

四、永井政之1971〈雲門十二時偈に關する一考察〉

　　永井政之認爲《雲門廣錄》從守堅編輯到宗演校勘間，應至少流行兩種語錄的版本，守堅所編的語錄版本古老可信；目前所見宗演校勘的版本與《祖庭事苑》注譯存有若干差異，推論宋版《雲門廣錄》有兩種版本源頭。《祖堂集》的〈十二時偈〉與《雲門廣錄》〈十二時歌〉的內容完全不同，《雲門廣錄》和《祖堂集》可能源出不同版本。

五、新野光亮1977〈《雲門匡真禪師広錄》の現成について〉

六、椎名宏雄1982〈《雲門廣錄》との抄錄本の系統〉

　　二文都是考究版本問題。首先確定蘇澥和宗演兩人的關係，確定他們都是出自天衣義懷的門下，因二人年齡的差距，推測目前宗演校勘的版本，是以蘇澥序刊本（1076）爲底本，後於南宋高宗紹興十三至十五年間（1143-1145）由王溢刊行，證明永井氏的推論應屬正確。

七、Urs，App1989《Facets of the Life and Teaching of Chan Master Yunmen Wenyan》

　　本論文研究雲門文偃禪師的生平和教學爲主的博士論文，第一卷共四章，第一章介紹文偃禪師的生平、第二章整理《雲門錄》的構成及歷史、第三章爲禪師教學、第四章雲門語錄選譯說明；第二卷由十三個錄和注釋組成：〈雲門錄序〉迻譯、生平年表、雲門行跡地圖、主要傳記文獻時序表、重要傳記文獻注釋和現存的《雲門錄》、早期《雲門錄》的內容、《祖堂集》與《雲門錄》、《景德傳燈錄》與《雲門錄》、《祖庭事苑》與《雲門錄》、《續開古尊宿語要》與《雲門錄》、《雲門錄》迻譯列表、禪語索引。

　　這是利用《祖庭事苑》與《雲門錄》的關係，深入探討《雲門

錄》彙編過程的研究成果（黃繹勳，2011：35），乃是一本重視文獻傳統、具歷史與哲學方法的論文，兼向西方學者介紹文偃禪師的著作，更是國外研究《雲門廣錄》較爲完整的成果。

八、Urs，App1991〈The Making of a Chan Record：Reflections on the History of the Records of Yunmen〉

　　利用《祖庭事苑》對《雲門錄》解釋的部分詞彙和目前《大正藏》的相應詞彙列表對比。

九、永井政之2008《雲門》

　　作者沿續著日本學者研究禪學的精神，特別注重基礎文獻的整理。全書共分三章：第一章雲門文偃的傳記，包括傳記資料、文偃生活的時代、雲門文偃後的雲門宗。第二章雲門禪，包括《祖堂集》與《禪林僧寶傳》的雲門禪的紀錄，分別是〈十二時偈〉與〈宗脈頌〉；《雲門廣錄》成立之道，提及《雲門廣錄》與《祖庭事苑》的關係；雪竇、圓悟與《雲門廣錄》；《雲門廣錄》的雲門禪，提到涵蓋乾坤之禪與截斷眾流之禪；雲門禪之管見。第三章雲門宗的傳承。是目前爲止日本學者研究《雲門廣錄》最新的成果。

　　總合上述研究所得，皆是了解雲門禪學的重要資料。兩岸或域外學者，均偏重論述文偃禪師的禪學、禪理、禪詩及雲門宗法脈等方面；全面整理分析《雲門廣錄》詞語的研究尙闕如，雖有《祖庭事苑》，卻非《雲門廣錄》詞語專作，無法據此了解文偃禪師語言運用的樣貌。此領域尙待有志之士共同努力。

　　文偃禪師圓寂千年後的今日，重新梳理、分析、歸納其詞彙現象，是有意義且重要的工作，以現代詞彙學方法爲主，結合傳統小學的觀點，梳理《雲門廣錄》的詞語，使之成爲更貼近時代的方便法門，是本研究的初衷。

第三章
文偃禪師與《雲門廣錄》

　　《雲門廣錄》爲雲門宗禪法的基本典籍，是開宗祖師文偃禪師說法及接引學人的紀錄。《雲門廣錄》內收錄〈大師遺表〉[1]和雷岳所撰〈雲門山光泰禪院匡眞大師行錄〉（簡稱〈行錄〉），均寫於南漢乾和七年（西元949），是研究文偃禪師最好的一手資料。

　　以下簡要地介紹文偃禪師的生平、《雲門廣錄》的內容與版本及影響。

第一節　文偃禪師生平

　　文偃禪師（西元864-949），俗姓張，姑蘇嘉興（今浙江嘉興）人，生於唐懿宗咸通五年，爲東晉東曹參軍張翰第十三代後裔。

> 伏聞。有限色身。詎免榮枯之嘆。無形實相。孰云遷變之期。既風燈炬焰難留。在水月空華何適。因避典彝之咎。將陳委蛻之詞。臣中謝伏念。臣跡本寒微生。從草莽爰自髫齔。切慕空門。潔誠誓屏於他緣。銳志唯探於內典。其或忘餐待問。立雪求知。困風霜於十七年間。涉南北於數千里外。始見心猿罷跳。意馬休馳。身隈韶石之雲。頭變楚山之雪。以至榮逢景運。屢沐天波。詰道談空。誓答乾坤之德。開蒙發滯。星馳雲水之徒。獲揚利益之因。迥自聖明之澤。加以聯叨鳳詔。累對龍庭。繼奉頒宣。重疊慶賜。撫躬惆悵。殞命何酬。不謂臣駑馬年衰。難勝睿渥。遽縈淪於疲瘵。唯待盡於朝昏星漢程遙。遐眇而纔瞻北極。波濤去速。迴眸而已逐東流。伏願。鳳曆長春。扇皇風於拂石之劫。龍圖永固。

---

[1] 「遺表」爲臣子臨終前書寫，呈給君上的章表，目的在表達謝意、祝聖，禪師所書亦提及一生經歷。

齊壽考於芥子之城。臣限餘景無時微躬將謝。不獲奔辭
丹闕祝別彤庭。臣無任瞻天戀聖。激切屏營之至。謹奉
表以聞。（〈遺表〉）

敘述出身寒微，其求法、傳法不同階段：幼入空門、修習毗尼內
典、遊方參學十七年、住持蒙受皇恩。

行錄是一種傳記文體，雷岳所撰〈行錄〉是雲門禪師最早的官方
傳記。

師諱文偃。姓張氏。世為蘇州嘉興人。寔晉王冏東曹
參軍翰十三代孫也。師夙負靈姿。為物應世。故繈自
髫齔。志尚率己厭俗。遂依空王寺志澄律師。出家為
弟子。以其敏質生知慧辯天縱。凡誦諸典無煩再閱。
澄深器美之。及長落髮稟具於毘陵壇。後還澄左右侍講
數年。賾窮四分旨。既毘尼嚴淨悟器淵發。乃辭澄謁
睦州道蹤禪師。蹤黃蘗之裔也。知道不偶世。引己自
處。潛居古伽藍。雖揖世高蹈。而為世所慕。凡應接來
者。機辯峭捷無容佇思。師初往參。三扣其戶。蹤纔啟
關。師擬入。蹤托之云。秦時轑鑠鑽。因是釋然朗悟。
既而諮參數載。深入淵到。蹤知其神器充廓覺轅可任。
因語之曰。吾非汝師。今雪峰義存禪師可往參承之。無
復留此。師依旨入嶺造雪峰。溫研積稔。道與存契。遂
密以宗印付師。由是回稟存焉。師參罷出嶺遍謁諸方。
覈窮殊軌鋒辯險絕。世所盛聞。後抵靈樹知聖禪師道
場。知聖夙已憶其來。忽鳴鼓告眾。請往接首座。時師
果至。先是知聖住靈樹凡數十年。堂虛首席。眾屢請命
上座。知聖不許。嘗曰。首座纔遊方矣。及師至。始命
首眾焉。洎知聖將示滅。欲師踵其席。乃潛書祕函中。

謂門弟子曰。吾滅後。上或幸此。請以遺。上果會駕幸
山。知聖預測上至。乃升堂加趺而終。及帝至已滅矣。
帝詢師遺示。門人出函奉之。上啟函得書。云人天眼目
堂中上座。帝乃勅刺史何希範。具禮命師。以襲法會。
上於是欽美之。累召至闕。每所顧問。酬答響應。帝愈
揖服。遂賜紫袍師名。後徙居雲門山。鼎革廢址大新棟
宇。師自衡踞祖域凡二紀有半。風流四表大弘法化。禪
徒湊集。登門入室者。莫可勝紀。今白雲山實性大師。
乃其甲也。師以乾和七年己酉四月十日順寂。夙具表以
辭帝。兼述遺誡。然後加趺而逝。尋奉勅賜塔額。以師
遺旨令置全軀於方丈中。或上賜塔額。祇懸於方丈。勿
別營作。門人乃依教。瘞師於丈室。以為塔焉。師先付
法于弟子實性。俾紹覺場。僉議為實性已傳道育徒。乃
革命在會門人法球。以繼師席。嗚呼世導云滅矣。摘植
冥行者。何所從適哉。岳幸參目師之餘化。知師所為之
大略。敢不書之以貽方來。時己酉歲。孟夏月二十有五
日。雷岳錄。（〈行錄〉）

詳述大師家世、一生作為。

　　往下酌參南漢大寶元年雷岳（西元958）〈大漢韶州雲門山光泰
禪師故匡真大師實信碑銘並序〉（岑學呂1951：180-186）、南漢
大寶七年（西元964）陳守中撰〈大漢韶州雲門山大覺禪寺大慈雲
匡聖弘明大師碑銘並序〉（岑學呂1951：186-193）、《祖堂集》
卷十一、《禪林僧寶傳》卷二、《景德傳燈錄》卷十九、《雲門山
志・偃祖傳略》（岑學呂1951：16-29）、《雲門大師傳》（李安綱
1997）等資料，以時間為序簡要介紹之。

一、切慕空門，受戒習經

長相與幼年生活，如〈偃祖傳略〉載明：

> 師骨面豐頰，精銳絕倫，目纖長瞳子如點漆，眉秀近
> 睫，視物凝遠，敏質生知，慧辯天縱，纔數齡，讀書過
> 目不忘，談吐與常童異，人已知其終非池中物矣。（岑
> 學呂1951：16）
>
> 纔自髫齔。志尚率己厭俗。遂依空王寺志澄律師。出家
> 為弟子。以其敏質生知慧辯天縱。凡誦諸典無煩再閱。
> 澄深器美之。及長落髮稟具於毘陵壇。後還澄左右侍講數
> 年。賾窮四分旨。既毘尼嚴淨悟器淵發。（〈行錄〉）

幼年拜於嘉興空王寺禮志澄律師門下，受沙彌戒，謹遵律儀，開始學
習典籍。成年後，正式落髮，至常州毘陵壇受具足戒，返回志澄律
師處侍講數年，學習《四分律》、小乘和大乘中觀諸典籍，窮探律
部，博覽無遺。

二、開悟睦州，契印雪峰

已飽讀經典的文偃禪師，尚未了悟人生解脫之道，發心參學，辭
別志澄律師雲遊四方。

文偃首先前往睦州拜謁道蹤禪師[2]，文偃往參時「三扣其戶。蹤
纔啟關。師擬入。蹤托之云。秦時轢轢鑽。因是釋然朗悟」（〈行
錄〉）；〈遊方遺錄〉詳細記錄此段因緣：

---

[2] 道蹤禪師出自黃蘗禪師門下，原居洪州高安米山寺，後因母老歸睦州龍興寺（今浙江建
德），自編蒲鞋所得奉養母親、維持生計，叢林稱之為睦州道明禪師、陳尊宿或陳蒲鞋。陳
尊者偶傳禪法，以機辯峭捷、詞語峻險著稱於禪林。

> 師初參睦州蹤禪師。州纔見師來。便閉卻門。師乃扣
> 門。州云誰。師云某甲。州云。作什麼。師云。已事未
> 明。乞師指示。州開門一見便閉卻師。如是連三日去
> 扣門。至第三日州始開門。師乃拶入。州便擒住云。道
> 道。師擬議。州托開云。秦時轆轢鑽。師從此悟入。

所謂秦時轆轢鑽，比喻過時而且無用之物。文偃於道明禪師門下開
悟，隨之參禪數年，受到器重，後在禪師引薦下往福州參謁雪峰禪
師。

　　雪峰義存禪師（西元822-908）為青原行思法系德山宣鑑弟子，
於福州象骨山雪峰廣福院傳法，接引學人無數。

> 辭入閩嶺，纔登象骨，直鵩鵬程，三禮欲施，雪峰便云：
> 「何得到與摩？」師不移絲髮，重印全機，雖等截流，
> 還同戴角。每於參請，闇契知見。（《祖堂集·雲門和
> 尚》）

　　面對雪峰的問話，文偃不假思索，答話俐落、不涉理路，展現出
類拔萃的智慧。二人參問引領，契合心性玄理，深蒙雪峰印可。

三、涉足千里，遍謁諸方

> 困風霜於十七年間。涉南北於數千里外。（〈遊方遺
> 錄〉）

　　雪峰遷化後，文偃繼續行腳，遍及江西、湖南、浙江、福建、廣
東諸地；先後參訪浙中蘊和尚、共相和尚、嶺中臥龍和尚、洞嚴、疏
山、曹山、瑤、天童、信州鵝湖、歸宗、江州陳尚書、乾峰、灌溪等

禪師駐錫的叢林，最後投身韶州曲江縣靈樹寺如敏禪師門下擔任首座。

參訪的禪師中，道蹤、灌溪、如敏爲洪州宗法系；其餘較多爲石頭法系，尤其集中「德山宣鑑一雪峰義存」和「洞山良价一曹山本寂」兩個法系的禪師。當然還包括任官職的居士，如陳操尚書：

> 師到江州。有陳尚書請師齋。相見便問。儒書中即不問。三乘十二分教自有座主。作麼生是衲僧行腳事。師云。僧問幾人來。書云。即今同上座。師云。即今且置。作麼生是教意。書云。黃卷赤軸。師云。這箇是文字語言。作麼生是教意。書云。口欲談而辭喪。心欲緣而慮忘。師云。口欲談而辭喪。為對有言。心欲緣而慮忘。為對妄想。作麼生是教意。尚書無語。師云。見說尚書看《法華經》是不。書云是。師云。經中道。一切治生產業。皆與實相不相違背。且道。非非想天有幾人退位。書無語。師云。尚書且莫草草。十經五論師僧。拋卻卻特入叢林。十年二十年尚不奈何。尚書又爭得會。尚書禮拜云。某甲罪過。（〈遊方遺錄〉）

雲門於南漢乾化元年（西元911）至韶州參訪如敏禪師，如敏（西元？-918）爲百丈懷海門下長慶大安的弟子，爲黃檗希運之同門，行化嶺南四十年，以「道行孤峻」稱世，崇信於士紳，南漢皇室亦常詢問吉凶，賜號「知聖」；文偃於靈樹院任座首，前後長達八年，如敏以心機相露，膠漆契情。

> 師在靈樹知聖大師會中為首座。時僧問知聖。如何是祖師西來意。聖云。老僧無語。卻問僧。忽然上碑合著得什麼語。時有數僧下語皆不契。聖云。汝去請首座來。

> 洎師至。聖乃舉前話問師。師云。也不難。聖云。著得
> 什麼語。師云。有人問如何是祖師西來意。但云師。知
> 聖深肯。

如敏希望由文偃承繼其法席。

> 洎知聖將示滅。欲師踵其席。乃潛書祕函中。謂門弟子
> 曰。吾滅後。上或幸此。請以遺。上果會駕幸山。知聖
> 預測上至。乃升堂加趺而終。及帝至已滅矣。帝詢師遺
> 示。門人出函奉之。上啟函得書。云人天眼目堂中上
> 座。帝乃勅刺史何希範。具禮命師。以襲法會。

文偃在南漢高祖的確立下出任靈樹寺住持。

四、大弘法化，領受皇恩

　　文偃值掌靈樹寺第二年（西元919）為韶州軍民開堂講法，「師據知聖筵，說雪峰之法」（岑學呂1951：189）。乾亨七年（西元923），經南漢王批准，文偃率眾開雲門山建新寺，歷五年而成。南漢高祖敕寺光泰禪院之額，後改稱證真禪寺、大覺禪寺。根據〈大漢韶州雲門山光泰禪師故匡真大師實信碑銘並序〉所錄：

> 癸未領學者開雲門山，五載功成，四周雲合，殿宇之簷
> 楹翼翥，房廊之高下鱗差，邃壑幽泉，挫暑月而寒生戶
> 牖；喬松修竹，冒香風而韻雜宮商。近於三十年來秋，
> 不減半千之眾，歲納他方之供，日豐香積之廚，有殊舍
> 衛之城，何異靈山之會。院主師傅大德表奏院畢，敕賜
> 光泰禪寺額及朱記。（岑學呂1951：183）

寺院規模宏偉，為傳法提供極優質的據點，天下僧侶參徒接踵而至。至此，雲門宗風大化南嶺、響徹天下。

南漢高祖、中宗對文偃極度信敬，經常詔入王宮說法、供養、賜物，「迥自聖明之澤。加以聯叨鳳詔。累對龍庭。繼奉頒宣。重疊慶賜。撫躬惆悵。殞命何酬」（〈遺表〉）、「上於是欽美之。累召至闕。每所顧問。酬答響應。帝愈揖服。遂賜紫袍師名。」（〈行錄〉）

高祖賜名「匡眞」大師、中宗御賜「寶光之塔，瑞雲之院」（岑學呂1951：183），禮遇之厚、榮耀至極。南漢朝廷的護持，為雲門弘法塑造最有利的客觀環境。南漢中宗乾和七年（西元949）文偃去世，世壽八十六、僧臘六十六，〈遺誡〉囑咐弟子：「吾滅後置吾於方丈中。上或賜塔額。祇懸於方丈。勿別營作。不得哭泣孝服廣備祭祀等。」遺體封藏於丈室以為墓塔，其後方有「感夢開塔」的傳奇：

> 師歸寂後十七載。感夢於雄武軍節度推官阮紹莊。紹莊夢。師以拂子招曰。與吾寄語秀華宮使特進李托。奏請開塔。吾久蔽塔中。宜令暫出。時托奉使韶陽監。修營諸寺。因得紹莊之語。乃以所夢聞上。尋奉勅令韶州刺史梁延鄂。同托請雲門山開塔。果見面容如昔。髭髮猶生。遂具表聞奉。復奉勅令托迎真身赴闕。留內庭供養逾月。乃送還塔。仍改寺為大覺。諡大慈雲匡真弘明禪師。

此乃廣東地區人士期待神蹟靈驗的心理皈依，進而產生真身信仰。（永井政之1991：107）驗印「師一坐道場三十餘載，求法寶者雲來四表，得心印者葉散諸山」（岑學呂1951：184）、「師自衡踞祖域凡二紀有半，風流四表大弘法化。禪徒湊集，登門入室者。莫可勝紀」（《雲門廣錄》）。

雲門大師終其一生大化嶺南、風流四表，天下學者望風而至，登

堂入室者不可勝數，深深地影響後世禪宗的發展。

第二節　禪學與宗風略要

往下概覽文偃的禪學主張及雲門宗宗風。

一、禪學略要

文偃禪師的禪學思想上承石頭希遷以來的「一切現成」、「即事而眞」而來（黃夏年2002a：123），禪法基本主張有四：人人具有佛性，自悟是根本；批評盲目地搜求公案、語錄和行腳者；道在自然日用之中；雲門三句和一字關（楊曾文1999：536-548）。

㈠ 人人有佛性，自悟是根本

禪宗主張眾生本具成佛的內在依據即爲佛性、本性、眞如，且說此佛性本來清淨，如被煩惱妄心覆蓋，通過自修自能顯現佛性，「識心見性，自成佛道」、「自性迷，佛即是眾生；自性悟，眾生即是佛」（《壇經》）。文偃禪師稱之「光明」、「圓光」。

> 或云：「古人道：『人人盡有光明在，看時不見暗昏昏。』作麼生是光明？」
> 或云：「一顆圓光明已久，作麼生是一顆圓光？」

「光明」、「圓光」，就是人人天生具有的清淨佛性或本心，若人們不覺悟，不知自己有成佛的可能性，蒙昧了自身的光明，使得「光明」、「圓光」暗昏昏。

> 上堂云：「舉一則語，教汝直下承當，早是撒屎著爾頭上也。直饒拈一毛頭，盡大地一時明得，也是剜肉作

瘡。雖然如此，也須是實到者箇田地始得。若未且不得
掠虛，卻須退步向自己根腳下推尋看，是什麼道理？實
無絲髮許與汝作解會，與汝作疑惑。況汝等且各各當
人，有一段事，大用現前。更不煩汝一毫頭氣力，便與
祖佛無別。」

每個人必須相信自己無不如人之處，只要通過自修即可達到覺悟；覺
悟必須從自身下工夫，而非向外求，反對當時盲目地蒐集公案和行腳
的風氣。

(二) 批評盲目地搜求公案、語錄和行腳

　　公案、語錄，是前人開悟的因緣和祖師接引學人的方式和話語。
文偃禪師上堂說法時，經常引證前人的公案或語錄，認為若能從公案
中悟出道理、找到入頭處，一直探究，直至豁然開悟。

兄弟一等是躪破草鞋行腳，拋卻師長父母。直須著些子
眼睛始得，若未有箇入頭處，遇著本色咬豬狗手腳，不
惜性命入泥入水相為，有可咬嚼。眨上眉毛高掛鉢囊。
十年二十年辦取徹頭。莫愁不成辦。直是今生未得。來
生亦不失人身。

禪師反對學人行腳四處記誦話頭、公案、語錄，稱此類者為「掠虛
漢」：

若是一般掠虛漢。食人膿唾。記得一堆一擔搤搤。到處馳
騁驢唇馬觜。誇我解問十轉五轉話。饒爾朝問至夜答到
夜論劫。還夢見麼。什麼處是與人著力處。似這般底有
人屈訥僧齋也道得飯喫。堪什麼共語處。他日閻羅王面
前。不取爾口解說。諸兄弟。若是得底人。他家依眾遣

> 日。若未得。切莫掠虛。不得容易過時。大須子細。古
> 人大有葛藤相為處。祇如雪峰和尚道。盡大地是爾。夾
> 山和尚道。百草頭上薦取老僧。鬧市裡識取天子。洛浦
> 和尚云。一塵纔起大地全收。一毛頭師子全身總是爾。
> 把取翻覆思量看。日久歲深自然有箇入路。此箇事無爾
> 替代處。莫非各在當人分上。老和尚出世。祇為爾作箇
> 證明。爾若有箇入路少許來由。亦昧汝不得。若實未
> 得。方便撥爾即不可。

禪師稱語言文字為「葛藤」，一味地引述佛典或公案語的議論為
「說葛藤」，此方式拘束了身心，無益解脫，甚至是羈絆心性的障
礙。

> 更有一般底。如等閒相似。聚頭舉得箇古人話。識性記
> 持妄想卜度道。我會佛法了也。祇管說葛藤取性過日。

諷刺當時叢林風行語錄的現象，也反對盲目遊方參禪的風氣：

> 直須在意。莫空過時。遊州獵縣。橫擔拄杖一千里二千
> 里走。這邊經冬。那邊過夏。好山好水。堪取性多齋
> 供。易得衣鉢。苦屈苦屈。圖他一斗米。失卻半年糧。
> 如此行腳有什麼利益。信心檀越一把菜一粒米。作麼生
> 消得。
> 云。爾諸人。擔鉢囊行腳。不知有佛法。佛殿上蚩吻。
> 卻知有佛法。
> 自是汝諸人信根淺薄惡業濃厚。突然起得如許多頭角。
> 擔鉢囊千鄉萬里受屈作麼。且汝諸人有什麼不足處。大
> 丈夫漢阿誰無分。獨自承當。尚猶不著便。不可受人欺

瞞取人處分。

文偃曾四方參遊、訪師問學，涉足千里、時經十數多；其反對行腳僧忘記尋訪名師的目的是為了得到師家指點，以能在覺悟自性上下工夫，如若僅求食宿、遊山玩水，就違背遊方的意義。

(三) 道在自然日用之中

文偃主張解脫之道在日常生活，學禪之人應該用力於覺悟自性，探照自身本來面目。此與六祖所言一脈相承，符合南宗禪本心自然的宗祕，說示「道在自然日用之中」，在覺悟自性用功以探求本來面目。文偃禪師面對學人的提問如是回答：

> 問如何是正法眼。師云。粥飯氣。問如何是三昧。師云。到老僧一問。還我一句來。問如何是諸佛出身處。師云。東山水上行。問乞師指箇入路。師云。喫粥喫飯。

所舉皆是日常所見的事物和現象，佛法體現於此，解脫之道亦在此；應在生活尋求開悟之機，禪師常以「總在這裡」提點學人：

> 微塵剎土中三世諸佛西天二十八祖唐土六祖。盡在拄杖頭說法。神通變現。聲應十方。一任縱橫。爾還會麼。若不會。且莫掠虛。雖然如此。且諦當實見也未。直饒到此田地。也未夢見衲僧沙彌在。三家村裡不逢一人。師驀拈拄杖劃地一下云。總在這裡。又劃一下云。總從這裡出去也。珍重。
> 示眾云。十五日已前不問爾。十五日已後道將一句來。代云。日日是好日。

展現對當下掌握和對禪法的自信,「日日是好日」,無分別之心,顯露禪師從容與隨緣的態度,是「道在日常中」的表現。

㈣ 雲門三句和一字關

　　文偃禪法以「雲門三句」和「一字關」為要,是構成其家風的要素,最受歷代僧侶關注。雲門三句與一字關,為雲門宗重要的施設,成為接引學人的方式;雲門三句既形象又隱晦的語言表述真如佛性,以及禪師接引學人應遵循的原則。

> **函蓋乾坤**
> 乾坤並萬象。地獄及天堂。物物皆真現。頭頭總不傷。
> **截斷眾流**
> 堆山積岳來。一一盡塵埃。更擬論玄妙。冰消瓦解摧。
> **隨波逐浪**
> 辯口利舌問。高低總不虧。還如應病藥。診候在臨時。

「函蓋乾坤句」講天地萬物皆為「真如」、「佛性」衍生,「真如」、「佛性」是宇宙萬有的本體;萬物各有個性,卻相互圓融、彼此無礙,此句乃承繼行思和尚、希遷和尚所傳「即事而真」說的發展,展現雲門宗體驗真如自性的禪法。「截斷眾流句」意指學人提出多少疑問,與生死大事相比都有如「塵埃」般,如對方想高談闊論,師家應當立即「截斷」,以免誤入「文字禪」的窠臼,啟示學人不可倚賴語言文字,要發內心領悟真如實相,此句是雲門宗的認識論。「隨波逐浪句」,意指「因語識人」,面對不同的對象採取不同的教學方法,如同醫者對待病患一般,須因人而異,才能對症下藥,此句為方法論。可知,雲門禪法以「函蓋乾坤句」是認識論,為宗門的境界,以「截斷眾流句」和「隨波逐浪句」為接引弟子、點悟眾人的方法,即禪門所說的機用,雲門宗將此三者喻為「吹毛劍」,意指極其鋒利,能迅速斬斷葛藤。

　　文偃禪師經常用一個字回答學人的問題，稱之爲「一字關」、「一字禪」，這是「截斷眾流」的具體展現，如僧問：「如何是雲門一路？」回答：「親。」僧問：「如何是禪？」回答：「是。」當下截斷學人轉機，使之無可用心，從而悟得世諦中一法不立。另有「顧、鑑、咦」，亦爲雲門宗旨，引人當機領悟、深入參究才能體會。

二、宗風一二

　　因著上述特殊的教學手段，雲門風格既簡潔而明決，又孤危而險峻，不用多語饒舌，僅在隻字片語間，便能使人超脫言表、不留情貌。蘇澥言：

> 雲門大宗師特爲之最。擒縱舒卷縱橫變化。放開江海。魚龍得遊泳之方。把斷乾坤。鬼神無行走之路。草木亦當稽首。土石爲之發光。（〈序文〉）

叢林稱其禪風爲「雲門劍」、「吹毛劍」。誠如古籍所揭：

> 雲門宗旨。截斷眾流。不容擬議。凡聖無路。情解不通。……大約雲門宗風。孤危聳峻。人難湊泊。非上上根。孰能窺其彷彿哉。詳雲門語句。雖有截流之機。且無隨波之意。法門雖殊。理歸一致。要見雲門麼。拄杖子踔跳上天。盞子裡諸佛説法。（《人天眼目》）
>
> 雲門宗風。出語高古。迴異尋常。北斗藏身。金風露體。三句可辨。一鏃遼空。超脫意言。不留情見。以無伴爲宗。或一字。或多語。隨機拈示明之。（《五家宗旨纂要》）

可得知文偃禪師創建的雲門禪風宛若奔流突止之勢，謹守不拘泥於文字的祖訓，其「出語高古，迥異尋常」，為活潑自在，促使人人回歸自心、自證、自悟，故非人人可湊泊。宗風「孤危聳峻，人難湊泊」實為獨特，或許也限制了傳承，致使法脈未能綿延之因。

假若能運用現代語言學的知識，梳理其晦澀之語，重新詮釋其方便法門，必能使人們得其要義。本研究期能對禪宗及近代漢語詞彙學，略盡棉薄之力。

第三節　雲門宗沿革

雲門宗成立於廣東省韶州雲門山，東邊鄰近曹溪，祖師文偃上承雪峰義存的法脈，傳法據點為南漢劉氏政權轄地，開宗的過程，得到高祖、中宗大力護持，官方支持是雲門宗傳播的最有利條件；尤其乾亨七年文偃禪師在南漢王室准允之下，率眾墾建雲門山，建光泰禪寺，以弘揚禪法，大振法錫，當時天下緇流聞風雲集。南漢高祖經常召見問法、屢屢賞賜，中主、後主亦復如是，乃為雲門宗隆盛之際。北宋結束五代十國的分裂局面，失去南漢政治的護持，雲門宗走向另一發展路徑。

宋初雲門宗極為興盛，勢力與臨濟宗不相上下，此時門人一方面跨越廣東，向湖南、江西、閩南各地發展，爭取傳法空間；一方面入主京師名剎，與士大夫交遊，呈現「多元地域」、「傳法階層轉變」兩個特點（蘇欣郁2002：6-12）。北宋初期至真宗朝（西元960-1021）為法脈第二至第五世，分布於廣東、江西、湖南、湖北、浙江、江蘇。仁宗至哲宗（西元1022-1100），雲門第六世、第七世，南向福建、北向河北發展，宗門僧侶遍及江南和汴京。徽宗至南宋孝宗（西元1101-1189）傳至第八世至第十世，人數驟減，足跡僅限於江西、福建、浙江少數地區，已漸式微（蘇欣郁2002：6-12）。

雲門宗法嗣第四、五世陸續進入江浙等地，香林澄遠下之雪竇重

顯、天衣義懷和佛日契嵩聲名極盛。雪竇重顯（西元980-1052）道
行高遠，富有文學素養，受汾陽善昭的影響而著《頌古百則》，闡
釋禪門玄旨，且注重辭藻修飾，促成了文字禪，進駐江浙，示化江
南，號稱「雲門中興」。天衣義懷，於越州弘法，受宗室禮遇，整飭
叢林、重修《雲門廣錄》，聞名於世。佛日契嵩（西元1007-1072）
主持杭州靈隱寺，以堅定的護法精神作《原教篇》，對抗朝臣排佛
抑佛的浪潮，援儒入禪，深受京師文人重視，贏得崇高地位，所編
著《輔教編》、《傳法正宗記》、《傳法正宗論》等章，皆收錄於
《大藏經》，爲後世禪宗史研究提供了具體的材料。

　　根據《景德傳燈錄》卷二十二、二十三記載，文偃禪師主要的嗣
法弟子有六十一人，如香林澄遠、德山緣密等高僧大德，分布於廣
東、福建、江蘇、四川、江西、湖南、湖北等地，顯示雲門宗流行的
盛況；分布地域之廣，展現雲門宗門人爭取傳法空間的努力，以及雲
門發展的脈絡軌跡。後來未能有名師繼之，法脈終告滅絕，著實令人
惋惜。

第四節　《雲門廣錄》版本

　　雲門禪法，流傳於五代十國，南漢君主相繼聞法詔養，嶺南軍民
同霑雨露，說法紀錄流傳於民間。目前收入於《大正新脩大藏經》第
47冊no.1988《雲門匡眞禪師廣錄》乃禪師圓寂後，弟子明識大師守
堅編集而成，是一個經由時間累積、匯集而成的版本。

一、早期記錄形式

　　禪宗自初祖達摩起，即以「教外別傳」、「以心傳心」爲要務，
自然不許依經說教，如同法英所記：

　　　　後達摩五百年而生雲門。隨機應問。逗接來學。凡有言

句。競務私記。積以成編。雖不許傳錄。而密相受授。
閱之巾衍。後世惜其流布之不廣。遂刊木以印行於時。
（《祖庭事苑・序文》）

「競務私記，積以成編，密相受授，閱之巾衍」，終之「刊木以印行
於時」廣爲流布，上開文字詳細地表述禪師語錄的成書歷程，《雲門
廣錄》亦復如是。

根據宋惠洪《林間錄》、清僧遠說《靈樹遠禪師雲喦集》，記錄
文偃禪師言行的過程如下：

雲居佛印禪師曰。雲門和尚說法如雲。絕不喜人記錄其
語。見必罵逐曰。汝口不用。反記我語。佗時定販賣我
去。今對機室中錄。皆香林明教以紙為衣。隨所聞之。
隨即書之。（《林間錄》）
諸佛世尊以一大事因緣出興於世欲令眾生開示悟入。非
言教曷以被遐荒亙古今。所以憤啓悱發，首重當機，
流演傳宣，最尊結集。故香林、明教於雲門室中衣褚
襖竊書，古人衛法之心概可想也。（《靈樹遠禪師雲喦
集》）

「閱之巾衍」即上述所言「衣褚襖竊書」、「以紙爲衣」。「以紙爲
衣」就是紙製的衣服，爲粗衣的一種，又稱褚衣、紙袍，古代僧人
多著此衣，成爲僧人的代稱（曹瑞鋒2011：14-15）。侍者除了侍奉
大師起居外，尚有記錄法語、書寫文翰的職責，「隨所聞之，隨即
書之」；依照文偃禪師不喜人記言的個性，身爲大師的侍者，如香
林、明教，或參學者，唯有「竊書」一途，將法語記錄於紙衣、衣褚
襖之上，據此推知《雲門廣錄》〈對機〉、〈室中語要〉最早的形
態，極可能是紙衣形式。大師圓寂後，門人整理、抄錄，匯集文偃的
〈遺表〉、〈遺誡〉及其他文書，再經弟子守堅編纂、刊印，最終流

傳世間。

二、重修刊本

北宋皇祐年間天衣義懷重修《雲門廣錄》，稱爲「天衣古本」，是現存最早刊印本。善卿《祖庭事苑》轉錄其序文：

> 見懷禪師重修雲門錄。與今摹印者頗殊。師製序引云。大師諱文偃。嗣雪峰存禪師。其初。廣王劉氏命住韶州靈樹。後遷居雲門。賜號匡真。演化五十餘載。去此一百三十祀。乃有升堂、舉古、垂代言句。抑有示者流落華夏禪叢。好事者集而摸板焉。丞數因禪人入室請益。頗見語句訛謬。因緣差錯。噫。去聖時遙。魚目相濫。燕金楚玉。渾有塵沙。秋菊春蘭箴聞其採。常思其芟削。未協素願。今年夏住秋浦。警眾外。聊得披覽斯文。乃援筆修之。刪繁補闕。遂成其秩。庶使遊聖門者。必外堂奧。適大道者。罔惑多歧。子辭藻素謬慚。非作者之文。直筆撫實。聊序其由。哲者無為文字之累矣。時皇祐五年五月望日。住秋浦景德禪院傳法沙門義懷述。

皇祐五年（西元1053）距文偃禪師去世僅一百零四年。天衣義懷是香林一系的弟子，法系爲「雲門文偃—香林澄遠—智門光祚—雪竇重顯—天衣義懷」。天衣義懷重修雲門錄，著重於刪繁補闕、刊定訛謬、分門別類三項工作；依據內容標示，如升堂、舉古、垂代言句等類。此刊本即善卿校釋《雲門錄》的底本，保存於《祖庭事苑》之內。

三、重校再勘

《大正藏》第四十七冊《雲門廣錄》卷首見北宋熙寧丙辰（西元1076）三月二十五日權發遣兩浙轉運副使公事蘇澥之〈序文〉：

> 雲門大宗師特為之最。擒縱舒卷縱橫變化。放開江海。魚龍得遊泳之方。把斷乾坤。鬼神無行走之路。草木亦當稽首。土石為之發光。其傳於世者。對機室錄垂代勘辨。行錄歲久或有差舛。今參考刊正一新鏤板。以永流播。益使本分鉗鎚金聲而玉振。崢嶸世界瓦解而冰銷。必若列派分宗。不免將錯就錯。論功紀德。已是埋沒前賢。畫樣起模。適足糊塗後學。若是頂門有眼甚處與雲門相見。

蘇澥乃天衣義懷的在家弟子[3]，其重校刊印意義深重，富有重振門庭的作用。文中指出內容為對機、室錄、垂代、勘辨、行錄，較「天衣本」多了〈勘辨〉、〈行錄〉二者。

《雲門廣錄》卷末有言：

> 住福州鼓山圓覺宗演校勘板在福州鼓山王溢刊。

福州鼓山圓覺寺宗演校勘於北宋宣和二年（西元1120），日本學者椎名宏雄認為宗演本是以蘇澥序刊本為底本，南宋高宗紹興十三至十五年間（西元1143-1145）由王溢刊行（椎名宏雄1982）。

後見錄於《古尊宿語錄》卷十五到卷十八、明代《五家語錄》亦全數收於卷三，但將〈遊方遺錄〉刪除。

大體而言，《雲門廣錄》編出後，僅《祖堂集》（西元952）卷

---

[3] 學士蘇澥‧吏部蘇注。皆以師敬（《建中靖國續燈錄》越州天衣山義懷禪師）。

十一記載兩首長偈，聊備補遺之功，餘者則難再增補，可見其匯集之
豐詳（張國一2003：35）。

　　現存《大正藏》第四十七冊《雲門廣錄》的底本與對勘本資料如
下：

　　　　【原】德富豬一郎氏藏五山版，【明】萬曆四十三年刊
　　　　增上寺報恩藏本古尊宿語錄之內，【宮】宮內省圖書寮
　　　　藏五山版，【甲】寬永十七年刊大谷大學藏本。

大藏本乃是匯集中國、日本古藏而成的版本。

第五節　《雲門廣錄》內容與影響

　　介紹《雲門廣錄》的架構、內容及對後世的影響。

一、《雲門廣錄》的內容

　　《雲門廣錄》共三卷，架構、內容如下：

㈠ 卷上

　　本卷包括〈序文〉、〈對機〉、〈十二時歌〉、〈偈頌〉。

　　1.〈序文〉，蘇澥寫於熙寧丙辰年間，時任權發遣兼兩浙轉運
副使公事，原文見上節，文中書寫對雲門禪風的推崇、校正《雲門廣
錄》的差舛，刊印流傳。

　　2.〈對機〉計三百二十則，記載文偃禪師上堂說法、問答言
語。

　　3.〈十二時歌〉，以一日十二時辰為序，說明坐禪的用心。

　　4.〈偈頌〉，以詩偈呈現雲門宗的風格。

(二) 卷中

　　本卷由〈室中語要〉、〈垂示代語〉組成。

　　1.〈室中語要〉共一百八十五則，爲文偃禪師於方丈室中接引學人、參禪者的說法和答問，常舉示前人語句或佛經句子加以闡發。

　　2.〈垂示代語〉總二百九十則，說法時提舉禪語，倘若無人回答或解釋，禪師就自己作答者，稱爲「代語」；或雖然學人已回答，但不契合其意，禪師也會再次作答，即「又自代云」、「代前云」、「代前語」，目的在避免凝滯的死句。

(三) 卷下

　　本卷包括〈勘辨〉、〈遊方遺錄〉、〈大師遺表〉、〈遺誡〉、〈雲門山光泰禪院匡眞大師行錄〉、〈請疏〉、〈頌雲門三句語〉等。

　　1.〈勘辨〉一百六十五則，記錄文偃禪師與禪僧間關於參禪、解脫、日常生活等方面答問。五家祖師中僅《臨濟錄》和《雲門廣錄》有〈勘辨〉，此爲師家判別學人的慧昧或學者探問師家之邪正，亦稱之爲「勘僧」。

　　2.〈遊方遺錄〉三十一則，記錄文偃移居雲門山之前，行腳遊方、參禪問道的情況，及參訪的師家法系和參學內容，是了解文偃經歷、思想的重要參考資料。

　　3.〈大師遺表〉，文偃臨終上呈給南漢中宗的奏表，提及求法的心路歷程、感念王室恩賜，是研究雲門宗與南漢王室關係的一手資料。

　　4.〈遺誡〉乃臨終前叮嚀弟子的文書，如不舉行喪禮、遺體留置方丈，告誡門徒應恪守門規與修持，表達祖師的用心。

　　5.〈行錄〉，南漢乾和七年（西元949）雷岳撰〈雲門山光泰禪院匡眞大師行錄〉，敘述禪師的生平、參禪開悟過程、王室護持、開

法雲門的盛況，直至遷化，爲禪師傳記重要資料。

　　6.〈請疏〉，乾享元年（西元918）南漢高祖命韶州防禦使兼防遏指揮使何希範所做，恭請靈樹院首座的文偃爲南漢高祖開堂說法的文書，即認可文偃禪師住持靈樹寺的官方文書。

　　7.〈偈頌〉，文偃弟子緣密所述〈頌雲門三句語〉等偈頌十餘首，此爲《大正藏》版本所獨有。

　　總合上述，〈對機〉、〈室中語要〉、〈垂示代語〉、〈勘辨〉探知文偃禪師教學內容和形式；〈十二時歌〉、〈偈頌〉了解雲門禪法及宗風；〈遊方遺錄〉、〈遺表〉、〈遺誡〉、〈行錄〉、〈請疏〉等，記載禪師的學思歷程、生平事蹟，及與南漢王室的關係。《雲門廣錄》三卷，是研究雲門文偃禪師最直接且最重要的基本文獻，具有時代早、可信度高、數量較多的特色，誠爲五家祖師之中最爲質優、量豐的文獻（張國一2003：34-35）。

二、《雲門廣錄》的影響

　　雲門宗開宗於南漢、盛極於兩宋，在禪宗發展史具有重要的意義。

　　雲門禪法的開展，帶動了宋代思想的活躍性。雲門宗禪流與文人交遊以詩偈唱和，雪竇頌古深刻影響文人禪風，是禪宗發展走向文字禪的關鍵；天衣義懷倡導「唯心淨土」的禪淨兼修方式，風靡天下僧凡；佛日契嵩主張「以孝爲戒」，會通儒佛，詮釋理學的心性。

　　雖後代法系不振、令人惋惜，但作爲宗門寶典的《雲門廣錄》，仍以不同的形式不斷在歷代叢林間流傳，包括拈古、頌古、評唱[4]。四大頌古——《雪竇頌古百則》、《投子頌古百則》、《丹霞頌古百

---

[4]　拈古，提出古人的故事（古則）評釋也（中村元2009：724）。頌古，頌揚古則。以簡潔詩句表現禪宗古則公案之本意（中村元2009：1716）。評唱，評論古人之說。對古則公案的詳細說解，由垂示與著語構成（中村元2009：1290）。

則》、《宏智頌古百則》，及以此為基礎相應的四大評唱——《碧巖
錄》、《空谷集》、《虛堂集》、《從容集》，陸續拈唱於各部作品
之中，使得拈頌蔚成風氣。後世《宗門拈古滙集》卷四十五內收錄雲
門機緣公案五十二則、拈古一百六十一則；《禪宗頌古聯珠通集》亦
見雲門公案六十二則、頌古二百八十七首。歷代更有參學《雲門廣
錄》而開悟者，如大慧宗杲、薦福承古、大曉實徹等計有十一位高僧
（曹瑞峰2011：251-258）。據此，《雲門廣錄》與後世學人的心機
相應實能跨越時空，證實其生命力和滲透力，展現在禪宗發展史上深
具引領的高度意義與價值。

　　這樣質優量豐的語錄，北宋時期業已需要《祖庭事苑》之類的
工具書方得閱讀，可見其語言的難解。本研究乃以現代語言學的知
識，重新整理《雲門廣錄》的各類詞彙，綜合近代漢語初期禪家語錄
的特點，期望能讓今人重新認識這本宋初輯印成書，屢受重視、重刊
的早期禪家語錄。

第四章

《雲門廣録》衍聲詞

　　衍聲詞，包括聯綿詞、音譯詞、擬聲詞，這些詞以聲音表示意義，文字僅具標音的功能而不表示意義，即「取音不取義」。這類詞無法拆開解釋，如「窈窕」兩個完整的音節，才能表示「溫婉嫻雅的樣子」，且「窈」、「窕」分別無意義，此謂之「不可分訓」。此類詞的讀音比書寫形式重要，且因漢語同音字多，初始時無標準的寫法，謂之「字形不定」。文字做為音標、不可分訓、字形不定是衍聲詞的共同特點。

第一節　　聯綿詞

　　聯綿詞又稱為「聯綿字、連語、連綿詞」，以聲音表示某種狀態或事物命名的詞彙。

　　　　連綿字是由只代表音節的兩個漢字組成的表示一個整體
　　　　意義的雙音詞。（趙克勤1994：49）

聯綿詞除了衍聲詞所有的特點外，還具備兩個音節多有聲音關係、偏旁同化的特徵。

一、表示事物命名者

　　《雲門廣錄》聯綿詞以此類最為豐富，表示的事物包括植物、獸類、昆蟲、食物、地名等等。

1. 問僧：「爾是園頭不？」僧云：「是。」師云：「<u>蘿蔔</u>為什麼不生根？」無對。代云：「雨水多。」
　　蘿蔔，為常見的植物名。

2. 上堂云：「天親菩薩無端變作一條<u>栲栳</u>拄杖。」乃劃地一下，云：「塵沙諸佛盡在這裡說葛藤去。」便下座。
　　栲栳，製作杖棍的木名，產於天臺山（中村元2009：1090）。此

處代指拄杖，僧侶隨身之物，行腳之時，亦可用來擔挑行李。

3. 舉<u>茱萸</u>上堂云：「爾諸人莫向虛空裡釘橛。」時有靈虛上座出眾云：「虛空是橛。」<u>茱萸</u>便打。

<u>茱萸</u>，原爲植物名，此例當人名用。

4. 師云：「屎上加尖。」僧云：「和尚適來與麼道那？」師云：「槌鐘謝響，得箇<u>蝦蟇</u>出來。」

<u>蝦蟇</u>即「蛤蟆」，爲青蛙和蟾蜍的通稱（高文達2001：135）；本詞爲《雲門廣錄》運用最多的聯綿詞。蝦蟇只知跳躍，不解他術，故禪家用以稱一知半解、不通於他的死禪爲蝦蟇禪（中村元2009：1529）。

5. 一日眼光落地，前頭將何抵擬？莫一似落湯<u>螃蟹</u>手腳忙亂，無爾掠虛說大話處，莫將等閒空過時光。

<u>螃蟹</u>，即蟹。

6. 問：「如何是佛法大意？」師云：「日裡<u>麒麟</u>看北斗。」

<u>麒麟</u>，一種傳說中的神獸。

7. 師云：「<u>猢猻</u>繫露柱。」代云：「深領和尚佛法深心。」代前語云：「好事不如無。」

<u>猢猻</u>，屬獼猴種，生活在中國北方山林，泛指猴子（高文達2001：156）。

8. 問：「牛頭未見四祖時如何？」師云：「家家觀世音。」進云：「見後如何？」師云：「火裡<u>蜘蟟</u>吞大蟲。」

<u>蜘蟟</u>，疑爲蟭蟟。蟭蟟是蟬的一種，小而色綠（謝紀鋒2011：377）。

9. 舉僧問睦州：「靈山還有蛇不？」州云：「者<u>蚯蚓</u>。」師代云：「白骨連山。」

<u>蚯蚓</u>，動物名。體圓而細長，環節很多，鑽土成穴，使土壤疏鬆。睦州和尚以蚯蚓代替靈山蛇，二者體型大小有別、氣勢不同、益人害人亦有別。

10. 師見僧齋次，問：「鉢盂匙箸拈向一邊，把將<u>餛飩</u>來。」無對。

餛飩，一種用麵粉做成薄皮，內包肉餡，煮熟後可食用的食品，也稱「扁食」、「抄手」、「雲吞」。

11.師因齋次，拈起餕餡，謂僧云：「擬分一半與爾。」又卻不分。
餕餡，疑爲字形相似的「酸餡」。酸餡，指菜饅頭（許少峰1997：1077）。

12.進云：「古人方便又作麼生？」師云：「來來截卻汝腳跟，換卻汝髑髏。鉢盂裡拈卻匙筋，拈將鼻孔來。」
髑髏，指死人的頭骨（高文達2001：84）。

13.問僧：「甚處來？」僧云：「般柴來。」師云：「維那打鼓不般柴作麼生？」無對。代云：「錯領。」又云：「可惜般柴工夫。」
工夫，所占用的時間。

14.問：「浮桑柯畔日輪未出時如何？」師云：「知。」
浮桑，古代指太陽升的地方，同「扶桑」（高文達2001：107），稱日出之地。

15.舉僧辭大隨，隨問：「什麼處去？」僧云：「峨嵋禮拜普賢去。」隨拈起拂子云：「文殊普賢總在者裡。」
峨嵋，山名，四川省，形勢峻秀，佛道兩家皆稱此爲靈勝之地，或作「峨眉」。

16.若是一般掠虛漢食人膿唾，記得一堆一擔搕搔，到處馳騁驢唇馬觜，誇我解問十轉、五轉話，饒爾朝問至夜、答到夜論劫。
搕搔，禪林用語。本指糞、糞穢、雜穢，引申爲無用而不值一顧之穢物。如禪宗之語錄、公案係爲導引開悟、打破執著所設之方便機法，故若不知融通無礙，執著於語錄、公案之文字語句，猶如執取糞穢雜物一般，禪林常以「搕搔堆」戲稱語錄、公案之故（佛光大藏經編修委員會1988：5463）。

17.或云：「爾諸人擔鉢囊行腳不知有佛法，佛殿上蚩吻卻知有佛法。」
蚩吻，傳說中的怪獸，舊時屋脊上多塑之以爲飾物（袁賓、康健

2010：52）。

18.因僧來參，師拈起袈裟云：「爾若道得，落我袈裟綣繢裡；爾若
道不得，又在鬼窟裡座。」

綣繢，亦作圈繢、圈圚、圈襀、綣襀。意爲圈定的範圍、圈套，多
指禪定接人施設或機語作略（袁賓、康健2010：345）。

　　以事物命名的聯綿詞，以生活之物爲喻，充分體現雲門宗「道在
日常」的精神。

二、表示狀態者

1.一日云：「靈利底人難得！作麼生是靈利底人？」代云：「不
妨。」

靈利，聰明、機靈的樣子（高文達2001：250）。亦寫作「伶
俐」。

2.師云：「莫道今日瞞諸人好，抑不得已！向諸人前作一場狼藉，
忽被明眼人見，成一場笑具，如今避不得也。」

狼藉，散漫不整齊的樣子（高文達2001：228）。

3.問僧：「完圝餅角子即不要爾，半截底把將來。」僧應喏。師
云：「這箇是完圝底把將來。」

完圝，未有缺陷、整個的。

4.師示眾云：「西天二十八祖唐土六祖天下老和尚，總在拄杖頭
上；直饒會得，個儻分明，秖在半途。若不放過，盡是野狐
精。」

個儻，卓越豪邁，灑脫不受約束的樣子。

5.因普請般米了，坐次。云：「近日不唧溜，秖擔得一斗米。不如
快脫去。」

唧溜，指伶俐的（佛光大藏經編修委員會1988：995）。此處表身
心舒坦狀。

6.問修造庵主云：「佛殿折了也！忽然施主來，將何瞻敬？」庵主

合掌。師云：「奴見婢殷勤。」

殷勤，意為辛勞、懇切。

7. 問：「徹底冥濛底人來，師如何拯濟？」師云：「兩重公案一狀領過。」

冥濛，昏暗、模糊不清的樣子（謝紀鋒2011：602）。此處指混沌未明，即修行者尚未開悟的狀態。

8. 進云：「學人親近得不？」師云：「子細踟躕看。」

踟躕，徘徊不前（高文達2001：46）。

9. 己心裡黑漫漫地，明朝後日大有事在。爾若根思遲迴，且向古人建化門庭。東覷西覷看，是什麼道理？

遲迴，指猶豫的樣子（高文達2001：44）。

10. 萬象森羅極細微，素話當人卻道非。相逢相見呵呵笑，顧佇停機復是誰？

森羅，意多而繁的樣子。「萬象森羅」，指宇宙間的各種現象繁多而整齊地排列在眼前。

11. 上堂大眾集定云：「是大過患子細點撿。」代云：「不用別人。」

子細，意為謹慎、小心，現代漢語作「仔細」。

12. 問：「跉䟓之子如何進步？」師云：「目前不辨。」

跉䟓又作伶俜，步行跉䟓之謂（佛光大藏經編修委員會1988：4274）。「跉䟓之子」指二乘人[1]，因無六度萬行的大乘功德法財得自身莊嚴，猶如貧窮之子，缺乏衣食之資以活身命，故步行跉䟓，無法進步。

13. 今參考刊正、一新鏤板，以永流播。益使本分鉗鎚金聲而玉振，

---

[1]　乘為運載之意。運載眾生渡生死海之法，有二種之別，故稱二乘。即小乘法分為二種：直接聽聞佛陀之教說，依四諦理而覺悟者，稱聲聞乘；不必親聞佛陀之教說，係獨自觀察十二因緣之理而獲得覺悟者，稱緣覺乘，謂之二乘人（佛光大藏經編修委員會1988：206）。

崢嶸世界瓦解而冰銷。

崢嶸，繁榮、興盛的（高文達2001：535）。

14.「古人道：『朝朝抱佛眠。起時還共起。』爾道見解朦朧底人作麼生？」代云：「未到。」

朦朧，模糊、不清楚的（高文達2001：282）。

15.師云：「拈卻菩提、換卻涅槃，又作麼生？」僧云：「今日七、明日八。」師云：「依稀似佛、莽鹵如僧。」

⑴依稀，即彷彿，指不清楚的樣子。

⑵莽鹵，一般作「鹵莽」、「魯莽」，粗心、冒失之意。

16.師或拈拄杖，云：「且向這裡會，也有利益、也無利益，總不會。顢頇佛性儱侗真如。」代云：「疋上不足，疋下有餘。」

⑴顢頇，糊塗（高文達2001：273）。

⑵儱侗，未成器、不明確的（高文達2001：259）。

17.師云：「有問有答，速道將來。」僧應喏。師云：「迢遙也。」

迢遙，遙遠貌，時間和空間皆可用。

三、表示動作者

1.論功紀德，已是埋沒前賢；畫樣起模，適足糊塗後學。若是頂門有眼，甚處與雲門相見？

2.師云：「爾為什麼蓋不著？」僧云：「和尚莫塗糊某甲！」

糊塗、塗糊，頭腦不清、模糊的樣子（高文達2001：158）。在《雲門廣錄》都當動詞用，意同混淆、朦騙。

3.僧便問：「和尚抖擻法身，意旨如何？」師云：「我也知爾親。」

抖擻，振動（謝紀鋒2011：203）。

4.臣限餘景無時微躬將謝，不獲奔辭丹闕祝別彤庭。臣無任瞻天戀聖，激切屏營之至，謹奉表以聞。

屏營，意惶恐、彷徨（謝紀鋒2011：46），為文偃禪師謙稱之

詞。

5. 師乃有頌：「不露鋒骨句，未語先分付；進步口喃喃，知君大罔
　措。」或云：「十方國土中，唯有一乘法。爾道自己在一乘法
　裡、一乘法外？」代云：「入。」又云：「是。」
　分付，意爲「囑託」之義。

6. 一日，云：「佛法大殺有！秖是舌頭短。」代云：「長也。」又
　云：「大斧斫了手摩抄。」
　《祖庭事苑》卷一：「摩抄正作抄。桑何切。摩也。」摩抄，即
　摩。

四、表示疑問、指代者

　　「什麼」、「作麼」、「與麼」、「恁麼」四詞，是近代漢語常
見的詞語[2]。

1. 或云：「折半列三針筒，鼻孔在什麼處？與我箇箇拈出來看！」
　什麼，爲特指問句的疑問代詞，整部《雲門廣錄》運用了
　三百五十一個「什麼」，是出現頻率最高的詞。

2. 師云：「爲爾打野榸。」代云：「將食與人也不惡。」又云：
　「謝和尚供養！」又云：「和尚無端作麼？」
　作麼，怎樣，可表反問（江藍生、曹廣順1997：466）。

3. 代云：「這箇師僧得與麼肥！這箇師僧得與麼瘦！」
　與麼，這樣、如此（江藍生、曹廣順1997：421），爲指示代詞。

4. 因僧齋歸。師問：「齋主有什麼供養？」僧豎起拳。師云：「我
　這裡問儞即恁麼，僧堂前有人問儞，作麼生道？」僧云：「一切

2　「什麼」、「作麼」、「與麼」的「麼」亦可作「摩」，「什」亦作「甚」，具其字形不定的
　特質，且三詞皆無法拆開解釋，故本文將此類詞語歸之於「聯綿詞」。馬伯樂（1944：84）
　提及「什麼」、「恁麼」、「作麼」、「與麼」爲「意同而字異的結合」。高名凱（1948）
　將「與麼」歸之於指示詞，「甚麼」、「什麼」、「作麼」歸於特殊詢問詞。

臨時。」

恁麼，是近指代詞，與「與麼」相同。

《雲門廣錄》聯綿詞總計五十六詞五百七十八例，表示事物命名、狀態、動作及疑問詞與指代詞。

第二節　音譯詞

音譯詞指用音同或音近字，翻譯外來的詞語，往下分全譯詞和節譯詞說明之。

一、全譯詞

全譯詞，將原詞全部音節均譯出者，用例如下：

1. 問：「如何是觸目菩提？」師云：「拈卻露柱。」學云：「露柱豈干他事？」師云：「驢年，會麼？」

菩提，梵語Bodhi，巴利語同。意譯覺、智、知、道。廣義而言，乃斷絕世間煩惱而成就涅槃之智慧。佛、緣覺、聲聞各於其果所得之覺智（佛光大藏經編修委員會1988：5198）。

2. 問：「十方薄伽梵一路涅槃門。如何是一路涅槃門？」

薄伽梵，源於梵語bhagavat，為諸佛通號之一；意譯作有德、有大功德、有名聲、眾祐巧分別、能破、世尊，即具備眾德為世所尊重恭敬者之意（佛光大藏經編修委員會1988：4453）。

3. 僧云：「莫壓良為賤。」師云：「靜處薩婆訶。」師問直歲：「今日作甚來？」

薩婆訶，梵語svāhā，意譯吉祥、成就，多用於咒文之末句。於靜處坐禪時所達之成就境界，稱為靜處薩婆訶（佛光大藏經編修委員會1988：6359）。

4. 僧云：「和尚莫錯！」師云：「朝走三千、暮走八百，作麼生？」無語。師便打。

和尚，運用二百零三次，是《雲門廣錄》最常見的音譯詞，指德高望重之出家人，爲受戒者之師表，爲弟子對師父之尊稱。「和尚」乃西域語之轉訛，如龜茲語pwājjhaw等之誤轉，亦有謂印度古稱「吾師」爲烏社，于闐等地則稱和社、和闍（khosha），和尚即由此轉訛而來[3]（佛光大藏經編修委員會1988：3124）。梵文upādhyāya本爲婆羅門教術語，指導師，佛教引入指稱具有招收弟子資格的僧人，具法臘十年、有德、有智、持戒、多聞等條件，對僧徒而言，是很重要的職務（儲泰松2002：83）。

5. 近日師僧北去言禮文殊、南去謂遊南嶽，與麼行腳。名字比丘徒消信施，苦哉！苦哉！

比丘，梵語Bhikṣu之音譯。又作苾芻、苾蒭、煏芻、備芻、比呼。指出家得渡，受具足戒之男子（佛光大藏經編修委員會1988：1479）。

6. 舉「僧問趙州：『如何是妙峰頂？』州云：『不答爾者話。』僧云：『為什麼不答？』州云：『我若答落在平地。』」師代云：「俱胝和尚。」

俱胝，梵語Koṭi，又作拘胝、俱致、拘梨，意譯爲億，乃印度數量之名（佛光大藏經編修委員會1988：4033）。禪宗有「俱胝一指」公案，唐代俱胝和尚接引學人時常豎一指，僅豎一指，別無餘言（袁賓、康健2010：228），又稱「一指禪」，與雪峰和尚的「輥球」、文偃禪師的「顧鑑咦」、睦州和尚之「見成」並稱。

7. 吾自居靈樹，及徙當山，凡三十餘載每以祖道寅夕激勵。汝等或有言句布在耳目，具眼者知，切須保任！吾今已衰，邁大數將

---

3 關於和尚源於于闐語說，儲泰松（2002）提出反對意見，認爲：「漢譯佛經的某些佛教術語沒有、也不必要經過『梵語（俗語）─中亞語言─漢語』這一轉譯過程，它與早期佛典是否譯自中亞語文本關係不大。」（儲泰松2002：85）而認爲「和上／尚」源自印度西北俗語vajjha（儲泰松2002：86）。

絕。刹那遷易，頃息待盡。然淪溺生死，幾經如是。非獨於今矣！

刹那，Kṣana，譯言一念。時之最少者（丁福保1984：755）。又作叉拏。意譯須臾、念頃，即一個心念起動之間，與發意頃同義，單作念。意爲瞬間，爲表時間之最小單位（佛光大藏經編修委員會1988：3731）。

8. 一日云：「一切智智清淨中還有生滅麼？」代云：「夜叉説半偈。」

夜叉，鬼名，梵語Yakṣa。又作藥叉、悦叉、閲叉、野叉。指住於地上或空中，以威勢惱害人，或守護正法之鬼類（佛光大藏經編修委員會1988：3130）。

9. 師云：「地下閻浮大家總道得，祇如鬧市裡坐朝時、豬肉案頭茆坑裡蟲子，還有超佛越祖之談麼？」

閻浮，梵語jambu，乃樹名（佛光大藏經編修委員會1988：6337）。此處借用爲「閻浮提」Jambudvipa，即人間世界。

10. 一日云：「眼睫橫亘十方，眉毛上透乾坤，下透黃泉，須彌塞卻爾咽喉。還有人會得麼？若有人會得，捉取占波共新羅鬪額。」

(1) 占波，梵名campā，巴利名同。意譯無勝。位於中印度吠舍離國南方之古國。又作瞻婆國、瞻匐國、瞻蔔國、詹波國、闡蔔國、闍波國、瞻波國、栴波國（佛光大藏經編修委員會1988：6575）。

(2) 新羅，譯自朝鮮語Sila，古國名。故地在今朝鮮半島東南部（岑麒祥1990：402）。

11. 師歲夜問僧：「餅啖是羅漢藥石，還將得饆饠餬子來麼？」無對。代云：「今日東風起。」

饆饠即饆饠，又作「畢羅」，是一種帶餡的麵食（江藍生、曹廣

順1997：22）⁴。

12.問：「醍醐上味為什麼飜成毒藥？」

醍醐，食物名，指由牛乳精製而成最精純之酥酪。乃五味之一，即乳、酪、生酥、熟酥、醍醐等五味中之第五種味，爲牛乳中最上之美味，故經典中每以醍醐比喻涅槃、佛性、眞實教（佛光大藏經編修委員會1988：6321）。「醍醐」由最好的美味引申而喻智慧義，佛經往往用「醍醐灌頂」比喻通過智慧啓迪使人產生靈感，從而大徹大悟，除卻煩惱，心地清快（徐時儀2005b：440-441）。

13.或云：「節角語須是箇人始得，作麼生是節角語？」代云：「摩斯吒落水。」

摩斯吒，梵語markaṭa，爲獼猴的音譯，其心性輕浮躁動，難捉難調，常捨一取一。經典中常以之比喻凡夫之妄心（佛光大藏經編修委員會1988：6776）。

14.師云：「前頭江難過。」僧去。一切臨時，師云：「蘇盧薩訶！」代前語云：「臨行不可無禮去也。」

15.師行腳時，有官人問：「還有定乾坤底句麼？」師云：「蘇嚕蘇嚕悉哩薩訶！」

16.師或云：「如今半夏也，敲磕處道將一句來。」師復云：「蜜怛哩孤密怛哩智。」又云：「蜜怛哩孤蜜怛哩智作麼生？」

蘇盧薩訶、蘇嚕蘇嚕悉哩薩訶、蜜怛哩孤密怛哩智、蜜怛哩孤蜜怛哩智，均爲咒語。

《雲門廣錄》全譯詞共有二十二詞二百五十五例。

---

4 根據《慧琳音義》，畢羅是來自西域的食品，「饆饠」是一個記音詞。這種食品流行於唐代長安，是一種帶餡可鹹可甜的麵食（徐時儀2005b：449）。

二、節譯詞

　　節譯詞，僅譯出外來詞的部分音節者，或由全譯詞節縮而成，是全譯詞的異稱。《雲門廣錄》節譯詞合計二十九詞一百零五例。

1. 問：「今日供養<u>羅漢</u>，<u>羅漢</u>還來也無？」師云：「汝若不問，我即不道。」進云：「請師道。」

　　羅漢，阿羅漢的省略，梵語arhat，爲聲聞四果之一，如來十號之一。指斷盡三界見、思之惑，證得盡智，而堪受世間大供養之聖者（佛光大藏經編修委員會1988：3692）。

2. 師指淨瓶，云：「法身還該這箇麼？」山云：「<u>闍梨</u>莫向淨瓶邊會！」師便禮拜。

3. 問：「曹溪一句蓋國知聞，未審雲門一句什麼人得聞？」師云：「<u>闍黎</u>不聞。」進云：「學人親近得不？」

　　闍梨、闍黎，Ācārya，舊稱阿闍梨，阿祇利。譯曰教授。可矯正弟子行爲，爲軌則師範高僧之敬稱（丁福保1984：735）。闍梨、闍黎乃由阿闍梨節譯而來。

4. 御史大夫上柱國何希範洎闍郡官僚等，請靈樹禪院第一座偓和尚，恭爲皇帝陛下開堂説法，上資聖壽者。竊以：<u>伽跋</u>西來，克興大乘之教；<u>達磨</u>東至，乃傳心印之宗。

　　(1)伽跋，取自婆伽梵Bhagavat異譯詞「薄伽跋帝」（丁福保1984：942）的節譯，爲佛陀的另一稱呼。

　　(2)達磨，即達摩，梵文Bodhidharma，具名菩提達磨，譯曰道法。南天竺之刹帝利種也，父王曰香至，磨爲其第三子。本名菩提多羅。後遇二十七祖般若多羅，嗣法，改多羅曰達磨（丁福保1984：1182）。

5. 問：「<u>維摩</u>一默還同説也無？」師云：「痛領一問。」進云：「與麼則同説也。」師云：「適來道什麼？」

　　維摩，梵名Vimalakīrti，音譯毘摩羅詰利帝。爲佛陀之在家弟子，乃中印度毘舍離城之長者，雖在俗塵，然精通大乘佛教教義，修爲高遠，雖出家弟子猶有不能及者（佛光大藏經編修委員會

1988：5892）。

6. 上堂云：「故知時運澆漓，代干像季。近日師僧北去言禮文殊、南去謂遊南嶽。與麼行腳，名字比丘徒消信施。苦哉！苦哉！」

　　文殊，梵名Mañjuśrī，音譯作文殊師利、曼殊室利、滿祖室哩，爲我國佛教四大菩薩之一（佛光大藏經編修委員會1988：1426）

7. 問僧：「三乘十二分教，什麼人承當得？」代云：「沙彌童行。」

　　沙彌，梵音Śrāmaṇera，全譯或作室羅摩拏洛迦、室末那伊洛迦等，是男子出家受十戒者之通稱（丁福保1984：600）。

8. 後還澄左右侍講數年，賾窮四分旨，既毘尼嚴淨悟器淵發。乃辭澄謁睦州道蹤禪師，蹤黃檗之裔也。

　　毘尼，Vinaya，新云毘奈耶，舊云毘尼。律藏之梵名也（丁福保1984：793）。

9. 因瑙長老舉菩薩手中執赤幡，問師：「作麼生？」師云：「儞是無禮漢。」瑙云：「作麼生無禮？」

　　菩薩，是菩提薩埵之略稱[5]，梵名Bodhisattva，又曰菩提索埵，摩訶菩提質帝薩埵。舊譯爲大道心眾生、道眾生等，新譯曰大覺有情、覺有情等。謂是求道之大心人。故曰道心眾生，求道求大覺之人，故曰道眾生，大覺有情（丁福保1984：1060）。

10. 一日云：「不占田地，道將一句來。」代云：「總屬和尚。」或云：「倒道將一句來看。」代云：「訶薩！」

　　訶薩，爲梵語Mahāsattva摩訶薩埵的節譯詞，乃菩薩或大士之通稱（佛光大藏經編修委員會1988：6084）。

11. 師問僧：「行腳事即不問汝，三十二相、八十種好，道將一句來。還有人道得麼？」代云：「怛薩阿竭二千年。」

5　史有爲（2004：182）認爲「菩薩」非由梵語bodhi-sattva節縮而來，可能由犍陀羅語佛經翻譯而來，犍陀羅語即作bosa。

怛薩阿竭、多陀阿伽度，梵語Tathāgata，又作怛闥阿竭，多陀
阿伽陀，多陀阿伽馱，怛他蘗多，怛他蘗多夜，多陀竭，怛薩阿
竭。譯曰如來，又曰如去（丁福保1984：527）。

12.師一日披袈裟，云：「我抖擻法身也。」總無對。師云：「汝問
　我。」僧便問：「和尚抖擻法身，意旨如何？」師云：「我也知
　爾親。」
　袈裟，梵語Kaṣāya，指纏縛於僧眾身上之法衣，以其色不正而稱
　名。又作袈裟野、迦邏沙曳、迦沙、加沙（佛光大藏經編修委員
　會1988：4784）。

13.舉佛問外道：「汝義以何為宗？」師代外道云：「者老和尚，我
　識得爾也。」外道云：「以一切不受為宗。」代佛云：「放過一
　著。」佛云：「汝以一切不受為宗耶？」代外道云：「者瞿曇莫
　教失卻問！」
　瞿曇，梵名Gautama或Gotama，巴利名Gotama。為印度刹帝利種
　中之一姓，瞿曇仙人之苗裔，即釋尊所屬之本姓（佛光大藏經編
　修委員會1988：6580）。

14.問：「如何是塵塵三昧？」師云：「桶裡水、鉢裡飯。」
　三昧，梵語samādhi之音譯。即將心定於一處的安定狀態。一般俗
　語形容妙處、極致、蘊奧、訣竅等之時，皆以「三昧」稱之，蓋
　即套用佛教用語而轉意者，與原義迥然有別（佛光大藏經編修委
　員會1988：580）。

15.上堂云：「夫學般若菩薩須識得眾生病，即識得學般若菩薩病。
　還有人揀得麼？出來對眾揀看。」眾無語。乃云：「若揀不得，
　莫妨我東行西行！」
　般若，梵語Prajñā，又作波若、般羅若、鉢剌若。即修習八正道、
　諸波羅蜜等，而顯現之真實智慧。明見一切事物及道理之高深智
　慧，即稱般若（佛光大藏經編修委員會1988：4301）。

16.舉生死涅槃合成一塊，乃拈起扇子云：「是什麼不是合成一塊？
　得與麼不靈利。直饒與麼，也是鬼窟裡作活計。」

涅槃，梵語nirvāṇa，又作泥洹、泥日、涅槃那、涅隸槃那。意譯作滅、寂滅、滅度、寂、無生。與擇滅、離繫、解脫等詞同義（佛光大藏經編修委員會1988：4149）。

17.夫先德順化未有不留遺誡，至若世尊將般涅槃亦遺教勅。

般涅槃，涅槃或作Parinirvāṇa（丁福保1984：897），譯作般涅槃。般，爲梵語Pari之節譯；涅槃是nirvāṇa涅槃那的節譯詞。

18.僧送安舊處，又來問：「如何是本身盧舍那？」國師云：「古佛過去久矣。」師云：「無眹跡。」

盧舍那，梵名Vairocana，爲佛之報身或法身，音譯作毘盧遮那，又作毘樓遮那、毘盧折那、吠嚧遮那；略稱盧舍那、盧遮那、遮那。意譯遍一切處、遍照、光明遍照、大日遍照、淨滿、廣博嚴淨（佛光大藏經編修委員會1988：3858）。

《雲門廣錄》音譯詞總計五十一詞三百六十例，包括全譯詞二十二詞二百五十五例、節譯詞二十九詞一百零五例，詞目以節譯詞爲多、詞例則以全譯詞爲主。除了少數國名如新羅之外，大致都源於梵語，包括名相、身分名、地名等。

第三節　擬聲詞

擬聲詞又稱狀聲詞、摹聲詞，指模仿外在事物聲音而構成的詞語，這些聲音即是詞語的意義所寄。

1.一日，云：「三十年後會去在。」代云：「點兒落節。」或云：「頭上霹靂即不問爾，腳下龍過道將一句來。」代云：「朝起雲，夜降雨。」

霹靂，巨大的雷聲、或形容巨大的聲響（謝紀鋒2011：665）。

2.師復云：「蜜怛哩孤密怛哩智。」又云：「蜜怛哩孤蜜怛哩智作麼生？」代云：「嘟嚇！」又云：「礚！」

嘟嚇，是物體撞擊聲。

3. 師引聲，云：「釋迦老子來也。」僧又無對，師遂行數步，以拄杖打松樹一下云：「嘎嘎！會麼？」

嘎嘎，模擬擊物聲。

4. 師云：「且念文書。」代云：「禪師愛欺座主。」又云：「吽㗳。」又云：「維摩頭，法華尾。」

吽㗳，表示狗爭鬥吼叫之聲（謝紀鋒2011：624）。

5. 師云：「爭奈在老僧手裡何？」進云：「某甲問極則事。」師便棒，云：「吽吽。」

吽吽，與前例相同，都是模擬狗相鬥時吼聲。禪師模擬動物聲來回答問題，說明這些問題毫無意義，盼望學人切莫落入言語相爭。

6. 問：「生死根源即不問，如何是目前三昧？」師云：「吃嘹舌頭三千里。」進云：「今日得遇和尚也。」師云：「放爾三十棒。」

吃嘹，其他禪錄亦作「乞嘹」、「吉獠」、「咭嘹」、「吉獠」等詞，一般寫作「吉了」[6]，是嶺南地區一種能模仿人語的鳥（何小宛2009：270）。本文認為上述詞語都是記錄這種鳥的叫聲，故納入擬聲詞討論；如是本例就是以擬聲詞命物之名的例子。文偃禪師長住嶺南雲門山，自是認識「吃嘹」鳥的特性，故以「吃嘹舌頭」斥責不明心地、只知背誦經文或公案機語的問法僧人，毫無切身體悟，如同吃嘹鳥般模仿人言語。

7. 師先付法於弟子實性，俾紹覺場，僉議為實性，已傳道育徒；乃革命在會門人法球，以繼師席。嗚呼！世導云滅矣。

嗚呼，指哭聲，代表哀傷（高文達2001：432）。

8. 師拈起拄杖，云：「掣電之機不問爾，還到這裡麼？」僧云：

6　按《舊唐書‧音樂志二》：「嶺南有鳥，似鸜鵒而稍大，乍視之，不相分辨，籠養久，則能言，無不通，南人謂吉了。」可見吉了是一種能模仿人言的鳥（袁賓、康健2010：195）。

「不會。」師呵呵大笑。

呵呵，笑聲（高文達2001：144）。

9.巖云：「與麼則喫法身也。主無語，本講座主代云，有什麼過？」巖不肯。東使云：「喏喏。」師代云：「特謝和尚降重空筵。」

喏喏，為應允之聲。

10.師乃有頌：「不露鋒骨句，未語先分付；進步口喃喃，知君大罔措。」

喃喃，指連續不斷地小聲說話的聲音（高文達2001：298）。

11.咄咄咄力口希，禪子訝中眉垂。

咄咄咄，為斥聲責或吆喝聲（袁賓、康健2010：114）。

12.舉生法師云：「敲空作響，擊木無聲。」師以拄杖空中敲，云：「阿耶耶。」又敲板頭，云：「作聲麼？」

阿耶耶，敲擊聲，亦表示感嘆（袁賓、康健2010：2）。

　　《雲門廣錄》擬聲詞包括雙音節及多音節詞，共十二詞二十二例，表示人的笑聲、感嘆聲、斥責聲，及物體敲擊聲、大自然聲、獸聲等；當以人聲最具特色，多為禪師所發，為接引學人的方式之一，是為禪宗特有的表音詞。

第四節　本章小結

　　《雲門廣錄》衍聲詞總計有一百一十九詞九百六十例，統計如下：

表一：衍聲詞類詞目用例統計表

類　型	詞目數	％	用例數	％
1. 聯綿詞	56	47.06	578	60.21
2. 晉譯詞	51	42.86	360	37.50
3. 擬聲詞	12	10.08	22	2.29
總　計	119	100%	960	100%

此類詞文字只有標音作用，取聲不取義。三小類中，聯綿詞詞目及詞例數量最多，音譯詞次之，擬聲詞最爲弱勢。用例則聯綿詞最爲強勢，聯綿詞以聲音來命事物之名和描寫狀態；音譯詞乃以聲音記錄外來的事物，以來自佛典的用語爲多，包括名相、國名、物名等；擬聲詞是模擬外在事物發出的聲音而構成者，《雲門廣錄》數量雖然少，多爲禪師所發，動作伴隨聲音，成爲激發學人開悟的手段。

第五章

《雲門廣録》合義詞

合義詞（組）乃是擷取詞素（詞）的意義構成的詞彙，依照組成成分的關係，可分爲並列式、主從式、支配式、補充式、說明式，將綜合式獨立討論，共六小類；再者，將雙音節虛詞納入其結構歸屬之小節討論。

第一節　並列式合義詞

並列式又稱「聯合式」，並列詞素組合成詞（組）。

一、同（類）義並列者

此小類組合的詞素，其原本的意義相同或相似。

1. 師云：「寄一則<u>因緣</u>問堂頭和尚，衹是不得道是別人語。」僧云：「得。」

　　因緣，原因（中村元2009：470）。梵語hetu-pratyaya，爲因與緣之並稱。因，指引生結果之直接內在原因；緣，指由外來相助之間接原因（佛光大藏經編修委員會1988：2301）。

2. 自是汝諸人信根淺薄惡業濃厚，突然起得如許多<u>頭角</u>，擔鉢囊千鄉萬里受屈作麼？且汝諸人有什麼不足處？

　　頭角，爲禪林用語，指煩惱之念；凡夫起有所得之心，稱爲頭角生（佛光大藏經編修委員會1988：6362）。

3. 今參考刊正、一新鏤板，以永流播，益使本分<u>鉗鎚</u>金聲而玉振，峥嵘世界瓦解而冰銷。

　　鉗鎚，原稱鉗子和鐵鎚，兩者都是鍛冶用具；禪林喻指嚴厲鍛鍊禪者的手段（中村元2009：1411）。

4. 師云：「頭上著枷腳下著杻。」座云：「與麼則無佛法也。」師云：「此是文殊普賢大人<u>境界</u>。」

　　境界，自家勢力所及之境土，又，我得之果報界域，謂之境界（丁福保1984：1247）。

5. 問：「古人面壁意旨如何？」師云：「念七。」

意旨，意向旨趣。

6. 果見面容如昔，髭鬚猶生。遂具表聞奏，復奉勅令，托迎真身赴
闕，留內庭供養。

髭鬚，鬚髮也。

7. 師問柴頭：「爾為什麼拽折大梁鋸？」僧云：「無。」師云：
「無即休。」代云：「彼此。」又云：「平地。」又云：「也知
和尚為頭首辛苦。」

頭首，「頭」、「首」同義，引申「第一」之義。

8. 舉閩中韋監軍尋常見僧，云：「某甲待官滿出，江西湖南置一
問，問殺江西湖南老宿。」僧云：「監軍作麼生問？」軍云：
「不勞手腳。」僧無語。

手腳，原為手和腳，此處指稱手段、作為、方法。

9. 問：「如何是衲僧孔竅？」師云：「放過一著。」

孔竅，要點、關鍵（中村元2009：283）。

10. 伏願：鳳曆長春，扇皇風於拂石之劫；龍圖永固，齊壽考於芥子
之城。

壽考，為生命之期限。

11. 臣跡本寒微生從草莽，爰自髫齓切慕空門，潔誠誓屏於他緣，銳
志唯探於內典。其或忘餐待問、立雪求知。

髫，指小孩額前垂下的頭髮；齓，應「齔」，指自乳齒脫換為
成人的牙齒。髫齓，七、八歲的小孩，統稱稚齡孩童（中村元
2009：1704）。

12. 舉國師云：「語漸也返常合道，論頓也不留朕跡。」

朕跡，「朕」通「眹」；朕跡指徵兆。（中村元2009：960）。

13. 一日，云：「忽然有一箇老宿，把弓刀按，入地獄如箭射。還有
人會得這箇時節麼？」代云：「鑰匙在和尚手裡。」

鑰匙，「鑰」指開鎖的器具，「匙」輕聲「ㄕ」無義，僅表「鎖
鑰」，故「鑰匙」為偏義複詞，就結構而言是並列式合義詞。

14. 問：「如何是向上事？」師云：「截卻汝肚腸、換卻<u>匙筋</u>、拈將
　　鉢盂來看。」僧無對。師云：「這掠虛漢。」

15. 師見僧齋次，問：「鉢盂<u>匙箸</u>拈向一邊，把將餛飩來。」無對。
　　「匙」，音「彳ˊ」，為舀取流質液體的飲食用具，即今之「湯
　　匙」、「調羹」。匙筋[1]、匙箸，指稱餐具。

16. 「舉『法身清淨。一切聲色盡是<u>廉纖</u>語話。』不涉<u>廉纖</u>作麼生是
　　清淨？」
　　廉纖，指糾纏於瑣碎之事而不俐落（雷漢卿2010：621）。

17. 師有時云：「直得乾坤大地無<u>纖毫</u>過患，猶是轉句，不見一色始
　　是半提，直得如此，更須知有全提時節。」
　　纖毫，原各指細小的絲和毛，共構一詞比喻事物非常微細的部
　　分。

18. 師有時云：「諸方盡向<u>繩墨</u>裡脫出，我者裡即不然。」僧問：
　　「未審和尚如何？」師云：「草鞋三十文買。」
　　繩墨，原木工取直的工具，比喻法度、規矩。

19. 待十方往來知識。與他出卻釘去卻楔、除卻<u>臘脂</u>帽子、脫卻<u>體臭</u>布
　　衫。教伊灑灑地作箇衲僧，豈不俊哉？
　　臘脂，油膩髮粘（江藍生、曹廣順1997：446）。臘原指「肉
　　乾」，脂乃「油質」；二者並列指稱油垢厚重。「臘脂帽子、體臭
　　布衫」喻指無明煩惱、情識知見等（袁賓、康健2010：518）。

20. 師歲夜問僧：「<u>餅啖</u>是羅漢藥石，還將得饆饠餡子來麼？」
　　餅啖，疑為「餅餤」。餅餤，麵餅的一種（高文達1992：36）。

21. 一日，云：「教中有言：『謗斯經故獲罪如是。』拈卻當門齒將
　　經來。」代云：「不空<u>罥索</u>。」
　　罥索，罥，捕捉鳥獸的網、索為繩子；二者並列指稱束縛身心之

1　「筋」指韌帶，與「匙」不相合；應為「筯」。「筯」為「箸」的異體字。「筋」、「筯」
　　二字形似而相訛，故「匙筋」，應為「匙筯」。

外務。

22. 拈起拄杖云：「一大藏教總在拄杖頭上，何處見有一點來？展開去也。如是我聞十方國土<u>廓周</u>沙界。」

廓周，物體的外緣周圍、環繞區域的外圍部分。

　　以上爲名詞要素並列構成的合義詞。

23. 師或云：「埋沒兩字不用道著。」代云：「深領和尚<u>慈悲</u>。」又云：「因某甲所置。」

慈悲，慈，梵語maitrya；悲，梵語karuṇā。慈愛眾生並給予快樂，稱爲慈；同感其苦，憐憫眾生，並拔除其苦，稱爲悲；二者合稱爲慈悲（佛光大藏經編修委員會1988：5805），爲意譯的並列式合義詞。

24. 問：「<u>真如</u>湛寂妙絕無門時如何？」師云：「自機迴照。」

眞如，眞者眞實之義，如者如常之義，諸法之體性離虛妄而眞實，故云眞，常住而不變不改，故云如（丁福保1984：876）。

25. 師因齋次，拈起餬餅，云：「我祇<u>供養</u>江西兩浙人，不<u>供養</u>向北人。」

供養，爲意譯詞。梵語pūjanā，又作供、供施、供給、打供。意指供食物、衣服等予佛法僧三寶、師長、父母、亡者等。以身體行爲爲主，後亦包含純粹的精神供養，故有身分供養、心分供養之分。（佛光大藏經編修委員會1988：3065）

26. 舉古云：「寂寂空形影。」師展兩手，云：「山河大地何處得也？」又云：「一切智通無<u>障礙</u>。」

障礙，障，梵語āvaraṇa，又作礙。全稱障礙，覆蔽之意（佛光大藏經編修委員會1988：5946）。引申而有阻礙、障隔之意，爲並列式合義詞。

27. 進云：「如何是靈樹枝條？」師云：「<u>曬眼</u>皮草。」

曬眼，眼即睆，睆與曬同義。

28. 教有明旨：東西廊物，尚不應以互用，汝當知矣。或能遵行吾

誠，則可使佛法流通天神攝衛，不負四恩有益於世。

攝衛，攝乃含括，衛即保護；攝衛意為包括護持。

29.問：「師子嚬呻時如何？」師云：「嚬呻且置，試哮吼看。」僧應喏。

(1)嚬呻，展舒四體解勞也（中村元2009：1660）。

(2)哮吼，大聲吼叫。

(3)應喏，當為應諾，意即答應允諾。

30.師云：「藏身一句作麼生道？」僧便禮拜。師云：「放過一著，置將一問來。」僧無語。

禮拜，合掌叩頭表示恭敬，略稱為禮、拜。即以身體之動作（身業）來表示尊敬之意；而與口業之讀誦、稱名、讚嘆，及意業之觀察，併稱為對佛之五正行。然廣義而言，禮拜對象並不限於對佛，如對塔，對長老、和上（尚）等，均可以禮拜表達恭敬之意（佛光大藏經編修委員會1988：6583）。

31.弟子韶州防禦使兼防遏指揮使、權知軍州事、銀青光祿大夫、檢校兵部尚書，御史大夫上柱國何希範泊闔郡官僚等，請靈樹禪院第一座偃和尚，恭為皇帝陛下開堂說法。

檢校，原指查核事物（中村元2009：1606），此處為職官名，晉始設置，原為散官。唐宋有檢校官，其官位高於正官。

32.舉「國師云：『語漸也返常合道，論頓也不留朕跡。』」師云：「拈槌豎拂彈指時節皆撿點來。也未是無朕跡。」

33.上堂大眾集定，云：「是大過患，子細點撿。」

撿，當為「檢」，有查驗之意；點，乃逐個檢覈，二者都有考核之意。撿點、點撿，都指稱斟酌修行僧的修養程度（中村元2009：1606）。

34.得用由來處處通，臨機施設認家風。揚眉瞬目同一眼，豎拂敲床為耳聾。

施設，禪師為接引後學而採取的措施（袁賓1993：436）。

35.舉參同契云：「回互不回互。」師云：「作麼生是不回互？」乃

以手指板頭，云：「者箇是板頭，作麼生是回互？」

回互，交雜融匯（袁賓1993：197）。禪宗指稱事物間相互涉入，相依相存，無所區別，相當於華嚴宗之理事無礙、事事無礙（佛光大藏經編修委員會1988：2304）。

36. 吾自住持已來，甚煩汝等輔贊之勞，但自知愧耳。

(1)住持，擔任方丈、主持寺院（袁賓1993：275）。

(2)輔贊，輔原為車子兩旁夾木，引申為扶持幫助；贊，亦為佐助之意，故「輔贊」一詞為並列式合義詞，意為輔佐襄贊。

37. 師云：「作麼生是清淨？」僧云：「共和尚商量了。」

商量，相互交換意見。

38. 問：「一言道盡時如何？」師云：「裂破。」進云：「和尚作麼生下手拈掇？」師云：「拈取糞箕掃箒來。」

拈掇，稱說禪機語句（袁賓1993：302）。是禪家說法的一種形式。

39. 問：「如何舉唱即得不負來機？」師云：「痛領一問。」

舉唱，舉說、宣示（袁賓、康健2010：226）。即禪家說解、詮釋理法之意。

40. 伏聞：有限色身，詎免榮枯之嘆；無形實相，孰云遷變之期？既風燈炬焰難留，在水月空華何適？罔避典彝之咎，將陳委蛻之詞，臣中謝伏念。

委者捨棄，蛻者蛇蟬等動物脫去外皮；委蛻，人如同動物般脫離有形的肉體，指稱僧人遷化（中村元2009：690）。

41. 爾合作麼生？各自覓箇託生處好。莫空遊州獵縣，秖欲得揑搦閒言語，待老和尚口動，便問禪、問道、向上、向下、如何、若何，大卷抄將去，埿向皮袋裡。」

42. 我向前行腳時，有一般人與我注解。他是不惡心，被我一日覷見是一場笑具，是我三五年不死，這般滅胡種底一斧打折腳。如今諸方大有出世紐揑，爾何不去彼中？

揑，即「捏」，揑、搦二字，都有「握、持」之意。揑搦，把

玩、推敲（中村元2009：956）。紐捏，憑空編造，亦作扭捏（中村元2009：996）。文偃禪師斥責四處行腳、玩弄言語、抄錄和尚上堂語及對話的僧人，這樣無益於開悟，非託生之處。

43. 舉「一宿覺云：『一切數句非數句，與吾靈覺何交涉？』」師云：「行住坐臥不是靈覺，喚什麼作數句？」

交涉，牽連、關聯。

44. 聚頭舉得箇古人話，識性記持妄想卜度道：「我會佛法了也。」

卜度，揣度、猜想。

45. 示眾云：「爾等諸人每日上來下去，問訊即不無，若過水時將什麼過？」

問訊，問安、問候。禪門之禮法，合掌鞠躬向長上表示敬意並問安否。現今只合掌低頭（中村元2009：1036）。

46. 問：「牙齒敲磕皆落名言，如何得不落古人蹤？」師云：「通機自辨。」

敲磕，亦寫作「敲礚」，「磕」、「礚」二字為異體，意為撞擊、敲擊，與「敲」為同義並列。例句「牙齒敲磕皆落名句」，乃指學人行腳拈舉古則公案問道。

47. 雖然如此，且諦當實見也未？直饒到此田地，也未夢見衲僧沙彌在，三家村裡不逢一人。

「諦」真實無誤，「當」應該。諦當，了知，明白了知事物的道理（中村元2009：1574）。

48. 又云：「作麼生是侍者辜負國師處？」師云：「粉骨碎身未報得。」

辜負，違背他人的好意。

以上為動詞性詞素並列構成的合義詞。

49. 舉寶公云：「如我身空諸法空，千品萬類悉皆同。」

「悉」、「皆」，有「全部、完全」之意。悉皆，為同義副詞構成的詞。

50.因見信州鵝湖，上堂云：「莫道未了底人長時浮逼逼地，<u>設使</u>了得底人明得知有去處，尚乃浮逼逼地。」

　　設使，意爲即使、縱然（江藍生、曹廣順1997：333），爲假設連詞並列構成的雙音詞虛詞。

51.師云：「有底不肯，不可商量時便有不商量時便無也。<u>若約</u>那箇語話，體上會事，直言未到、見解偏枯。」

　　若約，大概、差不多。

52.莫將等閒空過時光，一失人身萬劫不復。不是小事莫據目前。俗子<u>尚猶</u>道朝聞道夕死可矣。況我沙門合履踐何事？大須努力！珍重！

　　尚猶，尚且、依然。

53.問：「凡有言句皆是錯，如何是不錯？」師云：「當風一句<u>起自</u>何來？」

　　起自，從、由。

　　以上各例詞含有虛詞詞素構成的並列式合義詞。

　　《雲門廣錄》多音節的並列式合義詞，多源於佛教詞語。

54.或云：「般柴來去<u>行住坐臥</u>四威儀中，還出得釋迦老子鼻孔麼？」

　　行住坐臥，舉止動作，謂之四威儀（丁福保1984：540）。

55.因喫茶次問僧：「<u>色香味觸</u>具四塵，儞道茶具幾塵？」僧無語。師云：「不得辜負我。」

　　色香味觸，謂之四塵（丁福保1984：540）。

56.舉：「<u>見聞覺知</u>無障礙。<u>聲香味觸</u>常三昧。」師云：「一切處不是三昧。行時不是三昧。有處云：『聲香味觸體在一邊。』聲香味觸在一邊。見解偏枯。」

　(1)見聞覺知，乃心識接觸外境之總稱。即眼識之用爲見，耳識之用爲聞，鼻舌身三識之用爲覺，意識之用爲知（佛光大藏經編修委員會1988：3003）。

(2)聲香味觸，即五欲，色聲香味觸能起人貪欲之心，故稱欲。此
　例取五欲其中的四種，爲了和前句的「見聞覺知」相對。

二、反義並列者

　　此小類組合的詞素，其原本的意義相反。

1. 師或云：「第一句作麼生道爾若明得，陝府鐵牛吞卻<u>乾坤</u>。」代
　云：「謝和尚重重相為。」

2. 或云：「我今年老七十八也，所作事難也。」良久，問僧：「爾
　道淨瓶年<u>多少</u>？」無對。

3. 舉祖師偈云：「法法本來法。」師云：「行住坐臥不是本來法。
　一切處不是本來法。秖如山河大地與爾<u>日夕</u>著衣喫飯。有什麼
　過？」

4. 問僧：「甚處來？」僧云：「南華禮塔來。」師云：「莫脫
　空。」僧云：「實去來。」師云：「五戒不持。」無對。代云：
　「<u>彼此</u>不出。」

5. 問：「能詮<u>表裡</u>時如何？」師云：「風不入。」

6. 問僧：「爾是甚人？」僧云：「知客。」師云：「客來將何秖
　待？」僧云：「隨家<u>豐儉</u>。」

7. 一日，云：「辨得<u>親疏</u>，為什麼被<u>親疏</u>所使？」代云：「阿誰置
　得？」

8. 一日，云：「作麼生是一句通<u>褒貶</u>？」代云：「雖是善因而招惡
　果。」

9. 伏聞：有限色身，詎免<u>榮枯</u>之嘆；無形實相，孰云遷變之期？

10. 師云：「作麼生道免得石鞏喚作半箇聖人？」慶云：「若不還價
　爭辨<u>真偽</u>？」師云：「入水見長人。」

11. 一日，云：「一切智智清淨中，還有<u>生滅</u>麼？」

12. 師云：「帝釋舉手處作麼生？與爾四大、五蘊、釋迦老子<u>同
　別</u>。」

13. 上堂云：「我今日共汝說葛藤，屎灰屎火、泥豬疥狗，不識<u>好</u><u>惡</u>，屎坑裡作活計。」

14. 道盛行於天下者數人而已，雲門大宗師特為之最，<u>擒縱</u><u>舒卷</u><u>縱橫</u>變化。放開江海，魚龍得遊泳之方；把斷乾坤，鬼神無行走之路。

豐儉、多少、乾坤、日夕、表裡、彼此、褒貶、榮枯、眞僞、生滅、同別、好惡、親疏、擒縱、舒卷、縱橫等，都是反義詞素構成的並列式合義詞，表面的相對，如豐儉，指豐富與貧瘠（中村元2009：1645），代指家境情形；乾坤，指全世界；榮枯，代稱生死；好惡，指眞理、眞相；多少，爲疑問詞；日夕，早晚也，即整日。

《雲門廣錄》並列式合義詞計有四百八十五詞目一千一百五十一用例。

第二節　主從式合義詞

主從式又稱「偏正式」，由前一個語素修飾後一個語素。

1. 師齊次問僧：「應是從前<u>叢林</u>學得底言語總拈卻，爾道我飯作麼生滋味？」代云：「菜裡少鹽醋。」
   叢林，指僧眾聚居之寺院，尤指禪宗寺院。昔時印度多於都城郊外選擇幽靜之林地，營建精舍，故僧眾止住之處，即以蘭若（空閒）、叢林等語稱之。經典中對「叢林」一語之解釋頗多。如《大智度論》卷三載：僧眾合居住於一處，猶如樹木聚集之叢林，故以之爲喻；《大莊嚴論經》謂，眾僧乃勝智之叢林；又據《禪林寶訓音義》載，「叢林」二字係取其草木不亂生長之義，表示其中有規矩法度（佛光大藏經編修委員會1988：6552）。

2. 問：「如何是和尚<u>家風</u>？」師云：「皮枯骨瘦。」
   家風，禪宗各宗派的意旨、風格、特點（袁賓、康健2010：198）。

3. 舉夾山語云：「百草頭上薦取老僧。」師合掌，云：「不審不審。」又以拄杖指露柱，云：「夾山變作露柱也。看看！」

不審，相見時的問候語（袁賓1993：57），專指僧侶見面時所稱。

4. 時有僧問：「未審釋迦老子叫喚作麼？」師云：「爾與麼驢年夢見麼？」

⑴未審，不知（江藍生、曹廣順1997：369）。

⑵驢年，禪林用語。十二地支所屬之生肖，其中無驢，即無驢年，故以之譬喻永無可期之日（佛光大藏經編修委員會1988：6977）。

5. 師因見僧看經，乃云：「看經須具看經眼，燈籠露柱一大藏教無欠少。」拈起拄杖，云：「一大藏教總在拄杖頭上，何處見有一點來？展開去也。如是我聞十方國土廓周沙界。」

⑴露柱，乃無牆壁依靠的一根柱，通常指佛殿之圓柱（中村元2009：1716）。禪宗用以比喻無生命之物體。

⑵拄杖，意指支撐身體的棍杖。禪僧所持長杖，行腳時以之輔助渡過險路。如同拂塵，是禪僧坐禪、辨道與尋師、訪道不可久缺之物，故用此表現達摩門下僧侶的修行生活，後世當作儀式中的持物（中村元2009：722），《雲門廣錄》運用了一百二十三例。禪師經常使用拄杖使學人開悟入道，本例即是，當然最負盛名的是德山禪師「德山棒」。

6. 問：「凡有言說皆是葛藤，如何是不葛藤？」師云：「大有人見汝問。」

葛藤，原指蔓草，後比喻纏繞糾結、不能解開的事物。禪宗裡多用指文字言語的繁雜細瑣（中村元2009：1386），是本心自然、開悟的障礙。

7. 因說事了，起立，以拄杖擊禪床一下，云：「適來如許多葛藤，貶向什麼處去？靈利底即見、不靈利底著於熱瞞。」代云：「雪上加霜。」

熱瞞，謂完全受騙（中村元2009：1516）。

8. 或云：「佛法中菩提、涅槃、真如、解脫並為<u>增語</u>。汝道世諦以何為<u>增語</u>？」

增語，有語增上之意。語，乃無詮表之聲，其聲殊勝者謂之名，故稱此名為增語（佛光大藏經編修委員會1988：5973）。殊勝之語能成為世人解脫的依憑。

9. 自知聖大師順世，密授付囑之詞。皇帝巡狩，榮加寵光之命，足可以為祇園柱礎、梵苑梯航。<u>緇徒</u>虔心以歸依，仕庶精誠而信仰。

緇徒，著緇衣之人為緇徒。緇衣又作黑衣、墨衣、墨染衣，即黑色法衣，為僧侶著用之物（佛光大藏經編修委員會1988：5895），故緇衣代指僧侶。

10. 僧乃近前，師云：「去。」代云：「念。<u>學人</u>遠來。」

學人，稱參玄問道之人，當時以此稱行腳的僧人。

11. 兄弟<u>一等</u>是蹋破草鞋行腳，拋卻師長父母，直須著些子眼睛始得。

一等，同樣、一樣（袁賓、康健2010：475）。

12. 問：「如何是不帶眹？」師云：「天臺<u>普請</u>，南嶽遊山。」

普請，於禪林勞役時，大眾上下合力，稱為普請，今俗稱「出坡」。據《入唐求法巡禮行記・卷二》載此制於唐代即通行於各地，當收穫蔓菁、蘿蔔時，院中上座等盡出揀葉；如庫頭無柴時，院中僧等盡出擔柴。蓋此制係倡導農禪，凡耕作摘茶等作務皆以普請為之（佛光大藏經編修委員會1988：5000）。普請展現群策群力的僧團生活、自給自足的農禪生活，亦是禪侶經濟獨立的依據。

13. 上堂，云：「去去遞相<u>鈍置</u>，有什麼了時？」卻問眾云：「我與麼道，還有過麼？」

鈍置，耽擱延遲，有愚弄、笨而頑固之意（中村元2009：1297）。

14. 師云：「脱空妄語漢。」又拈問僧：「作麼生免得不被主家道得脱空妄語？」

拈問，舉說公案並提出問題，是禪家問話的一種形式（袁賓1993：302）。此解釋將「拈問」一詞視爲並列式合義詞；「拈」、「問」兩個動作，「拈」爲舉出公案，據此提「問」，「拈」只是「問」之前的一個動作，其目的在於「問」，故置於主從式合義詞。

15. 希範叨權使命，謬治名藩。幸逢法匠之風，請踞方丈之室。願以廣濟爲益，無將自利處懷。少狗披蓁之徒，佇集如雲之眾。俯從所請，即具奏聞。

法匠，稱通達佛法者（中村元2009：745）。

16. 舉：「法身喫飯，幻化空身即法身。」師云：「乾坤大地何處有也？物物不可得，以空噇空。若約點撿來，將謂合有與麼説話？」

法身，指佛所說之正法、佛所得之無漏法，及佛之自性眞如如來藏（佛光大藏經編修委員會1988：3353）。

17. 示眾云：「直得觸目無滯，達得名身句身一切法空；山河大地是名，名亦不可得。」

(1)名身，名，指表詮自性之名字、名目等；身，有積聚之義。即積集二名以上者，稱爲名身（佛光大藏經編修委員會1988：2258）。

(2)句身，句，乃詮表事物之義理者；身，集合之義。若集合諸句，構成一完整思想，即稱爲句身（佛光大藏經編修委員會1988：1625）。

18. 師因披衲衣，云：「古人道：披衣蓋乾坤。」乃拈起衲衣抖擻，云：「北斗一時黑作麼生？」代云：「也知和尚出身早。」

(1)衲衣，又作納衣、糞掃衣、弊衲衣、五衲衣、百衲衣。即以世人所棄之朽壞破碎衣片修補縫綴所製成之法衣。比丘少欲知足，遠離世間之榮顯，故著此衣。糞掃衣就衣材而名，衲衣就

　　製法而說（佛光大藏經編修委員會1988：3952）。

⑵出身，指出於生死之身，比喻不滯於迷悟二邊，了達闊達無礙
　　之作用（佛光大藏經編修委員會1988：1556）。

19.問：「<u>大拍盲</u>底人來，師還接也無？」師放身倒。

　　拍盲即內障眼，指稱什麼都不懂（中村元2009：725）大拍盲，
　　禪門謂「明明有眼之形，卻被遮蔽而無法表視物、視物不清」之
　　意。

20.問：「如何是非思量處？」師云：「<u>識情</u>難測。」問：「鑿壁偷
　　光時如何？」師云：「恰。」

　　識情，指凡夫迷心所執之見（中村元2009：1672）。

21.代云：「來年更有<u>新條</u>在，惱亂春風卒未休。」

　　新條，春天甫長出的柳條，隨風擺動，用以比喻學人禪心未定，
　　受外在事物影響，如柳條隨風搖曳。

22.黑豆未生前，商量已成顛；更尋言語會，特地隔西天。

　　黑豆，表面指黑色的豆子，禪宗實指文字，莫管其書寫內容，僅
　　就外形觀之，文字以墨汁書寫於紙上，與黑豆在竹篩子裡相似，
　　故以之為喻。

23.因齋次，拈起<u>蒸餅</u>，云：「我這箇秖供養向北人，是儞諸人總不
　　得。」

　　蒸餅，指以水蒸方式製成的麵食。文偃禪師常以「餅」作為談說
　　的對象，如同趙州和尚常說的「吃茶去」一樣有名，並稱為「雲
　　門餅，趙州茶」。

24.伏願：鳳曆長春，扇皇風於拂石之劫；龍圖永固。齊壽考於<u>芥子</u>
　　之城。臣限餘景無時，微躬將謝。

　　芥子，原係芥菜之種子，顏色有白、黃、赤、青、黑之分，體積
　　微小，故於經典中屢用以比喻極小之物，如謂「芥子容須彌，毛
　　孔收剎海」即為常見於佛典中之譬喻。又因芥子與針鋒均為極微
　　小之物，而以「芥子投針鋒」比喻極難得之事（佛光大藏經編修
　　委員會1988：3508）。

25.問：「如何是超佛越祖之談？」師云：「蒲州麻黃、益州附子。」

附子，植物名。麻黃與附子，代指極為普通、微小的事物，比喻超越佛祖之說並無特殊之處。

26.問：「如何是三乘教外一句？」師云：「闍黎一問，老僧勃跳三千里。」

勃跳或作教跳，即雙腳離地跳高。

27.有僧辭師，師云：「甚處去？」僧云：「湖南去。」師云：「前頭津鋪難過。」僧云：「某甲有隨身公驗。」

公驗，指正式驗證，亦指僧侶受戒時，官方所發之公認證明書，例如度緣、戒牒等屬之（佛光大藏經編修委員會1988：1315）。

28.因開法堂門云：「作麼生是入門一句？」有僧云：「喏。」師云：「漆桶。」無對。代云：「掩面出去。」代後語云：「道著。」

漆桶即油漆桶，內裝油漆，黑漆漆的，指稱不能做任何判斷的原初消息；後轉為意謂對佛法完全不了解、用以斥責沒有看穿事理之眼的僧侶（中村元2009：1445）。

29.師問僧：「通身是水阿誰喫？」代云：「泊與和尚作笑具。」

笑具，愚蠢可笑之事，笑料（袁賓、康健2010：450）。

30.上堂，云：「舉一則語，教汝直下承當，早是撒屎著爾頭上也。直饒拈一毛頭，盡大地一時明得，也是剜肉作瘡。」

⑴直下，當下、當即（江藍生、曹廣順1997：446）。

⑵直饒，即使、縱然（江藍生、曹廣順1997：445）。

31.或云：「作麼生是入鄉隨俗底句？」代云：「君子可八。」

依前句所問「入鄉隨俗底句」，例詞「可八」⑴當為「可入」；「八」、「入」二字形字訛誤。「可入」即可以進入，「君子可入」，應指有道禪僧可以就此悟入，此乃指「入鄉隨俗底句」。

「入鄉隨俗」本指到什麼地方，就隨該地的風俗習慣；不同的門派有自己的風格、特色，進入哪一個門派學法修道，就要隨其門

風，其目的都是爲了啓發學人悟道，故而能成爲禪僧悟入的依據。

32. 問僧：「古人道：『直須一句下悟去』作麼生？」僧云：「直須一句下悟去。」師云：「儞爲什麼鼻孔裡祇對我？」僧云：「某甲什麼處是鼻孔裡祇對？」

祇對，「祇」、「祇」形近訛誤，當爲「祇對」，意爲正對。

33. 一日云：「佛法大殺有，祇是舌頭短。」代云：「長也。」

祇是，只是。

34. 師云：「作麼生是不回互？」乃以手指板頭，云：「者箇是板頭，作麼生是回互？」

「者」是近示代詞（江藍生、曹廣順1997：438），「從前用者，用遮，後來改作這」（馬伯樂1944：80）。者箇，即「這箇」。

35. 僧卻問：「如何是和尚禪？」師叱云：「元來祇在者裡。」

⑴元，原、原來（袁賓、康健2010：491）。元來，就是「原來」。

⑵者裡，即「這裡」。

36. 師卻問傍僧：「儞在南雄時識此僧麼？」僧云：「識。」師云：「喚去茶堂內喫茶。」

茶堂，即禪林中泡茶、飲茶的處所，通常也是待客論禪之所。《雲門廣錄》爲最早運用「茶堂」的晚唐五代禪錄，顯示文偃禪師對飲茶極爲注重，煎茶、飲茶是寺院生活的一部分。

37. 代云：「新茶宜少喫。」又云：「因摘春茶不廢功力。」

新茶、春茶，均稱春季摘探的茶葉，古人有特別品嚐新茶的風俗。

38. 因園頭請師喫茶，師云：「儞若煎茶，我有箇報答儞處。」無對。師云：「汝問，我與汝道。」園頭云：「請師報答。」師云：「多著水少著米。」代云：「得人一牛還人一馬。」又云：「金字茶六百錢一斤。」

金字茶,是一種較高等級的茶葉[2]。

39.上堂云:「諸方老禿奴曲木禪床上座地,求名求利、問佛答佛、問祖答祖、屙屎送尿也。三家村裡老婆傳口令相似,識箇什麼好惡,總似這般底,水也難消。」

(1)老禿奴,對老和尚的詈稱(袁賓、康健2010:252)。

(2)老婆,原指年老的婦女。禪家接引學人,出於慈悲心腸,多用言句施設,亦稱之為老婆(袁賓、康健2010:251)。

40.問:「古人道知有極則事,如何是極則事?」師云:「爭奈在老僧手裡何?」

極則,究竟的真理(中村元2009:1350),即最高準則。極則事,指明心悟性、超越生死之事(袁賓、康健2010:195)。

41.師以拄杖趁,云:「似這般滅胡種、長連床上納飯阿師,堪什麼共語處?這般打野榸漢,以拄杖一時趁下。」

長連床,許多人並排而睡的床(江藍生、曹廣順1997:52)。應該與今日所謂的「通鋪」相類。

42.舉「生死涅槃合成一塊。」乃拈起扇子,云:「是什麼不是合成一塊、得與麼不靈利?直饒與麼,也是鬼窟裡作活計。」

鬼窟裡,指情識意想、虛妄不實之處(袁賓1993:466)。鬼窟裡作活計,乃指修行者陷入俗情妄念而胡亂作為。

43.一日,云:「汝作麼生辨得無礙法?」代云:「閒家具。」

閒家具,指無用之物(江藍生、曹廣順1997:382)。多指以俗情

2　雷漢卿(2013)從唐宋代以來的郵遞制度考釋,認為「金字經茶」是宋代封裝有茶葉的緊急遞角,相當於今天的特快郵件,以朱紅金字的牌子代表急件。再考漢譯佛典中有以金泥書寫的經文,即為「金字經」,指以金泥(將金粉溶成接著劑)書寫之佛典。據載,南朝陳代慧思(西元515-577)之南嶽思大禪師立誓願文中有金字書寫之《般若經》(佛光大藏經編修委員會1988:3527)。筆者認為以「急件」之意無法使文意妥貼,且以宋代制度解釋五代之事似未合,不若南朝佛門已有的「金字」傳統;故而推測不論是「朱紅金字」或為「金泥」書寫,可能都是區別茶葉等級的標誌,故「金字茶」應為高級茶。

認識的一切無常、虛幻之事物。（袁賓、康健2010：444）

44.汝皮下還有血麼？到處自欲受屈作麼？這滅胡種，盡是<u>野狐</u>群隊，總在這裡作麼？以拄杖一時趁下。

45.師或時以拄杖打露柱一下，云：「三乘十二分教說得著麼？」自云：「說不著。」復云：「咄！者<u>野狐精</u>。」

(1)野狐，一般用來形容無人性者（中村元2009：1155）。禪宗指稱四處行腳、不知為何而求、無法真心參悟的學人。

(2)野狐精，禪家習稱旁門歪道或持歪理見解者（袁賓1993：516）。多用對不合禪法者的責罵語或機語問答時嘲謔對方的呵斥語（袁賓、康健2010：473）。

46.師云：「南泉<u>水牯牛</u>隨處納<u>些些</u>，爾道在牛內納？牛外納？直饒爾向這裡說得納處分明，我更問爾索牛在？」後長慶云：「爾道古人前頭為人？後頭為人？」

水牯牛，原指水牛，禪家每以之喻自心自性（袁賓、康健2010：391）

47.一日，云：「古人面壁閉卻門，還透得這裡麼？」代云：「這裡是什麼<u>乾屎橛</u>？」

乾屎橛，原指拭淨人糞之橛（即廁籌），臨濟宗為打破凡夫之執情，並使其開悟，對審問「佛者是何物」者，每答以「乾屎橛」。蓋屎橛原係擦拭不淨之物，非不淨則不用之，臨濟宗特提此最接近吾人之物，以斥責其專遠求佛而反不知清淨一己心田穢汙之情形，並用以打破學人之執著（佛光大藏經編修委員會1988：4369）。文偃和尚沿用此物提醒禪子注重自心清靜。

48.師有時云：「若言即心即佛，權且認奴作郎，生死涅槃恰似斬頭覓活；若說佛說祖、佛意祖意，大似將<u>木槵子</u>換卻爾眼睛相似。」

木槵子，又作槵子、無患子。落葉亞喬木，高達丈餘，初夏之際，開黃色小花，種子堅黑，可做念珠之用。印度古來即以之製為念珠，《木槵子經》載：欲滅煩惱和業報之障，須貫木槵子

一百零八顆，常行攜帶之。初唐之時即以木欒子（無患子之一種）製成念珠（佛光大藏經編修委員會1988：1471）。故「木槵子」即念珠的代稱[3]；因此樹長於高山上的緣故，也稱「雲居子」。

49. 師云：「三家村裡老婆盈衢溢路，會麼？」學云：「不會。」

三家村裡，指人煙稀少、偏僻的小村落（江藍生、曹廣順1997：326）。

《雲門廣錄》共有二千零二十九詞七千一百八十一用例主從式合義詞。

第三節　支配式合義詞

支配式合義詞，由動詞詞素支配名詞性詞素構成，又稱動賓式合義詞。

1. 師一日云：「古來老宿皆為慈悲之故有落草之談，隨語識人；若是出草之談，即不與麼。」

草，比喻世間、俗眾。

(1) 落草，謂降低身分地位。禪林中之教化方法，教化者在凡愚眾生中降低自己身分，隨凡愚汙濁之現實而行化導，稱為落草，又稱向下門（佛光大藏經編修委員會1988：5591）。

(2) 出草，超出世俗，稱為出草（佛光大藏經編修委員會1988：

---

[3] 雷漢卿（2010：412）將「木槵子」歸入「1.5後綴—子」，釋義：「指念珠。又名油珠子、菩提子、無患。」本文認為製成念珠者是木槵樹的種子，「木槵子」之「子」仍有實義，仍將「木槵子」納入主從式合義詞討論；再者，「木槵子」與「菩提子」有別，「菩提子」是菩提樹之種子。雖然因釋迦牟尼佛於菩提樹下成道，菩提樹成為佛門聖樹，但受到氣候因素而無法生長於南嶺以北，長江流域的寺廟多植無患子樹代替之，黃河流域的寺廟則以銀杏樹代替。況且菩提樹的種子細小而無法製成念珠，從印度、中國古代則以「木槵子」製成佛珠，實非「菩提子」。

1561）。指藉由徹底修行而通達究道之奧義（中村元2009：336）。

2. 示眾，云：「看看佛殿入僧堂裡去也。」代云：「羅浮打鼓、韶州舞。」

示眾，即告知眾者，與「垂語」同義，都是說法開示。在佛典中會因分類不同而有不同的意指，數量亦有不同，少如「二眾」，多如則有「五十二眾」。二眾指道眾與俗眾（丁福保1984：38）；九眾包括比丘、比丘尼、六法尼、沙彌、沙彌尼、出家、出家尼、優婆塞、優婆夷（丁福保1984：83）。

3. 一日，云：「爾師僧繞天下行腳。見老和尚開口，便上來東聽西聽。何不向洗鉢盂處置將一問來？」

行腳，謂僧侶無一定居所，或為尋訪名師，或為自我修持，或為教化他人，而廣遊四方（佛光大藏經編修委員會1988：2562）。此為晚唐五代一種新興的求法方式，具有時代性。

4. 問：「二尊相見共談何事？」師云：「不決即道。」問：「人天交接其意如何？」師云：「對眾呈機。」

⑴如何，為動賓結構的疑問詞，通常用在特指問句中。

⑵呈機，指呈示自己之全人格，呈露要點（中村元2009：594）。

5. 問：「終日切切不得箇入路，乞師指箇入路。」師云：「當機有路。」

當機，原意是指佛之說法隨眾生根機使之得益，後指現今之時機、應機（中村元2009：1364）。

6. 問：「終日忙忙時如何？」師云：「覿機無響路。」

覿機，見機、當機之意（中村元2009：1725），意指面對開悟契機的當下。

7. 問：「掛錫幽巖時如何？」師云：「在什麼處？」

掛錫，禪林用語。與「掛搭」同義。又稱留錫。即懸掛錫杖之意。僧人行腳時必攜帶錫杖，若入叢林，得允許安居時，則掛錫杖於壁上之鉤，以表示止住寺內。掛錫一語，現特指禪僧至修行

道場之住宿（佛光大藏經編修委員會1988：4585）。

8. 問：「施主設齋，將何報答？」師云：「量才補職。」

設齋，指設置齋食。

9. 問：「從上古德以心傳心，今日請師將何施設？」師云：「有問有答。」

從上，義同「從來」，從往至今的、代代相傳的（中村元2009：1066）。

10. 「且問汝諸人從來有什麼事？欠少什麼？向汝道無事，已是相埋沒也，須到者箇田地始得。亦莫趁口亂問，自己心裡黑漫漫地，明朝後日大有事在。」

趁口，即隨口（中村元2009：1294）。

11. 師云：「顛言倒語作麼？」問：「承古有言：擬心即差，如何得不差？」

擬心，心懷分別（中村元2009：1604）。

12. 師或云：「衲僧須得巴鼻即識得天下人，作麼生是衲僧巴鼻？」代云：「德山棒。」

巴鼻，領悟禪法的著手處，悟入處；亦指禪機、機鋒（袁賓、康健2010：5）。

13. 師歸山受大眾參了，乃云：「我離山得六十七日，問儞六十七日事作麼生？」眾無對。

因寺院多建在山中，故一寺又稱一山（佛光大藏經編修委員會1988：4）。離山，指離開寺院。歸山，僧人從外地回歸自己居住的寺院（中村元2009：1635）。

14. 因開法堂門，云：「作麼生是入門一句？」有僧云：「喏。」

入門，指進入法堂之門，此處指稱教理中可自悟之法門（中村元2009：60）。

15. 示眾云：「任爾橫說豎說，未是宗門苗裔；若據宗門苗裔，是甚熱椀鳴？三乘十二分教說夢、達磨西來說夢，若有老宿開堂為人說法，將利刀殺卻百千萬箇，有什麼過？」

開堂，禪林用語。原爲古代譯經院之儀式，每年聖誕（皇帝生日）日，必譯新經上進，以祝聖壽。前兩月時，諸官皆會集以觀翻譯；又於前一月，譯經使、潤文官再度會集，以新經上進，均稱開堂。其後，轉指新任命之住持，於入院之時，開法堂宣說大法，此爲禪刹之重要行事。其時，祈禱國泰民安、聖壽無疆，故亦稱開堂祝壽、開堂祝聖、祝國開堂（佛光大藏經編修委員會1988：5309）。

16. 上堂云：「一言纔舉千差同轍，該括微塵猶是化門之說；若是衲僧合作麼生？」

上堂，指上法堂說法。古時長老住持可隨時上堂，後有定期及臨時上堂之別。住持上堂升座時，大眾應起立聽法（佛光大藏經編修委員會1988：720）。

17. 謂門弟子曰：「吾滅後。上或幸此。請以遺。」上果會駕幸山，知聖預測上至。乃升堂加趺而終，及帝至已滅矣。

升堂，禪師上法堂登法座爲大眾說法（袁賓、康健2010：376）。

「開堂」、「上堂」、「升堂」都是說法的儀式，「開堂」是與官方應對及新住持的專用語；「上堂」、「升堂」則是對弟子或大眾的說法。

18. 問：「不落古今是何曲調？」師拽拄杖便下座。

下座，禪師離開法座，意謂結束該次升堂說法開示。

19. 一日。云：「將南作北、將北作南，作麼生道？」代云：「由阿誰？」或云：「未打板已前，道將一句來。」

打板，敲擊魚板（雲板），是禪院通知僧眾的信號（袁賓、康健2010：70）。因雲板掛在齋堂前，粥齋前擊打，集合僧眾用齋、飲茶。

20. 師有時云：「一切處無不是說法，打鐘打鼓時不可不是；若與麼一切處亦不是有，一切處亦不是無。」

(1) 打鐘即撞鐘。鐘，寺院爲報時、集眾所敲打之法器。鐘有梵鐘與喚鐘兩種：梵鐘，又稱大鐘、釣鐘、撞鐘、洪鐘、鯨鐘等，

懸掛在鐘樓上，係用於召集大眾，或作朝夕報時。於禪林中，以其告知初夜坐禪之時間，故稱定鐘。復以其告眾入僧堂，故亦稱入堂鐘；喚鐘又稱半鐘、小鐘，吊在佛堂內之一隅，以其用途爲通告法會等行事之開始等，亦稱行事鐘（佛光大藏經編修委員會1988：6839）。

(2)打鼓指敲鼓。鼓，敲打樂器之一，由金、玉、木、石等所製，有各種形狀及大小，爲寺院中常用之法器。其用途則可分爲：齋鼓（食時所用之雲鼓）、浴鼓（浴時所用）、誦經、梵唄（佛教聲樂）等（佛光大藏經編修委員會1988：5348）。法堂設二鼓，其東北角之鼓，稱爲法鼓；西北角之鼓，稱爲茶鼓。法鼓乃於法會之前告知大眾之用，或用於住持之上堂、小參、普說、入室之際（佛光大藏經編修委員會1988：3417）。

21.師聞打槌聲，云：「妙喜世界百雜碎，擎鉢盂向湖南城裡喫粥。」代云：「浴後喫。」

打槌，擊槌。槌，爲木製八角之槌，在叢林通告大眾時，以槌敲打砧，警覺眾人，通常使用於通告展鉢、作務等時候。住持上堂說法時，白槌師亦作打槌一下之舉（佛光大藏經編修委員會1988：76）。

22.舉「僧問資福：『古人拈槌豎拂意旨如何？』福云：『嘎。』」師云：「雪上加霜。」

槌是八角木槌，打砧用。砧是八角形，直徑五至六寸、三至四尺高。用打槌表示說法之開始。豎拂，是豎起拂子。拈槌、豎拂，都是禪師指導雲水僧時最常用的手段（中村元2009：725）。

23.問：「盡大地人來，師如何接？」師云：「提綱有路。」

提綱，提舉綱領或要點。師家與修行者問答結束後，師家述其所感，勸告修行者，即所謂講評或結論之說法（中村元2009：1191）。

24.因爲亡僧唱衣次，問僧：「如今唱衣亡僧還向這裡麼？」代云：「勞煩大眾不能等候，打遍槌去也。」

唱衣，由僧之唱和，分配亡僧三衣等物（佛光大藏經編修委員會1988：4417）。後來變成拍賣亡僧的衣鉢等物，充當安葬費用（中村元2009：1035）。

25. 代云：「三門頭打鼓，佛殿裡<u>行香</u>。」師或云：「如今半夏也。敲磕處道將一句來。」

　　行香，乃施主爲僧眾設齋食時，先以香分配予大眾，行燒香繞塔禮拜之儀式（佛光大藏經編修委員會1988：2558）。僧侶於坐禪間躞步行走，亦稱行香。行香時，大眾依次排列，繞著禪堂中間來回行走，放鬆身體、凝注心神，走完一炷香，再上座坐禪（黃夏年2002a：542）。

26. 問：「如何是諸佛出身處？」師云：「佛前<u>裝香</u>，佛後<u>合掌</u>。」

　　⑴裝香，將香放入香爐。燒香的準備（中村元2009：1387）。

　　⑵合掌，兩掌相合之行禮法，併合兩掌，掌間稍鼓起，豎立在胸前，表現包括內心都信順對方的態度（中村元2009：465）。僧家行禮法，後世稱爲「合十」。

27. 師或云：「萬法紜紜。三世諸佛天下，老和尚一時<u>出頭</u>，過在什麼處？」代云：「著什麼來由？」

　　出頭，原爲露臉、出面（許少峰1997：168）。指呈現自己，及具有印可解脫之見的優越感（中村元2009：337）。

28. 一日，云：「作麼生是問中<u>具眼</u>？」代云：「瞖。」

　　具眼，能夠用禪悟者特有的智慧眼光觀照事物（袁賓、康健2010：227），即修行圓融而能通徹禪理之謂。

29. 希範<u>叨權</u>使命，謬治名藩。幸逢法匠之風，請躋方丈之室。願以廣濟爲益，無將自利處懷。

　　叨權，叨者，貪戀也；叨權爲貪戀權位之意。

30. 師云：「作麼生是第一座？」僧云：「不敢虧於和尚。」師不肯。代云：「韶州<u>糴米</u>。」

　　糴米，買入糧食。

31. 把斷乾坤，鬼神無行走之路。草木亦當<u>稽首</u>，土石爲之發光。

稽首，一種俯首至地的最敬禮。

32.問僧：「甚處來？」僧云：「摘茶來。」師云：「摘得幾箇達磨？」

33.因歲日在堂中點茶，師問僧：「設羅漢齋得生天福，儞得飯喫？」無對。

34.因園頭請師喫茶，師云：「儞若煎茶，我有箇報答儞處。」無對。

從摘茶、點茶、喫茶、煎茶等動詞，可推知「茶」與當時僧團生活的關係，「摘茶」是僧人的普請項目，展現百丈懷海禪師「一日不做、一日不食」的農禪精神。「點茶」爲泡茶、「煎茶」爲煮茶[4]，「摘茶」、「煎茶」、「喫茶」在實際的動作之餘，亦當作論述禪理的憑藉，展露「禪法無處、無時不在」、「道在生活」之理。

35.因般米，問僧：「人擔米？米擔人？」代云：「總得。」又云：「般米辛苦猶是可。」

36.師問僧：「今日般柴那？」僧云：「是。」師云：「古人道：不見一法，是儞眼睛。」乃於般柴處拋下一片柴，云：「一大藏教祇説這箇。」

般米、般柴都是叢林普請的項目，是僧侶生活的一部分。

37.或云：「衲僧鼻孔即不問汝，泥裡洗土塊道將一句來。」代：「但彈指。」

彈指，比喻時間短暫（江藍生、曹廣順1997：353）。

---

[4] 「煎茶」爲唐代盛行的煮茶法，將餅茶烤炙、碾碎成爲粉末狀，再用篩子篩成細末，置於釜或鍑裡煮，加入適量的鹽調味，飲用時舀起放到小盌裡，連同茶末一起吃喝。「點茶」，一般認爲是宋代盛行的飲茶法，將餅茶鎚碎、磨細，成爲茶粉，將茶粉放入茶盞中，注入少量水，攪拌均勻，注熱水約至以茶筅反覆擊打，使之產生泡沫，此爲宋代盛行的「點茶」。從《雲門廣錄》的用語，可知「煎茶」、「點茶」兩種飲茶法同時存在，而「點茶」法五代時已在禪林裡運用，非自宋代才流行（周碧香2014b）。

38.或云：「迷本底人觸途俱滯，悟本底人為什麼有四大見？」代
云：「益州附子、建州薑。」
　　觸途，稱任何道路（中村元2009：1698），意即處處，觸途俱
滯，處處都不通暢，指稱領悟困難。

39.師或云：「古人道：觸目是道。拈卻醬甕，阿那箇是道？」無
對。
　　觸目，目光所及，眼睛所看到的事與物；意同處處。「觸目是
道」，眼目所見，都是禪法，是省悟者達到的境界（袁賓、康健
2010：58）。意即道無所不在。

40.問僧：「爾是甚人？」僧云：「知客。」師云：「客來將何祇
待？」
　　知客，為禪林中司掌迎送與應接賓客之職稱。又作典客、典賓
（佛光大藏經編修委員會1988：3461）。

41.問：「如何是學人轉身處？」師云：「利。」
　　轉身，禪門之語，從迷境轉入悟境而安住之意（中村元2009：
1646）。

42.相公來問：「隨流認得性時如何？」師云：「東堂月朗、西堂
闇。」
　　隨流，持續不斷（中村元2009：1585）。「隨流」為介賓結構當
語用。

43.師云：「驢年會麼？」僧無對。師復召僧：「來來。」僧近前，
師以拂子驀口打。
　　「驀」，當、正對著（袁賓、康健2010：300）。驀口，指對準嘴
巴（袁賓、康健2010：301）。

44.或云：「爾諸人傍家行腳，還識西天二十八祖麼？」
　　傍家，即挨家挨戶。傍家行腳乃謂行腳僧到各處參拜問道（袁
賓、康健2010：12）。

45.伏願：鳳曆長春，扇皇風於拂石之劫；龍圖永固，齊壽考於芥子
之城。臣限餘景無時，微躬將謝，不獲奔辭丹闕，祝別彤庭。

拂石，謂以衣拂拭磐石。拂石之劫，即磐石劫，以天衣輕拂磐石直至消磨盡淨，譬喻劫期之長遠，稱爲磐石劫，此磐石又稱劫石（佛光大藏經編修委員會1988：6117）。

46.上堂云：「眼睫橫亘十方。眉毛上透乾坤，下透黃泉。須彌山塞卻汝咽喉。還有會處麼？若會得。拽取占波國。共新羅國鬭<u>額</u>。」

<u>鬭</u>額，互相碰撞（袁賓、康健2010：110）。

　　《雲門廣錄》支配式合義詞共用五百六十六詞一千七百一十一例。

第四節　補充式合義詞

　　補充式合義詞，由後一個詞素補充說明前一個詞素；前一個成分以動詞爲多，故又稱動補式合義詞，一般以VC代表之。依補充成分的作用，再分若小類。

一、表示結果

1.州云：「作什麼？」師云：「已事未明，乞師<u>指示</u>。」
在佛家令他人見之謂之示（中村元2009：437）。指示，禪師指出欲使學人明白之謂。

2.爾若實未得箇入頭處，且中私獨自<u>參詳</u>，除卻著衣喫飯屙屎送尿，更有什麼事？無端起得如許多般妄想作什麼？
參詳，即參究（中村元2009：1033）。參究，在禪宗，即指參訪師家，致力體得佛法。禪家排斥單方面之知解，以親至師父處參學，求其開示之參禪爲一生之大事，亦即強調在正師之處參禪學道（佛光大藏經編修委員會1988：4395）。不論「參詳」、「參究」，都指稱學人參禪、學道十分透徹。

3.師或云：「湖裡魚<u>變成</u>龍即不問爾，作麼生是針眼魚？」代云：

「點。」

變成，由一種形態轉換成另一種形態。

4. 舉生死涅槃合成一塊，乃拈起扇子云：「是什麼不是合成一塊？得與麼不靈利，直饒與麼也是鬼窟裡作活計。」

合成，接合在一起、變成同一物。

5. 其傳於世者，對機、室錄、垂代、勘辨。行錄歲久或有差舛，今參考刊正一新鏤板，以永流播。

刊正，修正錯謬使之成為定版。

6. 師或問僧：「爾為什麼帶累我？」代云：「某甲帶累和尚。」

帶累，即牽連無辜，增添麻煩之意，亦即拖累（佛光大藏經編修委員會1988：4521）。

7. 上堂，大眾集定，云：「風不來樹不動。」便下座。

集定，集合並決定各自的位置（中村元2009：1303）。

8. 有僧舉似師，師云：「見成公案不能折合。」代云：「鈍置殺人。」又云：「草賊大敗。」

折合，下結論（中村元2009：620），應該是體悟；這個結論，不一定是言語，也可以是動作，重點是表示對道的感悟。

9. 師云：「此是長連床上學得底，我且問儞，法身還解喫飯麼？」僧無語。後有僧舉似梁家庵主，主云：「雲門直得入泥入水。」資福云：「欠一粒也不得，剩一粒也不得。」

舉似，禪林用語。似，猶示。謂以言語提示古則，或以物示人（佛光大藏經編修委員會1988：6558）。

10. 或云：「作麼生得道斷商量？」代云：「來年更有新條在，惱亂春風卒未休。」

道斷，決斷。商量是言語，「道斷商量」，即截斷言語。

11. 師與長慶舉石鞏接三平話，師云：「作麼生道？免得石鞏喚作半箇聖人。」

喚作，稱為。

12. 問：「如何是衲僧孔竅？」師云：「放過一著。」進云：「請師

道。」師云：「對牛彈琴。」

放過，意指師家基於老婆心而禮讓修行者（中村元2009：728）。老婆心，乃指慈悲之心。

13.峰云：「和尚離先師太早。」其時面前有一椀水，峰云：「將水來。」官便<u>過與</u>雪峰，峰接得便潑卻。

過與，「與」有「給」之意。

14.老和尚出世，祇為爾作箇<u>證明</u>，爾若有箇入路少許來由，亦昧汝不得；若實未得，方便撥爾即不可。

15.舉報慈讚龍牙偈，云：「日出連山，月圓當戶；不是無身，不欲全露。」有僧問：「請師全露。」龍牙<u>撥開</u>帳子，云：「還見麼？」

16.師因開門，有僧便入，師驀胸<u>擒住</u>，云：「有什麼事？」

17.兄弟一等是<u>蹋破</u>草鞋行腳，拋卻師長父母，直須著些子眼睛始得。

18.師云：「地神惡發，把須彌山，一摑教跳上梵天，<u>拶破</u>帝釋鼻孔？」

19.峰云：「爾是了事人，亂走作什麼？」僧云：「莫<u>塗汙</u>人好。」

以上例詞「證明、「撥開」、「擒住」、「蹋破」、「拶破」、「塗汙」等，都是由第二個詞素是前一個動詞詞素的結果，如例18.拶破，拶意為擠壓，「破」是動作「拶」的結果，拶破就是擠破了。例19.塗汙，作弄、折騰（袁賓、康健2010：417）。

20.舉「槃山語云：『光境俱忘，復是何物？』」師云：「直饒與麼道，猶在半途，未是<u>透脫</u>一路。」僧便問：「如何是<u>透脫</u>一路？」師云：「天臺華頂、趙州石橋。」

透脫，突破或穿過之意，形容覺悟或解脫（中村元2009：1153）。

21.或云：「分疆列土作麼生道？」代云：「文殊自文殊，<u>解脫</u>自<u>解脫</u>。」師或云：「衲僧須得巴鼻即識得天下人，作麼生是衲僧巴鼻？」代云：「德山棒！」

解脫，離縛而得自在之義。解惑業之繫縛，脫三界之苦果也（丁福保1984：1218）。由煩惱束縛中解放，超脫迷苦之境地（佛光大藏經編修委員1988：5602）。

22. 師坐次，有僧非時上來。師云：「作什麼？」僧云：「請益。」師云：「儞有什麼疑？」僧云：「某甲曾問和尚：『一宿覺般柴？柴般一宿覺？』」

「請益」本爲儒學《禮記》、《論語》中之用語。《禮記》：「請業則起，請益則起。」禪林中，多指學人受教後，就尚未透徹明白之處，再進一步請教之意（佛光大藏經編修委員1988：6160）。

23. 士云：「再請師舉揚宗旨。」師云：「道得底出來！」眾無對。師云：「與麼則辜負請主去也。」便下座。

舉揚，揭舉古則或公案示眾，揭示佛教之眞髓（中村元2009：1604）。

24. 問：「乞師指箇入路。」師云：「喫粥、喫飯。」師云：「我事不獲已，向爾諸人道，直下無事，早是相埋沒也。更欲躍步向前，尋言逐句，求覓解會。」

埋沒，原指將物品藏入土中，讓人不會發現。埋沒，忽略、搞砸（中村元2009：939）。有「辜負」、「敷衍」之意。

25. 師聞齋鼓聲云：「爾道鼓因什麼置得？」代云：「因皮置得。」師聞齋鼓聲云：「爾還識得老婆禪麼？」代云：「鼓聲喚、喫飯去。」

(1) 置得(6)，「置」原有「安放」之意，禪語裡「置得」有「能存在」之意。

(2) 識得(18)，完全認識（中村元2009：1672）。

26. 一切有心天地懸殊，雖然如此，若是得底人，道火不能燒口，終日說事，未嘗挂著唇齒、未曾道著一字；終日著衣喫飯、曾觸著一粒米、挂一縷絲。

27. 因齋次問僧：「盂裡幾餅？餅裡幾盂？」僧拈起餅。師云：「問

<u>著</u>箇老婆。」無對。

四個例詞都是「V著」，「著」讀爲ㄓ表示「達到」之意，與現代漢語ㄓ的用法不同。挂著即挂在；觸著，即觸到；道著，道者言也，表明、斷言（中村元2009：1402）。問著，即問到。

二、表示狀態

1. 問僧云：「爾若<u>喫盡</u>，又在解脫深坑裡；爾若喫不盡，又不唧嚼，作麼生？」

2. 師問僧：「喫得幾箇餬餅？」僧云：「<u>忘卻</u>。」師云：「<u>喫了忘卻</u>？未喫忘卻？」僧云：「<u>忘卻</u>，説什麼喫與未喫？」師云：「是儞<u>忘卻</u>甚處得來。」

3. 兄弟一等是踏破草鞋行腳，<u>拋卻</u>師長父母，直須著些子眼睛始得。若未有箇入頭處，遇著本色咬豬狗手腳，不惜性命入泥入水相為，有可咬嚼。

4. 問僧：「看什麼經？」云：「已有人<u>問了</u>。」師云：「爾為什麼在我腳下？」僧云：「恰是。」

5. 問：「上無攀仰下無己躬時如何？」師云：「藏身一句作麼生道？」僧便禮拜。師云：「放過一著<u>置將</u>一問來。」僧無語。師云：「這死蝦蟇。」

6. 示眾云：「十五日已前不問爾，十五日已後<u>道將</u>一句來。」代云：「日日是好日。」

以上「喫盡」、「忘卻」、「喫了」、「拋卻」、「問了」、「置將」、「道將」等詞，補語成分表示動作已完成，如例6.「道將」即是「已道」。

三、表示方向

1. 或云：「衲僧須識古人眼，作麼生是古人眼？」代云：「蝦蟆<u>跳上</u>天。」

2. 上堂云：「我共汝平展，遇人識人，與麼老婆說話，尚自不會。每日飽喫飯了<u>上來下去</u>，覓什麼椀。這野狐隊伏向這裡作什麼？以拄杖一時<u>趁下</u>。」

3. 因普請般米了，坐次，云：「近日不唧嚠。秪擔得一斗米。不如快<u>脫去</u>。」

4. 次日，其僧再上值師漱盥次，師乃將水椀過與僧，云：「<u>送去</u>廚下著。」其僧送去了卻來，師見來乃從後門<u>出去</u>。其僧云：「比來請益卻得一口椀。」

5. 師云：「涅槃具四德是不？」主云：「是。」師<u>拈起</u>椀子，云：「這箇具幾德？」主云：「一德也無。」

6. 問僧：「常徒底人過在什麼處？爾與我<u>拈出來</u>。」代云：「不可平地生堆阜。」

7. 有僧問：「如何是明星現時成道？」師云：「<u>近前來</u>、<u>近前來</u>。」僧<u>近前</u>。師以拄杖打趁。

8. 師云：「一怕汝不問，二怕汝不舉，三到老僧勃跳，四到爾<u>退後</u>。速道！速道！」

9. 第三日，州始開門，師乃<u>拶入</u>，州便擒住，云：「道道。」師擬議。

10. 問：「如何是教意？」師云：「<u>撩起來</u>作麼生道？」進云：「便請師道。」

「跳上」、「上來」、「下去」、「趁下」、「脫去」、「送去」、「出去」、「拈起」、「拈出來」、「近前」、「近前來」、「退後」、「拶入」、「撩起來」等詞，都是以趨向動詞擔任補語，補充說明動作的方向，如例1.「跳上」，「上」說明動詞「跳」是往上而非往下。

四、表示處所

此類動補式合義詞，補語是處所詞，或是引領處所的介詞。

1. 師以湯滴云：「一滴落地萬神俱醉，會麼？」僧云：「不會。」
   落地，指掉在地上。

2. 師歸寂後十七載，感夢於雄武軍節度推官阮紹莊。紹莊夢師以拂
   子招曰：「與吾寄語秀華宮使特進李托奏請開塔，吾久蔽塔中，
   宜令暫出。」
   歸寂，又曰入寂，入於寂滅之義，即指度脫生死，進入寂靜無爲
   之境地。此境地遠離迷惑世界，含快樂之意，故稱寂滅爲樂（佛
   光大藏經編修委員會1988：4505）。

3. 舉「僧問趙州：『如何是妙峰頂？』州云：『不答爾者話。』僧
   云：『為什麼不答？』州云：『我若答落在平地。』」師代云：
   「俱胝和尚。」
   落在，動詞「落」與介詞「在」，結合成引領處所的動詞。

4. 師因開門，有僧便入。師驀胸擒住云：「有什麼事？」僧云：
   「有什麼事？」師以一摑，無對。代云：「退己進於人，為存賓
   主禮。」

5. 吾滅後置吾於方丈中。上或賜塔額，秪懸於方丈，勿別營作。不
   得哭泣孝服廣備祭祀等，是吾切意。
   進於、懸於都是動詞加上介詞「於」構成的說明式合義詞。

6. 師因說事了起立，以挂杖擊禪床一下，云：「適來如許多葛藤，
   貶向什麼處去？靈利底即見，不靈利底著於熱瞞。」代云：「雪
   上加霜。」
   著於，即處在受欺騙的境地。

7. 師見僧齋次，問：「鉢盂匙箸拈向一邊，把將餛飩來。」無對。
   代云：「好羹好飯。」

8. 舉「僧辭大隨，隨問：『什麼處去？』僧云：『峨嵋禮拜普賢
   去。』隨拈起拂子云：『文殊普賢總在者裡。』其僧畫一圓相拋
   向背後，卻展兩手。隨云：『侍者將一貼茶來與者僧。』」

貶向、拋向、拈向都是由動詞加上介詞「向」構成的動補式合義詞。

五、表示程度

1. 師云：「自屎不覺臭。」代云：「今日方知。」又云：「德山拄杖紫胡狗。」又云：「和尚此問<u>大殺</u>靈利。」
   大殺，應爲「大煞」；大煞，甚辭，猶十分（江藍生、曹廣順1997：82）。故可知「煞」補充說明「大」的程度補語。

2. 師云：「鉢盂無底尋常事，面上無鼻<u>笑殺</u>人。」無對。師云：「趁隊噇飯漢。」
   笑殺，表示極度可笑。

3. 師拈起拄杖，云：「七十碩米一時在拄杖頭上，擔將來即得；若擔不得，<u>餓殺</u>爾。」代云：「不可爲小小。」
   餓殺，「殺」表示「餓」的程度。

4. 舉「世尊初生下。一手指天一手指地。周行七步目顧四方云：『天上天下唯我獨尊。』」師云：「我當時若見，一棒<u>打殺</u>與狗子喫卻，貴圖天下太平。」
   打殺，即痛打一頓。

5. 上堂云：「故知時運澆漓，代干像季。近日師僧北去言禮文殊、南去謂遊南嶽。與麼行腳，名字比丘徒消信施。<u>苦哉</u>！<u>苦哉</u>！」
   苦哉，極苦。

6. 問：「真如湛寂<u>妙絕</u>無門時如何？」師云：「自機迴照。」
   妙絕，極爲佳妙。
   《雲門廣錄》補充式合義詞計三百一〇詞八百六十六例。

第五節　說明式合義詞

此類詞近似句子「主謂式」結構，第一個成分多爲名詞，是後一個成分說明的對象。

1. 喪時光藤林荒，圖人意滯<u>肌尪</u>。
   肌尪，尪，瘦也。肌尪即面容瘦削之意。
2. 師云：「首座在此久住，<u>頭白齒黃</u>，作這箇語話。」首座云：「未審？」
   頭白、齒黃，都是指年老體衰（中村元2009：1590）。
3. 時有僧出禮拜欲伸問次，師拈拄杖便打，云：「識什麼好惡？這一般打野榸漢，總似這箇僧，爭消得施主<u>信施</u>？惡業眾生總在這裡，覓什麼乾屎橛咬。」以拄杖一時趁下。
   信施，即信者向三寶布施財物（佛光大藏經編修委員會1988：3719）。
4. 師云：「三德六味施佛及僧，如何是<u>方便</u>說？」師云：「是汝鼻孔重三斤半。」
   方，方法、手段；便，巧妙、權宜。方便，即方法巧妙之意，在佛家當作善巧教化方法、根據真實而引入真實世界之方法、為利益眾生之手段，為救濟眾生令其覺悟而權宜說示之教（中村元2009：299）。
5. 師見僧入來便云：「<u>瓦解冰消</u>。」僧云：「學人有什麼過？」師云：「七棒對十三。」
6. 師云：「熱發作麼？」進云：「與麼則<u>冰消瓦解</u>去也。」師便打。
   冰消瓦解，比喻嫌隙懷疑等完全消，如瓦碎裂如冰消，一切疑團消失無蹤（中村元2009：421）。
7. 復有僧問師：「如何是七縱八橫？」師云：「念老僧<u>年老</u>。」
   年老，即歲數已大。
8. 陳尚書問雲居供養主云：「雲居高低於弟子。」主無語。尚書問師，師云：「尚書莫教話<u>墮</u>。」
   話墮，禪家機語問答，不契合禪義者稱為「話墮」。亦泛指禪家機用不合禪法（袁賓、康健2010：176）。

　　除了一般的說明式合義詞，禪宗典籍有著佛教「譬喻造詞」[5]，因沒有喻詞，比較像譬喻的略喻[6]，故語義理解時，應加入「像、若、如」等動詞，故本文將之納入此類說明之。這類詞語充分展現以平常之物比喻禪法，求人易解的用心。

9. 舉傳大士云：「禪河隨浪靜，<u>定水</u>逐波清。」

定水，入禪定時心念湛然的樣子，以止水喻之（中村元2009：695）。亦可解釋為靜定的工夫，如水能照澈萬物。

10. 黃昏戍看見時光，誰受屈？人定亥直得分明，沉<u>苦海</u>。

苦海，指各種苦難之世界，亦即生死輪迴之三界六道。眾生沉淪於三界之苦惱中，渺茫無際，猶如沉沒於大海難以出離，故以廣大無邊之海為喻，稱之為苦海（佛光大藏經編修委員會1988：3946）。

11. 既而諮參數載，深入淵到，蹤知其神器充廓<u>覺轅</u>可任，因語之曰：「吾非汝師，今雪峰義存禪師可往參承之，無復留此。」

覺，梵語bodhi，音譯菩提。即證悟涅槃妙理之智慧。舊譯作道，新譯則作覺（佛光大藏經編修委員會1988：6792）。轅原指車前用來套駕牲畜的兩根直木，左右各一，後亦可指稱行車的方向。覺轅，覺如轅之意，能指引人修行成佛的道路。

12. 因喫茶次，舉一宿覺云：「三身四智體中圓，八解六通<u>心地印</u>。」師云：「喫茶時不是心地印。」乃拈拄杖，云：「且向者裡會取。」

5　譬喻造詞，指通過譬喻而造一個新詞（梁曉虹2001：279）。這種造詞法上古漢語即有，中古漢語，因譯經而產生了大批的譬喻造詞，促進了此法的發展，成為佛經詞語的特色。

6　譬喻即「借彼喻此」，由「喻體」、「喻依」、「喻詞」三者組合而成。「喻體」是作者所要記敘、抒發或論說的人、事、物、情、理。「喻依」是與喻體具有共同類似特點的另一人、事或物，目的是用來比方說或形容喻體。「喻詞」是聯連喻體與喻依的語詞，例如像、好像等（吳正吉2000：166）。僅具備「喻體」、「喻依」而省略「喻詞」的譬喻，叫做「略喻」（吳正吉2000：177）。

心地，指心為萬法之本，能生一切諸法，故曰心地。修行者依心而近行，故曰心地（丁福保1984：352）。

13.困風霜於十七年間，涉南北於數千里外，始見<u>心猿</u>罷跳、<u>意馬</u>休馳。身隈韶石之雲，頭變楚山之雪。

　⑴心猿，以心之散動譬於猿猴，故曰心猿（丁福保1984：355）。

　⑵意馬，心意馳放不定，譬如狂奔之馬（佛光大藏經編修委員會1988：1409）。

　　修行即為修心，心難以掌握的，以動物中極為靈活的猿、馬喻之。

14.請靈樹禪院第一座偃和尚，恭為皇帝陛下開堂說法，上資聖壽者。竊以：伽跋西來，克興大乘之教；達磨東至，乃傳<u>心印</u>之宗。然<u>法炬</u>以燭幽，運<u>慈舟</u>而濟溺。伏惟和尚，<u>慧珠</u>奮彩、<u>心鏡</u>發輝，<u>性海</u>深沉，不可以識識；言泉玄奧，不可以智知。能造一相之門，迴出六塵之境。

　⑴心印，心印又作佛心印。禪宗認為依語言文字無法表現之佛陀自內證，稱為佛心。其所證悟之真理，如世間之印形決定不變，故稱為心印（佛光大藏經編修委員會1988：1399）。

　⑵法炬，法能照物，故譬之以火炬（丁福保1984：700）。

　⑶慈舟，佛陀本其慈悲以化渡眾生，猶如舟筏之引渡受難者，故曰慈舟（佛光大藏經編修委員會1988：5800）。

　⑷慧珠，智慧如明珠般光彩耀眼。

　⑸心鏡，眾生之心猶如明鏡，能映照萬象，故稱為心鏡（佛光大藏經編修委員會1988：1410）。

　⑹性海，指本性（或實性）之海，比喻真如之理性深廣如海（佛光大藏經編修委員會1988：3233）。

15.問：「如何是<u>海印</u>三昧？」師云：「爾但禮拜。」

海印，約喻以立名，即以大海風止波靜，水澄清時，天邊萬象巨細無不印現海面；譬喻佛陀之心中，識浪不生，湛然澄清，至明至靜，森羅萬象一時印現，三世一切之法皆悉炳然無不現（佛光

大藏經編修委員會1988：4165）。平靜的心猶如海完全映現所有事物，華嚴思想認爲一切事物皆由此顯現，謂之海印三昧（中村元2009：966）。

16.況汝等且各各當人，有一段事大用現前。更不煩汝一毫頭氣力。便與祖佛無別。自是汝諸人信根淺薄惡業濃厚。突然起得如許多頭角。擔鉢囊千鄉萬里受屈作麼。

信根，信爲入理之根本，根者堅固不動之義；即信心如草木之根。據《釋摩訶衍論》載，信有十義，即：澄淨、決定、歡喜、無厭、隨喜、尊重、隨順、讚嘆、不壞、愛樂。根亦有十義，即：下轉、隱密、出生、堅固、相續、出離、集成、茂葉、具足、高勝（佛光大藏經編修委員會1988：3720）。

17.僧云：「如何是步步登高？」師云：「香積世界。」

香，係離穢之名，即宣散芬芳馥馨，指理中無上戒定慧之香；積，係聚集之義。香積，即積聚諸功德。

18.問：「如何是向上一路？」師云：「九九八十一。」

19.問：「如何是途中受用？」師云：「七九六十三。」

20.指白氎器云：「這箇知有超佛越祖之談。」代云：「五九四十五。」

九九八十一、七九六十三、五九四十五，都是算數口訣，也是禪語機鋒的數字語。口訣數字語，是禪師用來破除我執，另能表示原本之義，九九原本就是八十一、七九原本即是六十三，不必多說、不必在此下工夫，應注意自心之開悟；這些數字背後，蘊藏深刻的禪思哲理。

《雲門廣錄》共運用了九十二詞一百四十五例的說明式合義詞。

第六節　綜合式合義詞

《雲門廣錄》多音節的合義詞，由兩層結構所組合、兩層結構要素的關係並不一致者，本文稱之爲綜合式合義詞。

1. 一日，云：「京華還有棟梁也無？」代云：「家家<u>觀世音</u>。」或云：「不相當，且順朱識取好。」代云：「因學人置得。」

   觀世音，梵名Avalokite Śvara之意譯，爲觀自在菩薩的名稱，能即時觀察世人音聲，令解脫苦惱，故名（中村元2009：1738）。「觀世音」的第一層爲支配式合義詞，「觀」支配「世音」，世音乃被觀之對象；第二層「世音」爲主從式合義詞。《法華經·卷七·觀世音菩薩普門品》詳說菩薩於娑婆世界利益眾生之事，謂受苦眾生一心稱名，觀世音菩薩即時觀其音聲，令得解脫；若有所求，亦皆令得；又能示現佛身、比丘身、優婆塞身、天身、夜叉身等，以攝化眾生（佛光大藏經編修委員會1988：6953）。

2. 師云：「爾爲什麼打落<u>當門齒</u>？」無對。師便打，云：「學語之流。」

   當門齒，即門牙。第一層爲主從式合義詞，「當門」修飾「齒」；第二層「當門」爲支配式合義詞。

3. 有僧出禮拜擬伸問次，師以拄杖趁云：「似這般<u>滅胡種</u>，長連床上納飯阿師，堪什麼共語處？這般打野榸漢。」以拄杖一時趁下。

4. 向汝道非菩提涅槃知是般事，早是不著便也，又更覓他注解這般底<u>滅胡種族</u>，從上來總似這般。何處到今日？

   所謂「胡」，如稱釋迦或達摩爲老胡，胡種乃指佛種，即佛弟子（中村元2009：903）。胡種，即胡人之種族，但禪錄則用於指達摩門下之法孫（佛光大藏經編修委員會1988：3939）。滅胡種、滅胡種族，即意斷絕佛教法脈，多用作對執迷不悟者的斥語（袁賓、康健2010：292）。

5. 問：「如何是<u>吹毛劍</u>？」師云：「餲。」又云：「嚌。」

   吹毛劍，極爲鋒利的劍，禪家多用以指稱銳利的機鋒（袁賓、康健2010：292），得以俐落地斬斷世人的妄念。

   「滅胡種」、「吹毛劍」二詞都是主從和支配式共同構成的詞。

6. 雲峰云：「大眾去莊上迎取五百人<u>善知識</u>來。」

善知識，指正直而有德行，能教導正道之人（佛光大藏經編修委員會1988：4884）。知識即朋友之異稱。吾人平時所謂知人一語，即指知其人之心識，此處乃引申爲所知之人，而非多知博識之義（佛光大藏經編修委員會1988：3466）。善知識，第一層爲主從合義詞，「善」修飾「知識」；第二層爲動賓結構。

7. 「爾合作麼生？各自覓箇託生處好。莫空遊州獵縣，祇欲得捏搦閑言語，待老和尚口動，便問禪、問道、向上、向下、如何、若何，大卷抄將去，望向皮袋裡。」

閑言語，多餘、無用的話語；後亦指古宿言句（袁賓、康健2010：444）。前人的言語，並非由學人自心發明，故以「閑」視之。

8. 一日云：「爾若辨我、我辨爾是尋常，更有一條作麼生辨？」代云：「識。」或云：「節角語須是箇人始得，作麼生是節角語？」

節角，凹凸不平的、多刺的（中村元2009：1369）。節角語，應該指突出、直白的話語，以吻合於禪宗直指本心的作風。

9. 忽然被老漢腳跟下尋著，勿去處打腳折。有什麼罪過？既與麼，如今還有問宗乘中話麼？待老漢答一轉了。東行西行。

答一轉，數量詞「一轉」限定動詞「答」的次數，爲數量補語。

10. 舉玄沙示眾云：「諸方老宿盡道接物利生。忽遇三種病人來，作麼生接？患盲者拈槌豎拂他又不見，患聾者語言三昧他又不聞，患瘂者教伊説又説不得。」

説不得，主從式合義詞「不得」說明動詞「說」的狀態，構成補充式合義詞。

11. 一日云：「明己底人。還見有己麼？」代云：「把將來。」

把將來，持來。「把將」爲並列式動詞，「來」爲趨向補語，構成補充式合義詞。

12. 舉雪峰云：「三世諸佛向火焰上轉大法輪。」師云：「火焰爲三世諸佛説法，三世諸佛立地聽。」

大法輪，「大」修飾譬喻造詞的「法輪」。法輪，梵語 dharmacakra，為對於佛法之喻稱。以輪比喻佛法，其義有三：①摧破之義，因佛法能摧破眾生之罪惡，猶如轉輪聖王之輪寶，能輾摧山岳巖石，故喻之為法輪；②輾轉之義，因佛之說法不停滯於一人一處，猶如車輪輾轉不停，故稱法輪；③圓滿之義，因佛所說之教法圓滿無缺，故以輪之圓滿喻之，而稱法輪（佛光大藏經編修委員會1988：3423）。

13. 問僧：「看什麼經？」云：「般若燈論。」師云：「西天<u>金剛座</u>上，甚人說佛法？」

金剛座，vajrāsana。又作金剛齊。指佛陀成道時所坐之座，位於中印度摩揭陀國伽耶城南之菩提樹下。以其猶如金剛一般堅固不壞，故稱金剛座（佛光大藏經編修委員會1988：3552）。故說明式合義詞「金剛」修飾「座」，構成主從式合義詞。

14. 舉肇法師云：「諸法不異者，不可<u>續鳧截鶴</u>、夷嶽盈壑，然後為無異者哉。」

續鳧斷鶴，截斷鶴的長腿，接到野鴨的短腳上。比喻做事違反自然的本性。兩個支配式合義「續鳧」、「截鶴」二者並列構成聯合式合義詞。

15. 師有時云：「若言即心即佛，權且<u>認奴作郎</u>，生死涅槃恰似斬頭覓活；若說佛說祖、佛意祖意，大似將木樿子換卻爾眼睛相似。」

認奴作郎，將奴僕錯認作主人，喻參學者不明自心是佛，自我為主，卻向外尋覓成佛之道，將種種言教施設、權宜法門認作佛法（袁賓、康健2010：350）。兩個支配式合義「認奴」、「作郎」，後者為前者的結果補語。

16. 一日，云：「<u>布幔天網</u>打龍，布絲網撈鰕摝蜆，爾道螺蚌落在什麼處？」代云：「具眼。」

布幔天網，禪林用語。即張開漫天大網，令一人亦不得逃脫；禪林中，比喻師家接化學人周到縝密。又作張幔天網、蓋天蓋地、

拽卻漫天網（佛光大藏經編修委員會1988：4546）。動詞「布」
與「幔天網」構成支配式合義詞；「幔天網」由「幔天」修飾
「網」，構成主從式合義詞；「幔天」當為支配式合義詞「漫
天」。

17. 問：「如何是透法身句？」師云：「海晏河清。」道士問：「視
聽無聲無形，老君說了也。雲門一句請師指示。」

海晏河清，海波平靜及黃河之水清澄，意指天下太平。沒有一點
風波，盡界平靜的境界（中村元2009：966）。由「海晏」、「河
清」兩個說明式合義詞成為聯合式合義詞。

18. 問：「如何是教意？」師云：「撩起來，作麼生道？」進云：
「便請師道。」師云：「對牛彈琴。」

對牛彈琴，在牛或馬面前彈琴，喻指毫無用處（中村元2009：
1435）介賓結構「對牛」修飾支配式合義詞的「彈琴」，構成主
從式合義詞。

19. 師云：「著衣喫飯有什麼難？」山云：「何不道披毛戴角？」師
便禮拜。

角，禪林喻指煩惱之念。凡夫起有所得之心，稱為頭角生（佛光
大藏經編修委員會1988：6362）。「戴角」則是一直保有煩惱，
未能斷除，甚至不自知者之謂。披毛戴角，意謂墮為畜牲（袁賓
1993：312）。

20. 師或以拄杖打露柱一下，云：「爾作麼生不說禪？」復云：「埋
沒人家男女。」無對。自云：「擔枷過狀。」自代前語云：「爭
怪得別人。」。

擔枷過狀，自己戴上枷鎖帶著自白書，負荊請罪也（中村元
2009：1559）。

「披毛戴角」、「擔枷過狀」都是由支配式與並列式共同構詞
者。

21. 睦州和尚見僧入門來便云：「現成公案放爾三十棒，自餘之輩合
作麼生？若是一般掠虛漢，食人膿唾、記得一堆一擔搕撻，到處馳

騁驢唇馬觜，誇我解問十轉五轉話。」

驢唇馬觜，胡說、瞎扯、說大話，或指答非所問（中村元2009：1743）。對禪僧不明心地卻夸夸其談的譏斥語。（袁賓、康健2010：277）。此處爲睦州和尙訶責揀現成公案、賣弄言語而無見地者。兩個主從式合義詞「驢唇」、「馬觜」，構成並列式合義詞。

22.問：「目前坦然時如何？」師云：「海水在汝頭上。」進云：「還著得也無？」師云：「向這裡脫空妄語。」

脫空妄語，說謊話，虛妄不實。常用作真參實悟之反義語（袁賓、康健2010：418）。支配式「脫空」與主從式「妄語」，構成聯合式詞語。

23.因見火頭公：「爾辛苦我賞爾，這箇拄杖子吞卻祖師也。」無對。代云：「功不浪施。」又云：「禍不單行。」

⑴功不浪施，功夫沒有白花（袁賓、康健2010：147）。

⑵禍不單行，不幸的事接二連三地發生。

「功不浪施」、「禍不單行」都由說明式和主從式共同構成的四音節詞。

24.上堂云：「和尚子直饒爾道有什麼事？猶是頭上安頭、雪上加霜、棺木裡眨眼、炙盤上更著艾燋，這箇是一場狼藉不少也。」

雪上加霜，意爲多餘、累贅（雷漢卿2010：629）與「頭上安頭」皆指在原有的物品之上又多加一物，亦有「多此一舉」之意；「棺木裡眨眼」，棺木裡的死人是無法眨眼的，指不可能之事；「炙盤上更著艾燋」，艾燋乃艾條，原爲治病之物，卻在炙盤上點著，則是錯置之事。文偃和尙以這四種狀況，指稱和尙子所稱之事都不是開悟、修行之事。

　　《雲門廣錄》綜合式合義詞共有一百二十二個詞二百二十四例。

第七節　本章小結

　　《雲門廣錄》合義詞共計三千六百零四詞目運用一萬一千二百七十八例，類統計如下：

表二：合義詞類詞目用例統計表

類　型	詞目數	％	用例數	％
並列式合義詞	485	13.49	1151	10.21
主從式合義詞	2029	56.30	7181	63.67
支配式合義詞	566	15.70	1711	15.17
補充式合義詞	310	8.57	866	7.68
說明式合義詞	92	2.55	145	1.29
綜合式合義詞	122	3.39	224	1.98
總　計	3604	100%	11278	100%

　　《雲門廣錄》合義詞詞目數和用例數，都是以「主從＞支配＞並列＞補充＞綜合＞說明」為序，基本上以主從式合義詞為主體，此現象與現代漢語相同。語錄中常以生活用品來說解禪意，如「拈柱」、「露柱」等。並列式合義詞，包括實詞和虛詞的並列結構，含括了同義詞詞素和反義詞詞素的組合，《雲門廣錄》，如「撿點」、「檢校」等，都是師父檢覈弟子的動詞。支配式合義詞較並列式合義詞為多，與禪宗慣用的動作語詞，如「示眾」、「開堂」、「打槌豎拂」、「掛錫」、「上堂」、「行香」；還有普請的項目，如「般柴」、「摘茶」；與生活有關，如「喫飯」、「煎茶」、「點茶」、「喫茶」等，皆是叢林等生活的展現，是禪師與學人對答的內容。補充式合義詞與禪師以動作接引學者有關，如「拈起」、「擒住」、「拶破」。說明式合義詞，包括體現雲門宗單刀直入特

點的數字語，及源於佛教譬喻造詞為多，如「慈舟」、「覺轅」、「定水」、「道火」、「心鏡」、「法炬」、「海印」等，亦衍生非關佛教義理的詞語，如「心猿」、「意馬」等，顯示此種構詞法的影響力，當然也體現以淺白之物喻法、接引世人的精神。綜合式合義詞，說明漢語詞彙已進入多重組合的形式，以三音節的成語為主，但四音節詞亦漸多，如「對牛彈琴」、「以貌取人」、「響露鳴風」、「口似懸河」、「日久歲深」、「風恬浪靜」、「雪上加霜」、「將錯就錯」、「禍不單行」等詞皆是。

第六章
《雲門廣録》重疊詞與
派生詞

重疊詞是漢語詞彙的特點，豐富多樣的派生詞，是近代漢語詞彙的重要特色。本章談談《雲門廣錄》的重疊詞與派生詞。

第一節　重疊詞

重疊詞，乃重疊音節構成的詞彙結構，依外在形式舉例說明之。

一、AA式重疊詞

名詞重疊仍當名詞用，並帶有「每一」、「全部」的意涵。

1. 或云：「古人道。<u>人人</u>盡有光明在，看時不見暗昏昏。作麼生是光明？」

    人人，每一個人。

2. 僧拈起餬餅，師云：「這箇且放一邊，長連床上學得來。<u>餅餅</u>是甚人做？」

    餅餅，每一張餅，或全部的餅。「雲門餅」是禪林的經典公案，與「德山棒」、「臨濟喝」、「趙州茶」齊名。

3. 問：「牛頭未見四祖時如何？」師云：「<u>家家</u>觀世音。」

    家家，每一戶人家。

2. 舉僧問南泉：「牛頭未見四祖時，為什麼百鳥銜花獻？」泉云：「<u>步步</u>躡佛階梯。」

    步步，每一步。

3. 示眾云：「十五日已前不問爾，十五日已後道將一句來。」代云：「<u>日日</u>是好日。」

    日日，每一天。「日日是好日」，代表著文偃禪師沒有分別之心。

4. 或云：「折半列三針筒，鼻孔在什麼處？與我<u>箇箇</u>拈出來看。」

    箇箇，每一個、逐個。

5. 問：「如何是<u>塵塵</u>三昧？」師云：「桶裡水、鉢裡飯。」

塵塵，指每一顆微塵。「塵塵三昧」指謂於一微塵中入一切之三昧（佛光大藏經編修委員會1988：5764）。

6. 乾坤並萬象，地獄及天堂。<u>物物</u>皆真現，<u>頭頭</u>總不傷。

　⑴物，即客觀之境。物物，指每一種物體。

　⑵頭頭，特別強調每一個頭。

7. 舉祖師偈云：「<u>法法</u>本來法。」師云：「行住坐臥不是本來法，一切處不是本來法。祇如山河大地，與爾日夕著衣喫飯，有什麼過？」

　法法，稱「每一種法」，可指「全部」的法。

8. 舉教云：「心生<u>種種</u>法生，心滅<u>種種</u>法滅。」

　種種，全部的、每一種。

9. 一日，云：「<u>處處</u>道將一句來。」

　處處，即到各地、全部的處所。

10. 僧云：「為什麼在上座手裡？」僧無語。師云：「<u>彼彼</u>不了。」師代云：「遠嚮不如親到。」

　彼彼，應為「比比」，為處處之意（高文達2001：14）。

　　以上各例詞都是詞重疊，有些是偏向「每一」之意，強調逐個的對象，如「人人」、「家家」、「塵塵」；有些也可指稱整體，如「種種」、「法法」、「處處」等詞。

11. 師云：「南泉水牯牛隨處納<u>些些</u>。爾道在牛內納牛外納？直饒爾向這裡說得納處分明，我更問爾索牛在？」

　些，為概數詞；些些，指少許、一點兒（江藍生、曹廣順1997：388）。

12. 上堂，云：「人人<u>自自</u>有光明在，看時不見暗昏昏。」便下座。

13. 況汝等且<u>各各</u>當人。有一段事，大用現前。更不煩汝一毫頭氣力，便與祖佛無別，自是汝諸人信根淺薄惡業濃厚。突然起得如許多頭角，擔鉢囊千鄉萬里受屈作麼？

　自自、各各，各自（江藍生、曹廣順1997：138）。

14.問：「終日<u>切切</u>不得箇入路，乞師指箇入路。」師云：「當機有路。」

切切，懇切貌（江藍生、曹廣順1997：301）。

15.師因乾峰上堂，云：「法身有三種病、二種光，須是<u>一一</u>透得；更須知有照用臨時向上一竅在。」

一一，各個、逐一（中村元2009：1），代指上述「三種病、二種光」。

16.師或時拈拄杖作射勢，云：「官家進器械來也，<u>看看</u>。」代云：「和尚不得放過。」

看看，表示試一試，當即之意（江藍生、曹廣順1997：204）。

17.示眾云：「直得觸目無滯，達得名身句身一切法空。山河大地是名，名亦不可得。喚作三昧性海俱備，猶是無風<u>匝匝</u>之波。直得忘知於覺，覺即佛性矣。喚作無事人，更須知有向上一竅在。」

匝匝，水波翻騰的樣子（袁賓、康健2010：500）。

18.師或云：「萬法<u>紜紜</u>。三世諸佛天下，老和尚一時出頭，過在什麼處？」

紜紜，形容多而亂（高文達2001：518）。

19.問：「四面<u>森森</u>，如何是靈樹？」師云：「風鳴雨息。」

森森，繁榮茂盛、修長高聳、眾多密集之貌（高文達2001：369）。

20.師上堂良久，云：「夫唱道之機，固難諧剖。若也一言相契，猶是多途。況復<u>刀刀</u>，有何所益？」

刀刀，指人聲不斷的樣子，話語囉嗦（袁賓、康健2010：86）。一般作「叨叨」或「忉忉」。

21.問：「終日<u>忙忙</u>時如何？」師云：「覿機無響路。」

忙忙，迷茫不悟的樣子（袁賓、康健2010：283）。

22.師云：「此人作麼生親近？」山云：「不向<u>密密</u>處。」

密密，綿密、親密之意（中村元2009：1055）。

23.舉古云：「<u>寂寂</u>空形影。」師展兩手，云：「山河大地何處得

也。」

寂寂，安靜無聲的樣子。

24. 師云：「尚書且莫<u>草草</u>。十經五論師僧，拋卻卻特入叢林，十年二十年尚不奈何。尚書又爭得會？」

草草，紛亂、心緒不寧的樣子（江藍生、曹廣順1997：46）。

25. 或云：「一顆圓光明已久，作麼生是一顆圓光？」代云：「謝和尚<u>重重</u>相為。」

重重，頻頻、屢屢、反覆（江藍生、曹廣順1997：63）。

26. 食時辰<u>歷歷</u>明機是誤真。

歷歷，清晰、分明的樣子，亦有逐一之意（高文達2001：235）。

《雲門廣錄》有四十五詞八十例AA式重疊詞。

二、AAB式重疊詞

《雲門廣錄》AAB式重疊詞共有三詞三例

1. 峰拈起拄杖，云：「者箇為中下根人。」便有僧問：「忽遇<u>上上人</u>來時如何？」峰拈起拄杖。

上上人，原是淨土教中，意指念佛的人（中村元2009：138）。此處文義應指「上上根人」與「中下根人」相對；「上上根人」為具上等根機、道法精深者（袁賓、康健2010：369）。

2. 師云：「將知爾秖是學語之流。」代：「無語處。」云：「和尚秖恐某甲不實。」又云：「<u>邏邏李</u>。」

3. 一日，云：「至道無難唯嫌揀擇，作麼生是不揀擇？」又云：「如來妙色身<u>羅羅李</u>。」代云：「不出。」代前語云：「古人道了也。」

邏邏李、羅羅李，疑同「羅羅哩」。羅羅哩，乃歌曲間所入之語也（丁福保1984：1427）。詩歌中的感嘆語，抒發思想之情，有時用來調整節奏或補足音節。乃因在禪錄中，世俗意義的還鄉常與返本歸源的悟道思想互為表裡，使得此語具有雙重隱代含義，

禪僧運用時淡化了世俗的還鄉意義，而成為帶有行業色彩的隱語，指代禪道歌、悟道歌（袁賓2001：313）。

三、ABB式重疊詞

　　《雲門廣錄》ABB式重疊詞共有五詞八例。

1. 師云：「我問儞十方無壁落、四面亦無門，<u>淨裸裸赤灑灑</u>沒可把，儞道大梵天王與帝釋商量箇什麼事。？」

　(1)淨裸裸，如同一絲不掛，意指天眞爛漫的（中村元2009：1107）。

　(2)赤灑灑，空寂坦露，清淨無染，是禪悟境界（袁賓1993：248）。

　　二詞並用，意指煩惱妄想之塵垢完全脫盡，身心脫落的樣子（中村元2009：1107）。

2. 上堂云：「人人自自有光明在，看時不見<u>暗昏昏</u>。」便下座。
暗昏昏，光線不明貌。禪師認為每一個人原應有光明的心性，卻因世人愚昧、執著、貪瞋痴等昏昧心性而不見光明。

3. 師有時云：「燈籠是爾自己。把鉢盂<u>噇飯飯</u>，不是爾自己。」
噇飯飯，噇，即喫；飯飯，即許多食物；噇飯飯，有貪圖口腹享受之意。

4. 師云：「尚書且莫草草，十經五論師僧，<u>拋卻卻</u>特入叢林。十年二十年尚不奈何，尚書又爭得會？」
拋卻卻，丟棄、放棄（中村元2009：724）。

四、AABB式重疊詞

　　《雲門廣錄》AABB式重疊詞共有三詞三例。

1. 一日，云：「日裡來往<u>上上下下</u>，一問一答任汝當荷。夾差一問來，作麼生當荷？」
上下，指社會身分的上者與下者（中村元2009：138）。上上下

下，則指團體中的所有人。

2. 師到歸宗，僧問：「大眾雲集合談何事？」宗云：「<u>兩兩三三</u>。」僧云：「不會？」宗云：「<u>三三兩兩</u>。」

三三兩兩、兩兩三三，均表示數目不定、零散的樣子。

五、本節小結

《雲門廣錄》重疊詞總計有五十六個九十四例，統計如下：

表三：重疊詞詞目用例統計表

類　型	詞目數	%	用例數	%
1. AA式	45	80.35	80	85.11
2. AAB式	3	5.36	3	3.19
3. ABB式	5	8.93	8	8.51
4. AABB式	3	5.36	3	3.19
總　計	56	100%	94	100%

從表內得知《雲門廣錄》的重疊詞以AA式為詞目及詞例的主體。AA式重疊詞，狀態詞為使用的大宗，另名詞重疊可表「逐一」之意，「日日是好日」充分展現文偃和尚的自信與從容、「餅餅」具本宗特色，為禪門公案的「棒、喝、茶、餅」中「雲門餅」，是雲門禪師說解道在日常生活的對象。ABB式、AABB式均以描述狀態為主。AAB式不表狀態，「上上人」指道行深厚的人、「邏邏李、羅羅李」為禪宗的行話。整體而言，《雲門廣錄》表狀態的重疊詞為大宗，包括AA、ABB、AABB三式，數量以AA式為多；就功能而言，使得表義越顯精細。

第二節　派生詞

　　派生詞是由詞綴、詞幹兩個部分所組成。詞幹表示主要的語義，詞綴不表實義，但能表示某種特定的語法意義或標明其詞類、位置固定、意義虛化、衍生能力強。依詞綴所在的位置區別之：詞綴放在詞幹之前爲前綴，又稱詞頭；詞綴置於詞幹之後，稱詞尾或後綴；詞綴出現中間者，則是詞嵌、中綴。

一、阿、老、第、所、打

　　此部分談前綴構成的派生詞。

㈠ 阿

　　「阿～」是個歷史悠久的名詞詞頭，用以表示人物，《雲門廣錄》共四詞十六例。

1. 因僧設齋，師云：「儞是甚處人？」僧云：「某處人。」師云：「報典座與阿師設齋。」

　　阿師，稱和尚、僧人。（江藍生、曹廣順1997：4）。

2. 一日，云：「辨得親疏。爲什麼被親疏所使？」代云：「阿誰置得？」

　　阿誰，表示問人的代詞。

3. 師或云：「古人道：觸目是道。拈卻醬甕，阿那箇是道？」無對。

　　阿那箇，表示疑問的指示代詞。

4. 問：「三身中阿那身說法？」師云：「要。」

　　阿那身，亦爲疑問詞。

　　四個例詞以疑問詞爲主，僅「阿師」表示稱謂。

(二) 老

　　「老～」表示人物的身分、稱謂，或動物名稱。《雲門廣錄》計有三詞七例。

1. 問：「千聖不傳古今不歷。如何是和尚接人一句？」師云：「觸忤老兄得麼？」進云：「如何是接人一句？」師云：「作麼？」

　　老兄，朋友間之敬稱。同世代修行僧對學長之敬稱（中村元2009：529）。

2. 上堂云：「我今日共汝說葛藤，屎灰尿火、泥豬疥狗，不識好惡，屎坑裡作活計。所以道：盡乾坤大地、三乘十二分教、三世諸佛天下老師言教，一時向汝眼睛上會取去。饒汝便向這裡一時明得。亦是不著便漢，無端跳入屎坑，可中於我衲僧門下過打腳折。」

　　老師，對禪師的敬稱，稱呼指導修行僧坐禪與一般修行之僧（中村元2009：529）。

　　兩例都是敬稱的稱謂詞。

3. 問：「師子嚬呻時如何？」師云：「嚬呻且置，試哮吼看。」僧應喏。師云：「這箇是老鼠啼。」

　　老鼠，動物名，禪錄裡通常指家鼠。

(三) 第

　　「第～」是表示次序的詞頭，《雲門廣錄》有四個詞三十例。

1. 師在䴵餅寮喫茶，云：「不向汝道罪過。」無對。復云：「第一須忌火。」便起去。

2. 乾峰示眾云：「舉一不得舉二，放過一著落在第二。」

3. 良遂連三日去敲門，至第三日纔敲門。麻谷問：「阿誰？」

　　第一、第二、第三，表示順序，如第一乃首先、第二指次要。

4. 嚴云：「須知有不區區者。」吾云：「與麼則第二月也。」嚴豎起掃帚，云：「這箇是第幾月？」吾拂袖出去。師云：「奴見婢

殷勤。」

5. 又問：「長連床上學得底是第幾機？」龍云：「第二機。」師云：「作麼生是第一機？」龍云：「緊峭草鞋。」

6. 舉龍牙尋常道：「雲居師兄得第二句，我得第一句。」西院云：「秖如龍牙與麼道，還扶得也無？」

7. 問僧：「心法雙忘，是第幾座？」僧云：「第二座。」師云：「作麼生是第一座？」僧云：「不敢虧於和尚。」師不肯。代云：「韶州糶米。」

第幾，均表示疑問其順序。除了次第之外，尚有不同的意義，如「第二月」指分別妄心，情見知解（袁賓、康健2010：101）。「第一機」乃真正顯禪法、直指人心的機鋒；「第二機」意謂是「第一機」以下的情識詮解（袁賓、康健2010：101）。「第一句」指表達玄妙禪義、直指人心的話句，實為不可用語言文字表述的宗門妙語，一當形之語言文字，就是通常的語句，即「第二句」（袁賓、康健2010：101-102）。「第一座」，寺院參禪僧眾的首座（袁賓、康健2010：102）。「第二座」即指非首座。

（四）所

「所～」將其後所帶的不同詞性，整合變為名詞，《雲門廣錄》計八詞十五例。

1. 時托奉使韶陽監修營諸寺，因得紹莊之語，乃以所夢聞上。

所夢，指夢見的內容。此例指文偃禪師託夢開室一事。

2. 踵黃蘗之裔也，知道不偶世。引己自處，潛居古伽藍。雖揖世高蹈，而為世所慕。凡應接來者，機辯峭捷無容佇思。

所慕，仰慕的對象。本例指睦州道明禪師。

3. 然且教乘之中，各有殊分：律為戒學、經為定學、論為慧學。三藏五乘五時八教，各有所歸。

所歸，作為依據的、所歸附的（中村元2009：721）。

4. 希範叨權使命，謬治名藩。幸逢法匠之風，請踞方丈之室。願以

廣濟為益，無將自利處懷。少狗披蓁之徒，佇集如雲之眾。俯從<u>所請</u>。即具奏聞。

所請，即提出請求的內容。

5. 或云：「是爾師僧在江西湖南<u>所在</u>過夏，衣鉢分付什麼人了來？」代云：「不是，瞞卻一人來。」又云：「不作大人相。」

所在，存在的處所（中村元2009：715）。

6. 師便問：「密密處為什麼不知有？」山云：「祇為密密。<u>所以</u>不知有。」

所以，原因、因此（中村元2009：714）。

7. 師上堂良久，云：「夫唱道之機，固難諧剖。若也一言相契，猶是多途。況復刀刀，有何<u>所益</u>？」

所益，即好處。

8. 問：「學人擬伸一問。還許也無？」師云：「佛不奪眾生<u>所願</u>。」

所願，心中期待的、希望、目標（中村元2009：721）。

(五) 打

「打～」表示動作，為近代漢語詞彙的特點之一；《雲門廣錄》共六詞十例。

1. 問僧：「作麼生是<u>打靜</u>一句？」僧云：「誰敢出頭？」

打靜，佛教舉行法事前，維那打椎，使僧眾安靜，故稱打靜。禪林用語。指開始入睡或坐禪（佛光大藏經編修委員會1988：1934）。

2. 「這一般底打殺萬箇，有什麼罪過？喚作<u>打底</u>。不遇作家，至竟祇是箇掠虛漢。」

打底，最初、自始（中村元2009：391）。

3. 一日，云：「布幔天網<u>打龍</u>，布絲網撈鰕摝蜆。爾道螺蚌落在什麼處？」代云：「具眼。」

打龍，即捕龍，喻機鋒較量中設法制馭對方，是禪家接引學人的

一種設施（袁賓、康健2010：72）。

4.待老和尚口動，便問禪、問道、向上、向下、如何、若何。大卷
抄將去，堅向皮袋裡。卜度到處火鑪邊，三箇、五箇聚頭，舉口
喃喃地便道：這箇是公才語，箇是就處<u>打出</u>語，這箇是事上道底
語，這箇是體語體。汝屋裡老爺老孃喠卻飯了，祇管説夢便道：
我會佛法了也。

打出，即育成（中村元2009：391）。這裡並列了幾種話語的類
別，如「公才」指高僧、「打出」是孕育、「道底」達成涅槃的
準則，以示僧侶的分別心。

二、子、兒、頭

「子」、「兒」、「頭」都是名詞性的後綴，能構成具體名詞、
抽象名詞。

㈠ 子

「～子」派生詞可表示人物、植物、動物、器物、食物、抽象名
詞等，是構詞能力強的詞尾，《雲門廣錄》共有二十八詞七十六例。

1.舉「世尊初生下，一手指天、一手指地，周行七步目顧四方云：
天上天下唯我獨尊。」師云：「我當時若見，一棒打殺與<u>狗子</u>喫
卻，貴圖天下太平？」

2.因聞蚊子叫，問僧：「<u>蚊子</u>吞卻祖師也？」

3.僧便問：「如何是向上宗乘？」師云：「地下閻浮大家總道得，
祇如鬧市裡坐朝時，豬肉案頭、茆坑裡<u>蟲子</u>，還有超佛越祖之談
麼？」僧云：「有底不肯。」

4.師云：「一切物命蛾蚌<u>蟻子</u>，與儞自己同別？」首座云：
「同。」

以上都是構成動物名，狗子是獸類，蚊子、蟲子、蟻子均為昆蟲
名。

5. 師在文德殿赴齋，有鞠常侍問：「靈樹果子熟也未？」師云：「什麼年中得信道生？」

6. 師云：「識得橙子天地懸殊。」

7. 因入廚問菜頭，云：「鍋裡多少茄子？」無對。

8. 師行次，一僧隨後行，師豎起拳，云：「如許大栗子，喫得幾箇？」

　　果子、橙子、茄子、栗子，都是植物名。

9. 僧云：「這簾子長五尺。」師云：「這箇是簾子，那箇是佛法？」

10. 舉「生死涅槃合成一塊」，乃拈起扇子，云：「是什麼不是合成一塊？得與麼不靈利，直饒與麼也是鬼窟裡作活計。」

　　簾子、扇子，皆為器物名。

11. 師在僧堂前問僧：「這箇鐘子是什麼物作？」無對。

　　鐘子，為做法事時集眾而打者。（丁福保1984：1462）。

12. 師因喫茶了，拈起盞子，云：「三世諸佛聽法了，盡鑽從盞子底下去也。見麼？見麼？若不會，且向多年曆日裡會取。」

　　盞子，乃小而淺的杯子。

13. 僧又問，師擎起椀，云：「這箇是定州椀子，一唱三十文。」

　　椀子，「椀」現代漢語寫作「碗」。

14. 在嶺中順維那處起，彼時問：「古人豎起拂子、放下拂子，意旨如何？」維那云：「拂前見、拂後見。」

　　拂子，將獸毛、麻等紮成一束，再加一長柄，用以拂除蚊蟲者，稱為拂子，又稱拂、拂塵、塵尾。於印度一般皆使用此物。戒律中允許比丘執持拂塵，以拂除蚊蟲之侵擾，然禁止使用如「白拂」等以較為華美貴重之物所成之拂子（佛光大藏經編修委員會1988：3259）。

15. 舉「老宿問僧：聞說雪峰有毬子話，是不？」僧云：「不見說著。」

　　毬子，乃皮製足球（江藍生、曹廣順1997：308）。

16. 師在僧堂中喫茶，拈起<u>托子</u>，云：「蒸餅饅頭一任汝喫，爾道這
　箇是什麼？」

　托子即茶臺、茶托，爲放置杯、碗之臺子，佛門稱高臺之茶托爲
　托子（佛光大藏經編修委員會1988：2423）。本例即爲茶托子。

17. 師別前語云：「築著便作屎臭氣。」代後語云：「將謂是鑽天<u>鷂
　子</u>，元來是死水裡蝦蟇。」

　鷂子即風箏。

　　以上九個均爲器物名稱。

18. 師云：「有什麼饅頭<u>餣子</u>？速下來。」

　餣子，油炸麵食，類似元宵（江藍生、曹廣順1997：104）。

19. 問：「毘盧向上即不問，虛空請師留<u>些子</u>。」師云：「把卻汝咽
　喉，爾作麼生道？」

　些子，少許、一點兒（江藍生、曹廣順1997：388）。爲概數詞加
　詞尾構成的派生詞。

㈡ 兒

　　「～兒」構成一般名詞，《雲門廣錄》用三詞四例。

1. 因聞鼓聲，云：「鼓聲咬破七條。」又指僧，云：「抱取<u>貓兒</u>
　來。」代云：「不用別人。」

　貓兒，即貓。

2. 師云：「飯袋子身如<u>椰兒</u>，大開與麼大口。」

　椰兒，即椰子。

3. 一日，云：「三十年後會去在。」代云：「<u>點兒</u>落節。」或云：
　「頭上霹靂即不問爾。」

　點兒，小痕跡、某部分（中村元2009：1629）。「落節」意爲失
　敗、失利（中村元2009：1385）。「點兒落節」即一點點失敗，
　即不盡完美。

(三) 頭

「～頭」，構成一般名詞、方位詞、狀況名詞；禪宗以此構成職務名。《雲門廣錄》計有二十二詞六十五例。

1. 舉「傅大士頌云：空手把鋤頭，步行騎水牛。」

   鋤頭，農具名。

2. 師云：「饅頭從爾橫咬豎咬，不離這裡道將一句來。」代云：「新麥麨少喫。」

   饅頭，食物名，即現代的包子（江藍生、曹廣順1997：243）。

3. 代云：「某甲亦見日頭從東邊上。」

   日頭，即太陽。

4. 舉「僧問乾峰：『十方薄伽梵一路涅槃門，未審路頭在什麼處？』峰以拄杖劃云：『在者裡。』」

   路頭，即出路。

5. 師或云：「阿耶耶！新羅國裡打鐵，火星燒著我指頭。」

6. 師云：「有什麼口頭聲色？箇中若了全無事。」師云：「有什麼事？體用無妨，分不分？」

7. 又云：「爾若不相當，且覓箇入頭路。微塵諸佛盡在爾舌頭上，三藏聖教在爾腳跟下，不如悟去好。還有人悟得麼？出來道看。」

指頭、口頭、舌頭，都是人體的一部分。

　　以上皆為一般名詞。

8. 後長慶云：「爾道古人前頭為人？後頭為人？」

   (1)前頭，朝前的一端（江藍生、曹廣順1997：298）。

   (2)後頭，即後方。

9. 舉「十方薄伽梵一路涅槃門。」師云：「者箇是屋上頭是天，手裡是拄杖，作麼生是涅槃門？」

   上頭，高處（江藍生、曹廣順1997：330）。

以上三例詞都是方位詞名詞。

10. 我且問爾：「十二時中行住坐臥屙屎送尿，至於茆坑裡蟲子、市
肆賣買羊肉<u>案頭</u>，還有超佛越祖底道理麼？道得底出來，若無莫
妨我東行西行。」便下座。

案頭，即几案。在禪宗寺院之眾寮內，爲眾僧閱讀佛典祖論時，
所使用之几案爲經案（佛光大藏經編修委員會1988：4128）。

11. 師在僧尚內喫茶，問設茶僧，云：「什麼處安排？」僧指<u>板頭</u>，
云：「在這裡。」

板頭，指禪板（中村元2009：737）。禪板，又稱倚板，僧眾坐禪
時，爲消除疲勞，用以安手或靠身之板。一般長五十四公分，寬
六公分，厚約一公分，上穿小圓孔。用繩貫穿小圓孔，縛於繩床
後背之橫繩，使板面稍斜，可以倚身；安手時，把禪板橫放在兩
膝上。（佛光大藏經編修委員會1988：6470）。

以上兩個例詞爲寺院內的器物名。

12. 若未有箇<u>入頭</u>處，遇著本色咬豬狗手腳，不惜性命入泥入水相
爲。有可咬嚼，眨上眉毛高掛鉢囊。十年二十年辦取<u>徹頭</u>，莫愁
不成辦。直是今生未得，來生亦不失人身。向此門中亦乃省力，
不虛辜負平生，亦不辜負施主師長父母。

(1)入頭，即能切入之處，進入證悟的最初境界（中村元2009：
61）。

(2)徹頭，應爲徹底。

13. 問：「一口吞盡時如何？」師云：「我在汝肚裡。」進云：「和
尚為什麼在學人肚裡？」師云：「還我<u>話頭</u>來。」

話頭，即話題（江藍生、曹廣順1997：166）。僧侶、學人遊方
時，參禪問答的話題；也稱「話則」，說話之法則，轉指古人悟
道之因緣、古則公案（江藍生、曹廣順1997：5609）。

以上述三例詞爲禪侶問答機鋒的抽象名詞。

禪錄以「～頭」擔任職務名，爲禪宗典籍詞的特點，用例如下：

14. 師云：「寄一則因緣問堂頭和尚，秖是不得道是別人語。」僧
云：「得。」
堂頭，原指禪院住持之居處，引申爲禪林之住持（佛光大藏經編
修委員會1988：4451）。

15. 問僧：「爾是園頭不？」僧云：「是。」師云：「蘿蔔爲什麼不
生根？」無對。代云：「雨水多。」又云：「不解悦豫使人。」
園頭，掌管菜園之職者（佛光大藏經編修委員會1988：6361）。

16. 師問飯頭：「佛是千百億化身，爾每日作飯一杓幾箇釋迦老
子？」
飯頭，佛寺中主管炊事的僧人（江藍生、曹廣順1997：115）。
隸屬典座之下，掌理大眾粥齋之人。其職責，舉凡酌量僧眾之人
數、檢看米穀之精粗、分別水漿之清濁、撙節菜蔬之多寡、顧慮
柴薪之有無，乃至炊具之洗滌、餿淹之處理等，皆在職役範圍之
內（佛光大藏經編修委員會1988：5707）。

17. 師問柴頭：「爾爲什麼拽折大梁鋸？」僧云：「無。」
柴頭，叢林中於飯頭之下管理柴薪之職役。職務爲入山採薪，以
供大眾使用（佛光大藏經編修委員會1988：4144）。

18. 舉「睦州喚僧，趙州喫茶入水之義，雪峰輥毬，歸宗拽石，經頭
以字，國師水椀，羅漢書字。諸佛出身處，東山水上行，總是向
上時節。」
經頭，禪林中掌管經卷圖書之職稱。禪院中，爲補修大藏經而至
街坊誦讀經典，向人募捐之僧，亦稱經頭（佛光大藏經編修委員
會1988：5557）。

19. 問磨頭：「人打羅？羅打人？」無對。代云：「近來喫麪多。」
磨頭，禪林中，掌管磨院之僧職。負責碾磨穀、麥等穀糧。又作
磨主（佛光大藏經編修委員會1988：6273）。

20. 因入廚問菜頭，云：「鍋裡多少茄子？」無對。
《雲門廣錄》原文作「菜頭」，按文義應爲禪林職務名「菜頭」
一詞，「菜」、「菜」二字形近訛誤。菜頭禪林中，典座之下，

設有管領菜蔬之僧，稱爲菜頭，其職司爲揀捨枯葉、蝕葉、菜蟲等（佛光大藏經編修委員會1988：5260）。

三、者、家、等、漢、手、流

此部分均爲指人名詞的專用後綴。

㈠ 者

《雲門廣錄》共有五詞十五例「～者」派生詞。

1. 問：「承古有言：道無橫徑<u>立者</u>皆危，如何是道？」師云：「普請看。」

    立者，指站立的人。

2. 一日，云：「渺漫不分，是什麼人分上事？」代云：「不可作沙彌<u>行者</u>見解也。」

    行者，寺院中未剃度出家的僕役（江藍生、曹廣順1997：392）。

3. 師問<u>侍者</u>：「客來將什麼接？」<u>侍者</u>無對。代云：「和尚要拄杖即道。」

    此例句有兩個例詞，雖然原文寫作「待者」，依據上下文意校正爲「侍者」，因「侍」、「待」二字形近，應是快速書寫所造成的錯誤。侍者，伺候寺院主持僧、爲其服務的職事僧（袁賓、康健2010：387）。

4. 帝曰：「弗也，從何得耶？」帝釋舉手。<u>尊者</u>云：「如是、如是。」

    尊者，梵語阿梨耶Ārya，譯作聖者、尊者，謂智德具尊者，亦是羅漢之尊稱（丁福保1984：1110）。

5. 問僧：「看什麼經？」其僧卻指傍僧，云：「和尚問何不祇對？」師云：「露柱爲什麼倒退三千里？」僧云：「豈干他事？」師云：「學語之流。」代云：「泊合不識勢。」又代：「珍重」便出。又云：「著者非一。」

    著，謂心情纏綿於某事理而不捨離，如愛著、執著、貪著等是

（佛光大藏經編修委員會1988：5592）。著者，乃指執於某念之人。

(二) 家

「～家」，多做人稱代詞，《雲門廣錄》有七詞十一例。

1. 師或以拄杖打露柱一下，云：「爾作麼生不說禪？」復云：「埋沒人家男女。」無對。

　人家，意為他人、別人（許少峰1997：949）。

2. 諸兄弟，若是得底人，他家依眾遣日；若未得，切莫掠虛。不得容易過時。

　他家，意同別人（江藍生、曹廣順1997：352）。

3. 又拈問僧：「作麼生免得不被主家道得脫空妄語？」代云：「為什麼壓良為賤？」

　主家，一般指主導者、提供齋食的主人；本例是話語機鋒，「師家」與學人有主賓之分，學人參訪為賓；寺方招待為主，故「主家」在此應當指禪門指導修行者的師家，或是通達佛道的高僧。

4. 爾若根思遲迴，且向古人建化門庭，東覷西覷看，是什麼道理？爾欲得會麼？都緣是汝自家無量劫來妄想濃厚，一期聞人說著，便生疑心。

　自家，即自己。

5. 上堂云：「諸兄弟盡是諸方參尋知識、決擇生死，到處豈無老宿垂慈方便之詞？還有透不得底句麼？出來舉看，待老漢與汝大家商量。有麼？有麼？」

　大家，眾人（江藍生、曹廣順1997：81）。

6. 舉「禾山示眾云：『有作家戰將麼出來？』時有僧出，云：『未審彼中還有也無？』」師云：「格。」

　作家，即高手（江藍生、曹廣順1997：465）。

7. 師或時拈拄杖作射勢，云：「官家進器械來也。看看。」

　官家，指公家、官府（江藍生、曹廣順1997：147）。

㈢ 等

《雲門廣錄》見二詞七例「～等」，表示人稱複數的詞綴。

1. 上堂云：「大眾<u>汝等</u>還有鄆州針麼？若有試將來看，有麼？有麼？」眾無對。師云：「若無散披衣裳去也。」便下座。
2. 示眾云：「<u>爾等</u>諸人每日上來下去，問訊即不無，若過水時將什麼過？」有久住僧對云：「步。」師深喜之。

汝等、爾等均為第二人稱複數，意同現代漢語的「你們」。

㈣ 漢

以「～漢」構成的人稱詞，多以指稱尚未進入悟境的禪生，為詈稱、賤稱的用法（張美蘭1998：120）。《雲門廣錄》有二詞十例

1. 還有透不得底句麼？出來舉看，待<u>老漢</u>與汝大家商量。有麼？有麼？

老漢，謙稱自己，意同老夫（中村元2009：530）。

2. 師以拄杖空中敲，云：「阿耶耶。」又敲板頭，云：「作聲麼？」僧云：「作聲。」師云：「這<u>俗漢</u>。」又敲板頭，云：「喚什麼作聲？」

俗，原與「僧侶」對稱，即凡人、在家眾，未有貶義；然此處禪師以「俗漢」來稱僧人，或許乃斥責此僧尚未達悟證境界，如同見解俗士。

㈤ 頭＋漢

「～頭」、「～漢」共同構成詞者僅一詞1例。

1. 僧云：「和尚與麼道即得。」師云：「這<u>虛頭漢</u>。」

虛頭，指虛有其表或沒有內容（中村元2009：1289）。虛頭漢，由「～頭」構成派生詞，加上後綴「～漢」形成指人的名詞，指稱虛妄不實的參學者（袁賓、康健2010：460）。

㈥ 手

　　現代漢語用以表示人物身分的「～手」派生詞，如高手、水手、歌手、老手等，《雲門廣錄》已有一詞二例。

1. 師有時云：「平地上死人無數，過得荊棘林是好手。」僧云：「與麼則堂中第一座有長處也。」

　　好手，指專家或手藝精的人，禪林裡指完成修行而有實力的禪僧（中村元2009：486）。

㈦ 流

　　「～流」爲集體名詞的後綴，指稱某一層級的人物，《雲門廣錄》見一詞一例。

1. 上堂，云：「故知時運澆漓代干像季，近日師僧北去言禮文殊、南去謂遊南嶽。與麼行腳名字比丘徒消信施，苦哉！苦哉！問著黑漆相似，秖管取性過日。設有三箇兩箇，狂學多聞記持話路，到處覓相似語句。印可老宿，輕忽上流，作薄福業。他日閻羅王釘釘之時，莫道無人向汝道。」

　　上，有優秀卓越之意（中村元2009：177）。上流，意爲卓越的修行者，乃對大眾的敬稱（中村元2009：140）；詞中的「流」已非指河流或流動之義，而成爲群體稱謂的詞綴[1]。

四、來、取、然、自

　　這四個詞尾都是源於中古漢語、近代漢語進一步發展的詞綴，包括時間詞詞綴、動詞詞尾及副詞標誌。

---

[1]　「～流」當稱人的複數詞綴，《雲門廣錄》雖僅見「上流」一詞，另有「學語之流」的用法；晚唐《臨濟錄》已有「英流」、「道流」、「禪流」等詞；成書於五代《祖堂集》亦有「俊流」、「時流」、「僧流」、「緇流」、「儒流」等用例。可知「～流」成爲群體稱謂的用法，確立於晚唐五代（周碧香2016a）。

(一) 來

「～來」為時間名詞，《雲門廣錄》見七詞十七例。

1. 問磨頭：「人打羅？羅打人？」無對。代云：「<u>近來</u>喫麵多。」
   近來，最近，時間副詞（江藍生、曹廣順1997：194）。

2. 代云：「今年春氣早，<u>夜來</u>陽鳥啼。」又云：「佛殿裡裝香，三門前合掌。」
   夜來，夜裡（江藍生、曹廣順1997：408）。

3. 師一日云：「<u>古來</u>老宿皆為慈悲之故，有落草之談，隨語識人。若是出草之談。即不與麼？」
   古來，古代。

4. 師云：「爾<u>適來</u>與麼舉那？」僧云：「是。」師云：「爾驢年夢見灌溪麼？」僧云：「某甲話在。」
   適來，剛才（江藍生、曹廣順1997：344）。

5. 次日其僧再上，值師漱盥次，師乃將水椀過與僧，云：「送去廚下著。」其僧送去了卻來。師見來乃從後門出去，其僧云：「<u>比來</u>請益卻得一口椀。」
   比來，即近日。

(二) 取

「～取」作為動詞詞綴，始自中古漢語，近代漢語更為普遍，《雲門廣錄》共有十三詞三十例。

1. 洛浦和尚云：「一塵纔起大地全收，一毛頭師子全身總是爾。<u>把取</u>飜覆思量看，日久歲深自然有箇入路。」
   把取，持拿、捉握（江藍生、曹廣順1997：9）。

2. 因聞鼓聲，云：「鼓聲咬破七條。」又指僧，云：「<u>抱取</u>貓兒來。」代云：「不用別人。」
   抱取，即抱。

3. 雲峰云：「大眾去莊上<u>迎取</u>五百人善知識來。」

迎取，即迎接也。

4. 問：「如何是不掛唇吻一句？」師云：「合取狗口。」問：「如何是海印三昧？」師云：「爾但禮拜。」

合取，湊在一起，乃是禪師要僧人閉上嘴，不說無意義的話。

5. 問：「從上古德以何為的？」師云：「看取舌頭。」

看取，即看，參禪者對古人某些機語專心地、再三地探究稱「看」；留心、提防亦稱「看」（袁賓1993：413）。故筆者認為「看取」一詞並不是用眼睛，而是用心思考，含有警示、叮囑的語氣。

6. 一日，云：「眼睫橫亘十方，眉毛上透乾坤、下透黃泉，須彌塞卻爾咽喉，還有人會得麼？若有人會得，拽取占波共新羅鬥額。」

拽，同拉、攦二詞（許少峰1997：1515），拽取應同之。

7. 問：「十二時中如何用心？即得不負於上來。」師云：「省力。」進云：「省力事如何？」師云：「省取前話。」

「省」本有節制、減少之意。省力乃不費力氣於經論等文字言句之解釋與理解，意謂僅專致於坐禪修行（中村元2009：889）。省取，應是略去之意，禪師勸告學人莫在語言文字上花工夫，當著力於內省修行、專心用功。

8. 師拍手一下拈起拄杖，云：「接取拄杖子。」僧接得拗作兩截。師云：「直饒與麼，也好與三十棒。」

接取，即接住。

9. 師云：「喫茶時不是心地印。」乃拈拄杖，云：「且向者裡會取。」

會取，充分了解事理（中村元2009：1345）。

10. 舉「王大王向雪峰道：『擬蓋一所佛殿去如何？』峰云：『大王何不蓋取一所空王殿？』大王云：『請師樣子。』」

蓋取，為建造之意。

11. 眨上眉毛高掛鉢囊，十年二十年辦取徹頭，莫愁不成辦。直是今

生未得，來生亦不失人身。

辦取，即完成。

12.祇如雪峰和尚道：「盡大地是爾。」夾山和尚道：「百草頭上<u>薦取</u>老僧，鬧市裡<u>識取</u>天子。」

(1)薦取，即「薦」，自我推薦（中村元2009：1644）。

(2)識取，即識別、識得。

(三) 然

「～然」是副詞詞尾，《雲門廣錄》計十六詞四十六例。

1.一切有心天地懸殊，<u>雖然</u>如此，若是得底人，道火不能燒口，終日說事，未嘗掛著唇齒、未曾道著一字。

雖然，卻是如此（許少峰1997：1079）。

2.問修造庵主云：「佛殿折了也。<u>忽然</u>施主來，將何瞻敬？」庵主合掌。師云：「奴見婢殷勤。」

忽然，如果、假若（江藍生、曹廣順1997：163）。

3.自是汝諸人信根淺薄惡業濃厚，<u>突然</u>起得如許多頭角。擔鉢囊千鄉萬里受屈作麼？且汝諸人有什麼不足處？大丈夫漢阿誰無分？獨自承當，尚猶不著便，不可受人欺瞞取人處分。

突然，急促、超出意外之貌。

4.舉「長慶問秀才云：『佛教云：眾生日用而不知；儒書亦云：日用而不知，不知箇什麼？』秀才云：『不知大道。』」師云：「<u>酌然</u>不知。」

酌然，亦寫作「灼然」，意確實、顯然（江藍生、曹廣順1997：458）。

5.師云：「鈍置殺我。」僧云：「與麼則<u>迥然</u>不在者裡也。」師云：「十萬八千。」

迥然，乃遙遠的樣子，意到達高遠的境界（中村元2009：1012）。

6.師云：「長者<u>天然</u>長，短者<u>天然</u>短。」又云：「是法住法位，世

間相常住。」乃拈起拄杖，云：「拄杖不是常住法。」

天然，天生如此、本來即這樣之意。

　　以上六個例詞在句中擔任狀語的功能。

7. 問：「千聖功圓。<u>冥然</u>時如何擊琢？」師云：「句裡明人。」

冥然，無差別、分不清楚（中村元2009：937）。

8. 舉「僧問雲居：『<u>湛然</u>時如何？』居云：『不流。』」

湛然，清明瑩澈的樣子。

9. 問：「目前<u>坦然</u>時如何？」師云：「海水在汝頭上。」進云：

「還著得也無？」師云：「向這裡脫空妄語。」

坦然，坦白心安、處之泰然的樣子。

10. 問：「不是玄機，亦非目擊時如何？」師云：「倒一說。」問：

「劫火<u>洞然</u>時如何？」師云：「更夢見什麼？」

洞然，深邃貌（江藍生、曹廣順1997：99）。

11. 道士問：「視聽無聲無形老君說了也，雲門一句請師指示。」師

云：「<u>迢然</u>西天路。」士無語。

迢然，遙遠貌。

　　上述五個例詞皆作定語使用。

12. 因見僧商量次，師打床一下，僧<u>默然</u>。師云：「作麼生是打靜一

句？」

13. 舉「攬真成立，色相<u>宛然</u>，一切法不遷。」

默然、宛然二詞單獨擔任謂語。默然，沉靜無聲之狀。宛然，分

明可見貌（江藍生、曹廣順1997：365）。

14. 師云：「襄州米作麼價？」問：「二尊相見時如何？」師云：

「不是<u>偶然</u>。」

偶然，碰巧，非事先安排者，在本句中擔任賓語。

㈣ 自

《雲門廣錄》有六詞六例「～自」副詞。

1. 身隈韶石之雲，頭變楚山之雪。以至榮逢景運，屢沐天波。詰道談空，誓答乾坤之德；開蒙發滯。星馳雲水之徒，獲揚利益之因。<u>迥自</u>聖明之澤，加以聯叨鳳詔，累對龍庭。繼奉頒宣，重疊慶賜。撫躬惘悵，殞命何酬？

迥自，表示程度深，相當於「深」、「甚」（江藍生、曹廣順1997：195）。

2. 舉「肅宗帝請國師看戲，國師云：『有什麼身心看戲？』帝再請，國師云：『<u>幸自</u>好戲』。」師云：「龍頭蛇尾。」

幸自，本也，表示肯定的副詞（江藍生、曹廣順1997：394）。

3. 上堂云：「我共汝平展，遇人識人，與麼老婆說話，<u>尚自</u>不會。每日飽喫飯了上來下去，覓什麼椀？這野狐隊伙向這裡作什麼？以拄杖一時趁下。」

尚自，尚且、還（江藍生、曹廣順1997：331）。

4. 老宿云：「喚什麼作一切時中？」師云：「釋迦老子道了也，彌勒<u>猶自</u>不知。」

猶自，尚且、仍然（江藍生、曹廣順1997：420）。

5. 師諱文偃，姓張氏，世為蘇州嘉興人，寔晉王囘東曹參軍翰十三代孫也。師夙負靈姿，為物應世。故<u>纔自</u>髫齔，志尚率己厭俗，遂依空王寺志澄律師，出家為弟子。

纔自，為副詞，意同方始。

五、箇、底、地

「箇」、「底」、「地」皆曾為助詞，使用頻繁後而漸與鄰近詞語成為雙音節詞語，承載著某種意義，故本研究從詞彙化角度將其納入詞綴之中。

(一) 箇

　　五代禪籍內「～箇」爲及物動詞的標誌；或接於形容詞之後，成爲定語標誌。《雲門廣錄》計有十七詞四十六例。

1. 師問僧：「三藏聖教古今老和尚<u>憑箇</u>什麼照？」僧云：「高也著、低也著。」師云：「儞與麼不得。」代云：「得與麼狼藉生。」

憑箇，即依藉也。

2. 有什麼見聞覺知隔礙著爾？有甚聲色法與汝可了？<u>了箇</u>什麼椀？以那箇爲差殊之見。他古聖勿奈爾何？橫身爲物，<u>道箇</u>舉體全真物物覿體不可得。我向汝道直下有什麼事早是相埋沒了也。

　　(1) 了箇，了，認識、理解（中村元2009：42）。

　　(2) 道箇，即說也。

3. 師云：「非非想天<u>説箇</u>什麼？」僧云：「不會？」師云：「且念文書。」

説箇，即說也。

4. 問：「靈山一會迦葉親聞，未審<u>聞箇</u>什麼句？」師云：「不避來鋒，速道速道。」進云：「是什麼句？」師云：「掣電之機徒勞佇思。」

聞箇，聽也。

5. 問：「乞師<u>指箇</u>入路。」師云：「喫粥喫飯。」師云：「我事不獲已，向爾諸人道。直下無事，早是相埋沒也。」

指箇，指示、引導。

6. 問僧：「看什麼經？」僧拈起經。師云：「鬼窟裡出頭。」僧云：「和尚<u>見箇</u>什麼？」師云：「贓物見在？」無對。代云：「仁義道中不合如此。」

見箇，觀看。

7. 師云：「爾問，我與爾道。」僧便問。師云：「<u>出箇</u>死蝦蟇。」

出箇，現出也。蝦蟇，蛙類，夜間鳴聲響亮，因唯知跳躍，不解

他術；故禪家以此比喻一知半解不通的人。此處用「死蝦蟆」連跳躍都無法做到，指不自量力、毫無可取修行者。

8.某甲自今已後，向無人煙處<u>卓箇</u>草菴，不畜一粒米、不種一莖菜，接待<u>十方</u>往來知識，與他出卻釘去卻楔、除卻臕脂帽子、脫卻艫臭布衫，教伊灑灑地作箇衲僧，豈不俊哉？

　卓箇，即建也、築也。

9.上堂云：「盡乾坤一時將來著爾眼睫上，爾諸人聞與麼道。不敢望汝出來性燥把老僧打一摑，且緩緩子細看。是有？是無？<u>是箇</u>什麼道理？」

　是箇，即是。

　　上述均為及物動詞。

10.舉「僧問雪峰：『如何是觸目菩提？』峰云：『<u>好箇</u>露柱。』」

　好箇，很、甚，感嘆之辭。箇，詞綴。（江藍生、曹廣順1997：155）。

㈡ 底

　　詞綴「～底」用法，源自助詞「底」，通現代漢語的「的」（中村元2009：700），只要加上「底」不論其原本詞性如何，即變成名詞，為名詞化的標誌。《雲門廣錄》共五詞六例。

1.或云：「爾諸人傍家行腳，還識西天二十八祖麼？」代云：「<u>坐底</u>坐<u>臥底</u>臥。」

　臥底、坐底，都是指西天二十八祖。

2.師因普請入柴寮，云：「<u>老底</u>不用去，還有<u>老底</u>麼？」僧云：「有。」師云：「在什麼處？」僧乃推出一僧。

　老底，是年老力衰的人。

3.舉「僧問靈雲：『佛未出世時如何？』靈雲豎起拂子。僧云：『出世後如何？』雲亦豎拂子。」師云：「前頭卻實，<u>後底</u>打不著。」又云：「不說出不出。」

「後底」與「前頭」相對，前頭，指朝前的一端（江藍生、曹廣順1997：298）。後底指後面的那端。

4. 或云：「佛法不用道著。世間什麼物最貴？」代云：「莫道這箇是賤底。」又云：「乾屎橛。」

賤底，乃價格低廉或價值不大的物品。

(三) 地

「～地」是副詞和動詞的詞尾，《雲門廣錄》共三詞六例。

1. 上堂大眾集已，師云：「大眾齋去。」卻問僧：「爾道我教伊去，還有過也無？」代云：「也不是和尚特地如此。」

特地，即特別。

2. 舉「雪峰云：『三世諸佛向火焰上轉大法輪。』」師云：「火焰為三世諸佛說法，三世諸佛立地聽。」

3. 舉「僧問石霜：『教中還有祖師意麼？』霜云：『有。』僧云：『如何是教中祖師意？』霜云：『莫向卷中求！』」師代云：「不得辜負老僧，卻向屎坑裡坐地作什麼？」

「V地」帶持續性且不及物的動詞，例 2. 立地，即站著（江藍生、曹廣順1997：227）。例 3. 坐地，坐著。

六、中綴

《雲門廣錄》有「～三～四」、「三～兩～」、「七～八～」三組中綴派生詞，共七詞十三例。

1. 晡時申張三李四會言真，日入西恆機何得守？

張三李四，泛指某甲某乙（江藍生、曹廣順1997：434）。在此指一般人。

2. 問著黑漆相似，秖管取性過日。設有三箇兩箇狂學多聞記持話路，到處覓相似語句。

三箇兩箇，指不確定的人數。

3. 示眾云：「西天二十八祖唐土六祖天下老和尚。總出頭來。過在

什麼處？」又云：「爾在此間三冬兩夏，忽然出外，有人問雲門老和尚道什麼？爾向他道什麼？」代云：「驀面唾這野狐精。」

三冬兩夏，指一段時日。

4. 舉「崇壽問僧：『還見燈籠麼？』僧云：『見』壽云：『兩箇。』」師代云：「三頭兩面。」又云：「七箇八箇。」

(1)三頭兩面，若干面目。

(2)七箇八箇，指未具確切的數量。

5. 問：「如何是道？」師云：「七顛八倒？」

七顛八倒，指沒次序、紛亂不堪；或神魂顛倒，失去控制（高文達1992：611）。

6. 師有時云：「若問佛法兩字，東西南北七縱八橫，朝到西天、暮歸唐土。雖然如此，向後不得錯舉。」

七縱八橫，形容領悟禪法明白徹底，運用自在通暢無礙（袁賓、康健2010：327）。

七、本節小結

《雲門廣錄》派生詞詞目和用例數統計如下：

表四：派生詞目用例統計表

類型	詞綴	詞目數	%	用例數	%
前綴	阿～	4		16	
	老～	3		7	
	第～	4		30	
	所～	8		15	
	打～	6		10	
	小計	25	14.62%	78	17.69%

類型	詞綴	詞目數	%	用例數	%
後綴	～子	28		76	
	～兒	3		4	
	～頭	22		65	
	～者	5		15	
	～家	7		11	
	～等	2		7	
	～漢	2		10	
	～頭漢	1		2	
	～手	1		2	
	～流	1		1	
	～來	7		17	
	～取	13		30	
	～然	16		46	
	～自	6		6	
	～箇	17		46	
	～底	5		6	
	～地	3		6	
	小計	139	81.29%	350	79.36%
中綴	～三～四	1		1	
	三～兩～	3		3	
	七～八～	3		9	
	小計	7	4.09%	13	2.95%
	總計	171	100%	441	100%

可知《雲門廣錄》派生詞，詞目與用例均以後綴為主體。

　　就功能而言，以詞性區分，構成動詞者包括「打～」、「～取」、「～箇」、「～地」；形容狀態者，如「～然」、「～自」、「～地」、「七～八～」、「～三～四」，餘者皆是名詞詞綴。內部尚有區別，如「～然」可構成形容詞和副詞、「～地」可構成動詞和副詞、「～自」為副詞專用；「打～」、「～取」、「～箇」、「～地」均能表示動作，「～箇」只表及物動詞。名詞部分，「第～」表次序、「～來」表時間；「阿～」、「～等」、「～家」、「～漢」、「～手」、「～流」、「～者」都是指人名詞，「～等」能表複數、「～流」指具有相同特質的群體、「～漢」是詈稱；餘者「老～」、「所～」、「阿～」、「～底」、「～頭」、「～子」、「～兒」等，使用對象較廣，不限於指人性名詞，如「老～」可指動物、「～底」可稱物、「阿～」能當疑問詞。如是，功能上雖以兼用為多，但有逐漸分工的趨勢。

　　就發展歷史，承襲古漢語者如「第～」、「阿～」、「所～」、「～兒」、「～子」、「～等」、「～者」、「～然」等，沿用中古漢語者如「～家」、「～取」、「～頭」、「～自」、「～來」等，近代漢語裡新發展者，「～三～四」、「七～八～」、「三～兩～」、「打～」、「～手」、「～流」、「～底」、「～箇」、「～地」。承繼舊用法、發展新用法者，如「～阿」作為疑問代詞詞頭、「～子」可構成量詞、「～頭」擔任叢林的職務名等均是。

　　整體而言，《雲門廣錄》的派生詞呈現新舊並呈、功能漸趨分工、專用等特點。

第七章

《雲門廣錄》節縮詞與
多重構詞

本章討論《雲門廣錄》節縮詞和多重構詞。

第一節　節縮詞

節縮詞，又稱縮略語、略語、簡稱、簡縮，依節縮構詞而來。

> 它是把多音節的詞或詞組加以壓縮、省掉一些音節、節
> 取一些音節，用節取的音節來代替整個詞或詞組的意
> 義。（孫繼善1996：42）

人們在使用語言溝通時，將較繁複冗長的詞彙縮減為最經濟、最短小的形式，即為節縮詞（竺家寧1999b：317）。就詞彙體系而言，節縮是一種經濟性原則支配下產生的自我調節活動（徐國慶1999a：287），化繁為簡，利於實用，為語言運用客觀存在的現象。

節縮詞是原詞的再造成果（孫艷1998：87），表面結構的詞素並不具備充分的解釋性條件（張道新2004：66），其意義必依賴於原詞的意義而存在，沒有獨立性，故替代原詞是其最基本的功能（徐國慶1999a：273）。換言之，不能由其表面結構理解詞義，必須回到原詞的意義來解釋，方得妥切。依類型分述於下：

一、擷字節縮詞

這些節縮詞乃是擷取原型若干的字，重新組合成一個新詞，故稱之為「擷字節縮詞」，竺家寧（1999b：320）稱之為「專有名詞的節縮」；語義理解時應回到其原型，而非字面意義的組合。

1. 若將祖意佛意這裡商量，曹溪一路平沉。還有人道得麼？道得底出來。

2. 或云：「是爾諸人繞天下行腳，不知有祖師意；露柱卻知有祖師意！爾作麼生明得露柱知有祖師意？」代云：「九九八十一。」

祖意、祖師意，皆爲「祖師西來意」之略稱。歷代禪門祖師所傳佛法之意；因祖祖相傳，直指心印，故稱祖意（佛光大藏經編修委員會1988：4242）。

3. 師云：「觀音為什麼入洞庭湖裡去？」僧云：「某甲初心不會？」

觀音爲「觀世音」略稱。觀世音者，觀世人稱彼菩薩名之音而垂救，故云觀世音（丁福保1984：1495）。

4. 若見老宿舉一指豎一拂子，云：「是禪？是道？」拽拄杖打破頭便行；若不如此，盡落天魔眷屬，壞滅吾宗。」

天魔乃「天子魔」之略，即障礙佛法者（中村元2009：281）。

5. 舉「僧問投子：『如何是此經？』子云：『維摩法華。』」。

6. 師云：「見說尚書看法華經是不？」書云：「是？」

法華、法華經，均指《妙法蓮華經》，梵名Saddharma-puṇḍarīka sūtra。凡七卷，或八卷。後秦鳩摩羅什譯，爲大乘佛教要典之一，共有二十八品。妙法，意爲所說教法微妙無上；蓮華經，比喻經典之潔白完美（佛光大藏經編修委員會1988：2847）。

7. 師以乾和七年己酉四月十日順寂，夙具表以辭帝，兼述遺誠；然後加趺而逝。

加趺由「結跏趺坐」節縮而來。結跏趺坐，梵語nyaṣīdat-paryavkamābhujya，坐法之一。又作結加趺坐、結跏跗坐、跏趺正坐、跏趺坐、加趺坐、跏坐、結坐。即互交二足，結跏安坐。諸坐法中，結伽趺坐最安穩而不易疲倦。此爲圓滿安坐之相，諸佛皆依此法而坐，故又稱如來坐、佛坐（佛光大藏經編修委員會1988：5186）。

8. 宿云：「不亂舉底事作麼生？」無對。師代云：「某甲新到未曾參堂。」

參堂，指初參入僧堂（丁福保1984：974）。

9. 舉古云：「有驚人之句。」僧問：「如何是驚人之句？」師云：「響！」

舉古為「舉示古則」簡稱，意為舉出古人公案以示人。

10.問：「迦葉入定時如何？」師云：「匿得麼？」進云：「還見十方不？」師云：「好手透不出。」

入定，入於禪定，即攝馳散之心，入安定不動之精神狀態（佛光大藏經編修委員會1988：260）。

11.上堂，云：「如來明星現時成道。」有僧問：「如何是明星現時成道？」師云：「近前來、近前來。」

成道，「成佛得道」之略稱。即完成佛道之意。又作成佛、得佛、得道、成正覺。為八相之一。謂菩薩完成修行，成就佛果（佛光大藏經編修委員會1988：2932）。

12.舉「光明寂照遍河沙。」問僧：「豈不是張拙秀才語？」僧云：「是。」

河沙，「恆河沙」之略稱。恆河沙之數，譬物之多也（丁福保1984：836）。

13.師因見僧看經，乃云：「看經須具看經眼，燈籠露柱一大藏教無欠少。」拈起拄杖，云：「一大藏教總在拄杖頭上，何處見有一點來？展開去也。如是我聞十方國土廓周沙界。」

沙界，為恆河沙之世界也，恆河沙者極多數之喻（丁福保1984：600）。

14.或能遵行吾誡，則可使佛法流通天神攝衛，不負四恩有益於世；或違此者，非吾眷屬。

流通，「流傳弘通」之略稱（佛光大藏經編修委員會1988：3865）。

15.問：「千般方便誘引歸源，未審源中事如何？」師云：「有問有答。速道將來。」僧應喏。

歸源，即回歸本源（中村元2009：1636），因而能覺悟本性。

16.上堂云：「舉一則語，教汝直下承當。早是撒屎著爾頭上也，直饒拈一毛頭。盡大地一時明得，也是剜肉作瘡。」

明得，「明得定」略稱（中村元2009：731）。指於菩薩四加行中

煖位所得之禪定也。明為無漏之慧，為初得無漏慧前相之禪定，故名明得定。（丁福保1984：749）。

17. 問<u>新到</u>：「甚處來？」僧云：「南嶽來。」

新到，「新到僧」之略稱。禪宗用以稱呼新入僧堂的修行僧（中村元2009：1342）。

18. 此箇事無爾替代處，莫非各在當人分上。老和尚<u>出世</u>，祇為爾作箇證明，爾若有箇入路、少許來由，亦昧汝不得；若實未得，方便撥爾即不可。

出世，乃「出世間」之略稱，即超越世俗、出離世塵之意（佛光大藏經編修委員會1988：1553）。

19. 夫先德<u>順化</u>，有不留遺誡。至若世尊將般涅槃，亦遺教勅。吾雖無先聖人之德，既忝育眾一方，殆盡不可默而無示。

順化，謂僧之死也。隨順世法而示死之義也（丁福保1984：1123）。

20. 自知聖大師<u>順世</u>，密授付囑之詞。皇帝巡狩，榮加寵光之命，足可以為祇園柱礎、梵苑梯航。緇徒虔心以歸依，仕庶精誠而信仰。

順世指隨順世習而死，意指禪者無法死，但隨世間相而已（中村元2009：1304）。為禪僧過世之義，意同示寂、遷化。

21. 舉「玄沙示眾云：『諸方<u>老宿</u>盡道接物利生，忽遇三種病人來作麼生接？患盲者拈槌豎拂他又不見，患聾者語言三昧他又不聞，患瘂者教伊說又說不得，且作麼生接？若接此人不得，佛法無靈驗。』」

老宿，尊稱長輩，「老年宿德」之略，德高望重之老人（中村元2009：529）。

22. 師一日從方丈出，有僧過拄杖與師，師接得卻過與僧，僧無語。師云：「我今日<u>著便</u>。」僧云：「和尚為什麼<u>著便</u>？」師云：「我拾得口喫飯。」

著便，「著方便」之略稱。隨方設便，因人施教（袁賓、康健

2010：327）。

23. 師云：「非非想天説箇什麼？」僧云：「不會。」師云：「且念
文書。」

非非想天，「非想非非想天」之略稱（丁福保1984：650），非想
非非想天，無色界有四天，此為其中之第四天，三界之最頂也，
因而亦曰有頂天。非想非非想者就此天之禪定而名之。此天之定
心。至極靜妙，無如下地之麤想，故曰非想，尚非無細想，故曰
非非想（丁福保1984：651）。

24. 僧云：「且道某甲甚處過夏？」師云：「老鼠孔裡出頭。」無
對。

過夏，指安居經過九十日也（丁福保1984：1189）。源於佛陀
住世時，配合印度氣候而產生的聚集修行生活制度。大約從每年
的四月十六日開始，到七月十五日結束，這是印度的雨季，也是
萬物萌發之時，為避免僧眾外出時，無意間踩殺生物，或受到毒
蛇所傷，故立此制度。這段時間，僧眾不外出，專心在道場精勤
修行，由施主護持生活所需，稱為「過夏」、「安居」，期間不
但每日按時誦經唸佛，還有講經、講律、講論的風俗，設之有規
約；直至七月十五日結束，稱之為「解夏」（全佛編輯部2007：
224）。當中特定講法之餘，另舉行楞嚴茶會。

《雲門廣錄》的擷字節縮詞計四十八詞一百五十八例。

二、並列節縮詞

並列節縮詞，把同類的事物並列，各取其簡稱，組合而成節縮詞
（竺家寧1999b：323）。

1. 諸徒弟等仰從長行訓誨，凡係山門莊業什物等並盡充本院支用，
勿互移屬他寺。

徒弟，「門徒弟子」之略稱。《釋氏要覽·上》曰：「弟子又云
徒弟，謂門徒弟子略之也。」（丁福保1984：904）

2. 舉「長慶拈拄杖，云：『識得這箇，一生<u>參學</u>事畢。』師云：
「識得這箇，為什麼不住？」

參學，全稱參禪學道。指禪者遊訪各禪剎，參訪各家風格、規矩
後，隨從明師學習（佛光大藏經編修委員會1988：4397）。

3. 至第三日，州始開門，師乃拶入，州便擒住，云：「道道。」師
擬議，州托開，云：「秦時𨍏轢鑽。師從此<u>悟入</u>。」

悟入，覺悟真理、證入真之理（中村元2009：954）。

4. 師到曹山，山示眾，云：「諸方盡把<u>格則</u>，何不與他道一轉語？
教伊莫疑去。」

格則，格式和法則（中村元2009：964）。

5. 師因乾峰上堂，云：「法身有三種病、二種光，須是一一透得；
更須知有<u>照用</u>臨時向上一竅在。」峰乃良久。

照用，乃照耀與作用。照，徹見修行者的智慧之用；用，作為指
導修行者之行為而表現的（中村元2009：1359）。

6. 師以乾和七年己酉四月十日<u>順寂</u>，夙具表以辭帝，兼述遺誡；然
後加趺而逝。

順寂乃順世、寂滅，指僧之亡。

7. 或云：「作麼生出得這裡？」代云：「朝遊<u>羅浮</u>暮歸檀特。」一
日，云：「明己底人，還見有己麼？」代云：「把將來。」又代
展兩手。

羅浮，原指廣東境內的羅山與浮山，是神話傳說中的仙山，後泛
指仙山勝境為「羅浮」（袁賓、康健2010：279）。

8. 一日，云：「<u>通明</u>底人什麼物與麼來？」代云：「莫教屈著
人。」

通明，意為能發六通、三明，故名通明（丁福保1984：977）。

9. 問：「曹溪的旨，請師<u>垂示</u>。」師云：「三十年後。」

垂示，指垂說示眾（佛光大藏經編修委員會1988：3128）。

10. 其傳於世者對機室錄<u>垂代</u>勘辨行錄，歲久或有差舛。今參考刊正
一新鏤板，以永流播。

垂代,垂示與代語(中村元2009：841)。

《雲門廣錄》並列式節縮詞共計十四詞二十四例。

三、數字節縮詞

數字節縮詞,以總數再加上事物的共同性質,表面爲主從式合義詞,實則以數字統攝所指的事物,故稱爲數字節縮詞。

1. 問：「三身中阿那身説法？」師云：「要。」問：「如何是釋迦身？」師云：「乾屎橛。」問：「請師提綱宗門。」師云：「南有雪峰、北有趙州。」

   三身,身即聚集之義,聚集諸法而成身,故理法之聚集稱爲法身,智法之聚集稱爲報身,功德法之聚集稱爲應身(佛光大藏經編修委員會1988：555),三身即包括法身、報身、應身三者。

2. 師乃拈起拄杖,云：「不得已且向這裡會取,看看三門在露柱上。」便下座。

   三門,有智慧、慈悲、方便三解脱門之義,或象徵信、解、行三者(佛光大藏經編修委員會1988：576),是禪院的正門的意涵,並非有三扇門。

3. 問僧：「甚處來？」僧云：「南華禮塔來。」師云：「莫脱空。」僧云：「實去來。」師云：「五戒不持。」無對。代云：「彼此不出。」

   五戒,即五種戒條：殺生、偷盗、邪婬、妄語、飲酒(佛光大藏經編修委員會1988：1097)。

4. 某甲自今已後,向無人煙處卓箇草菴,不畜一粒米、不種一莖菜,接待十方往來知識,與他出卻釘去卻楔、除卻臘脂帽子、脱卻艦臭布衫,教伊灑灑地作箇衲僧,豈不俊哉？

   十方,爲四方、四維、上下之總稱。即指東、西、南、北、東南、西南、東北、西北、上、下(佛光大藏經編修委員會1988：402)。原爲方位的合稱,於佛教指稱世界,如十方淨土；禪宗則

用為各地之意，如十方剎，是廣請諸方名德高僧為住持，不許徒弟繼承之禪宗寺院。又作十方住持剎、十方叢林（佛光大藏經編修委員會1988：402）。

5. 師云：「不可總作野狐精見解也。」又云：「狼藉不少。」又云：「七曜麗天。」又云：「南閻浮提、北欝單越。」

七曜即日、月、火、水、木、金、土七個星宿的總稱（佛光大藏經編修委員會1988：121）。

6. 師云：「三德六味施佛及僧，如何是方便說？」師云：「是汝鼻孔重三斤半。」

三德，指輕軟、淨潔、如法。六味，指苦、醋、甘、辛、鹹、淡（佛光大藏經編修委員會1988：670）。這是居士們供養佛僧齋食的標準。

7. 師云：「帝釋舉手處作麼生？與爾四大五蘊釋迦老子同別？」

(1)四大，乃指地水火風也。此四者廣大造作生出一切之色法（丁福保1984：187）。

(2)五蘊，又作五陰、五眾、五聚。蘊，乃積聚、類別之意，即類聚一切有為法之五種類別：色蘊，即一切色法之類聚；受蘊，苦、樂、捨、眼觸等所生之諸受；想蘊，眼觸等所生之諸想；行蘊，除色、受、想、識外之一切有為法，亦即意志與心之作用；識蘊，即眼識等諸識之各類聚（佛光大藏經編修委員會1988：1212）。

8. 然且教乘之中各有殊分：律為戒學、經為定、論為慧學，三藏五乘五時八教。各有所歸。

此例句使用了四個數字節縮詞。

(1)三藏，指經藏、律藏、論藏（佛光大藏經編修委員會1988：690）。

(2)五乘，為教化眾生而將之運載至理想世界之五種法門，稱為五乘，包括：人乘，人以三歸五戒為乘，運出三塗四趣而生於人道；天乘，以上品十善及四禪八定為乘，運載眾生越於四洲而

達天界；聲聞乘，即以四諦法門為乘，運載眾生越於三界，至有餘涅槃而成阿羅漢；緣覺乘，即以十二因緣法門為乘，運載眾生越於三界，至無餘涅槃而成辟支佛；菩薩乘，即以悲智六度法門為乘，運載眾生總超三界三乘之境，至無上菩提大般涅槃之彼岸（佛光大藏經編修委員會1988：1126）。

(3)五時，智者大師將佛陀所說之一代聖教，分判為五時。第一華嚴時，佛陀成道最初之三七日間說華嚴經之時期。第二鹿苑時，是指佛陀說《華嚴經》後之十二年間，於十六大國說小乘四《阿含經》之時期。第三方等時，指鹿苑時之後八年間說維摩、思益、勝鬘等大乘經典之時期。第四般若時，指方等時之後二十二年間，說諸《般若經》之時期。第五法華涅槃時，為使受教者之能力進至最高境界，證入佛知見之時期（佛光大藏經編修委員會1988：1132）。

(4)八教，即謂化儀四教與化法四教。含括頓教、漸教、祕密教、不定教、三藏教、通教、別教、圓教。八者為佛陀教化眾生所用之形式與儀則及教法內容（佛光大藏經編修委員會1988：1132）。

9.三乘十二分教豈是無言語？因什麼道教外別傳？若從學解機智，祇如十地聖人說法如雲如雨，猶被訶責見性如隔羅縠。以此故知，一切有心天地懸殊。

(1)三乘，指就眾生根機之鈍、中、利，佛應之而說聲聞乘、緣覺乘、菩薩乘等三種教法（佛光大藏經編修委員會1988：593）。

(2)十二分教，意為十二部經。包括契經、應頌、記別、諷頌、自說、因緣、譬喻、本事、本生、方廣、希法、論議。此十二部，大小乘共通（佛光大藏經編修委員會1988：344）。

(3)十地，地，乃住處、住持、生成之意。十地包括乾慧地、性地、八人地、見地、薄地、離欲地、已作地、辟支佛地、菩薩地、佛地（佛光大藏經編修委員會1988：419）。

10.一日，云：「五音六律是有？是無？」代云：「不可蝦蟇窟裡作

活計。」

⑴五音，即宮、商、角、徵、羽（佛光大藏經編修委員會1988：
1124）的總稱，是中國古代之五種音調，也作五聲。

⑵六律，樂調十二律中，陽為六律，陰為六呂（中村元2009：
255）。即黃鐘、太簇、姑洗、蕤賓、夷則、無射。

11.舉「南泉示眾云：『昨夜三更，文殊普賢相打，各與二十棒，貶
向二鐵圍山。』」

二鐵圍山，佛教之世界觀以須彌山為中心，其周圍共有八山八海
圍繞，最外側為鐵所成之山，稱鐵圍山，即圍繞須彌四洲外海之
山（佛光大藏經編修委員會1988：6878）。二鐵圍山即是大鐵圍
山與小鐵圍山之合稱，謂世界之邊界。

12.又云：「作麼生是法身？」師云：「六不收。」

六不收，「六」指六根、六境、六大、六合等佛教用以概括諸法
實相之基本法數；「收」，收攝包含之義。蓋法身為真如法性之
理體，廣如太虛，縱極三際，橫涉十方，乃一絕對之本體，故
非六根等之相對世界所能收攝包含者（佛光大藏經編修委員會
1988：5335）。文偃禪師以「六不收」回答「法身」，充分顯露
出法身之靈活，亦以此示導學人，若欲究盡六不收之端的本源，
唯有自己開拓不可思量、不可言說之境地。

13.舉「一宿覺云：『六般神用空不空。一顆圓光色非色。』」師拈
起拂子，云：「者箇是圓光、是色非色，喚什麼作色？與我拈將
來看。」

六般神用，六種妙用之意。六根以六境為緣，不受障礙垢染而自
由自在（中村元2009：257）。

餘者如「二十八宿」、「三十二相」、「三十三天」、「八十種
好」詞皆是，多為名相之詞彙。

《雲門廣錄》有五十二個數字節縮詞，總計運用一百四十四例。

四、綜合式節縮詞

所謂「綜合式」，指以兩種節縮方式構成的節縮詞。

1. 因喫茶次，舉「一宿覺云：『三身四智體中圓，<u>八解</u>六通心地印。』」師云：「喫茶時不是心地印。」乃拈拄杖，云：「且向者裡會取。」

八解，捨欲望，離執著心，免於身心繫縛之八種解脫觀（中村元 2009：69）。八解脫，謂依八種定力而捨卻對色與無色之貪欲。八者即：(1)內有色想觀諸色解脫，為除內心之色想，於外諸色修不淨觀。(2)內無色想觀外色解脫，內心之色想雖已除盡，但因欲界貪欲難斷，故觀外不淨之相，令生厭惡以求斷除。(3)淨解脫身作證具足住，為試煉善根成滿，棄捨前之不淨觀心，於外色境之淨相修觀，令煩惱不生，身證淨解脫具足安住。(4)超諸色想滅有對想不思維種種想入無邊空空無邊處具足住解脫，盡滅有對之色想，修空無邊處之行相而成就之。(5)超一切空無邊處入無邊識識無邊處具足住解脫，棄捨空無邊心，修識無邊之相而成就之。(6)超一切識無邊處入無所有無所有處具足住解脫，棄捨識無邊心，修無所有之相而成就之。(7)超一切無所有處入非想非非想處具足住解脫，棄捨無所有心，無有明勝想，住非無想之相並成就之。(8)超一切非想非非想處入想受滅身作證具足住解脫，厭捨受想等，入滅一切心心所法之滅盡定（佛光大藏經編修委員會1988：304）。本例詞先以數字縮詞構成「八解脫」，並經由擷字節縮詞而構成「八解」。

2. 舉「玄沙與韋監軍茶話次，軍云：『占波國人語話稍難辨，何況<u>五天</u>梵語。還有人辨得麼？』玄沙提起托子，云：『識得這箇即辨得。』」師云：「玄沙何用繁辭？」

五天，應為「五天竺」之略稱。中古時期，印度全域分割為東、西、南、北、中五區，稱為五天竺。又稱五印度。略稱五天、五竺、五印（佛光大藏經編修委員會1988：1067）。先以數字節縮詞構成「五天竺」，再以擷字節縮詞構成「五天」。

　　《雲門廣錄》綜合式節縮詞共二詞二例。

五、本節小結

　　《雲門廣錄》節縮詞共有一百一十六詞三百二十八例，統計如下表：

表五：節縮詞詞目用例統計表

類　型	詞目數	％	用例數	％
擷字節縮詞	48	41.38	158	48.17
並列節縮詞	14	12.07	24	7.32
數字節縮詞	52	44.83	144	43.90
綜合式節縮詞	2	1.72	2	0.61
總　計	116	100%	328	100%

由表內得知數字節縮和擷字節縮詞是《雲門廣錄》節縮詞的主體，故擷取重要的字和數字概括爲節縮的主要方式。

　　就詞彙來源而言，有源於佛教者、禪宗用語，還有非屬宗教用語者。擷字式節縮的「觀音」、「天魔」、「法華」、「成道」、「沙界」、「明得」等詞；並列式的「通明」、「羅浮」；數字式的「三身」、「三乘」、「三藏」、「四大」、「五乘」、「五蘊」、「八教」、「十方」、「十地」、「十二分教」、「八十種好」等，綜合式的「八解」和「五天」，諸詞都是佛教名相或義理。屬於禪宗用語者，如擷字式的「祖意」、「參堂」、「舉古」、「新到」、「出世」、「順世」、「歸源」、「老宿」等，並列式的「照用」、「徒弟」、「參學」、「悟入」、「順寂」、「垂示」等，上述詞語都極具有禪宗特色。非屬於宗教用法者如擷字式的「流通」，並列式的「格則」，數字式的「五音」、「六律」、「七曜」等均是。

　　《雲門廣錄》節縮詞，根源於佛教用語，加入非屬宗教色彩的詞語，突出禪宗的特殊用法，呈顯簡要的用語特點。

第二節　多重構詞

　　「多重構詞」乃指經由一種以上構詞法構成的詞彙，注重詞素的來源、著眼於不同構詞法在不同層次運作而構成的詞語，兼具不同構詞法的特點，突顯漢語詞彙結構的多層次性，故本文獨立一節討論。依其結構類型舉例說明之。

一、合璧詞

　　合璧詞由音譯和意譯結合共同形成一個詞，梁曉虹稱之「梵漢合璧詞」，指出其特性為：

> 既要服從並且適應漢語的語音系統，包括音節構造（音譯部分），又要服從並適應漢語的語法結構，包括構詞法（意譯部分），還要根據漢語詞彙的一些規律把它們有機地組合在一起。（梁曉虹2001：293）

梁氏將諸如「寶塔」、「佛土」等詞亦納入此類，然而這種音譯詞的部分經過節縮，調整為單音節詞素，再加上一個漢語原有的表義詞素，結合成為一個新的漢語詞彙，「寶」只是「塔」的修飾語，並不屬於原詞的一部分，故筆者將此類詞視為音譯與合義的共同者。《雲門廣錄》合璧詞共計十一詞五十三例。

1. 州云：「喫粥了也未？」僧云：「喫粥了也。」州云：「洗<u>鉢盂</u>去。」

　　鉢盂，鉢，為梵語pātra之音譯；盂，為漢語；鉢盂，乃梵漢雙舉鉢之名（佛光大藏經編修委員會1988：5689）。可知「鉢」為節譯詞。「鉢」是專用於佛教的俗字（梁曉虹1994b：24）。

2. 一日，云：「爾若<u>衣鉢</u>下坐，縛殺爾；爾若走上來，走殺爾，作麼生是不停之句？」

衣鉢，梵語pātra-cīvara，指三衣及一鉢。Cīvara，意譯爲衣。三衣，指九條衣、七條衣、五條衣三種袈裟。Pātra鉢，乃修行僧之正式食器。爲出家眾所有物中最重要者，受戒時，三衣一鉢爲必不可少之物，亦爲袈裟、鐵鉢之總稱。禪宗之傳法即傳其衣鉢予弟子，稱爲傳衣鉢，因此亦引申爲師者將佛法大意傳授予後繼者（佛光大藏經編修委員會1988：2569）。

3. 眾僧堂前，師問修造僧：「甚處來？」僧云：「山上斫木來。」

眾僧，僧眾即指僧，乃梵語、漢語並舉之語。又稱眾僧。僧，爲僧伽（梵Saṁgha）之略稱，意譯爲眾。即多數之比丘和合爲一團體（佛光大藏經編修委員會1988：5741）。眾僧爲梵漢雙舉之目。三人以上和合之比丘，梵云僧伽。譯曰眾（丁福保1984：1113）。「僧」字，《說文解字》未見，《玉篇》、《廣韻》均已收此新造字（梁曉虹1994b：24）。

4. 示眾，云：「直得觸目無滯，達得名身句身一切法空。山河大地是名，名亦不可得。喚作三昧性海俱備，猶是無風匝匝之波。直得忘知於覺，覺即<u>佛性</u>矣。」

佛性，梵語buddha-gotra。又作如來性、覺性。即佛陀之本性，或指成佛之可能性、因性、種子、佛之菩提之本來性質（佛光大藏經編修委員會1988：2633）。覺性，梵語gotra，即佛及聲聞、緣覺、菩薩等三乘人各具有可能證得菩提之本性（佛光大藏經編修委員會1988：5870）。buddha-gotra經過音譯和意譯合璧原應爲「佛陀覺性」，再經擷字節縮，各取一字，構成一個新詞「佛性」。

5. 師云：「這箇是完圌底把將來。」代云：「齋與不齋當來無礙。」又云：「<u>檀越</u>所修福。」

檀越，梵語dānapati檀那波底，即施主、布施者。檀即檀那的略稱；越爲施之功德，已越貧窮海之義也（丁福保1984：1388）。

6. 進云：「如何是和尚自己？」師云：「賴遇<u>維那</u>不在。」

維那，維那二字，係梵漢兼舉之詞；維，綱維，統理之義；那，為梵語karma-dāna（音譯羯磨陀那）之略譯，意譯授事，即以諸雜事指授於人（佛光大藏經編修委員會1988：5890）。

7. 問：「殺父殺母佛前<u>懺悔</u>，殺佛殺祖向什麼處<u>懺悔</u>？」師云：「露。」

懺悔，謂悔謝罪過以請求諒解。懺，為梵語Kṣama（懺摩Kṣamayati）之略譯，乃「忍」之義，即請求他人忍罪；悔，是梵語āpatti-pratideśana（阿鉢底鉢喇底提舍那）之譯，為追悔、悔過之義，即追悔過去之罪，而於佛、菩薩、師長、大眾面前告白道歉；期達滅罪之目的（佛光大藏經編修委員會1988：6772）。

8. 我尋常向汝道：「微塵<u>剎土</u>中，三世諸佛、西天二十八祖、唐土六祖，盡在拄杖頭說法，神通變現、聲應十方、一任縱橫。爾還會麼？」

剎土，指國土。剎，梵語kṣetra，音譯差多羅、紇差呾羅。意譯土田（佛光大藏經編修委員會1988：3731）。「剎土」是由節譯「剎」再加上意譯「土」結合而成。

9. 師拈起扇子，云：「扇子勃跳上三十三天，築著<u>帝釋</u>鼻孔，東海鯉魚打一棒，雨似盆傾相似，會麼？」

10. 上堂，云：「<u>天帝釋</u>與釋迦老子，在中庭裡相爭佛法甚鬧。」便下座。

帝釋、天帝釋，忉利天之主也，居須彌山之頂喜見城，統領他之三十二天（忉利天譯三十三天），梵名釋迦提桓因陀羅Śakra Devānām-indra，略云釋提桓因（丁福保1984：788）。帝釋乃由釋迦提桓因陀羅節譯，再加上表示身分的「帝」而成一詞。

11. 因齋次，將餬餅一咬，云：「咬著帝釋鼻孔。帝釋害痛。」復以拄杖指，云：「在爾諸人腳跟下，變作釋迦老子，見麼？見麼？<u>閻羅王</u>聞說，呵呵大笑云：『者箇師僧相當去，不奈爾何；若不相當，總在我手裡。』」

閻羅王，梵名Yama-rāja，爲鬼世界之始祖，冥界之總司，地獄之主神（佛光大藏經編修委員會1988：6340）。「閻羅」是Yama的全譯詞，「王」是rāja義譯。

二、合義與音譯

　　運用合義與音譯共同構成的詞彙，《雲門廣錄》共計一百詞四百零四例，爲最主要的多重構詞形式。

1. 問：「佛病祖病將何醫？」師云：「審即諧。」進云：「將何醫？」師云：「幸有力。」

　　執著於求佛，求心煽惑，稱爲佛病。

2. 師自衡踞祖域，凡二紀有半，風流四表、大弘法化。禪徒湊集，登門入室者莫可勝紀。

　　禪徒，禪家之僧徒。又佛徒之總名（丁福保1984：1393）。

3. 咄咄咄力口希，禪子訝中眉垂。

　　禪子，禪的修行者（中村元2009：1609）。音譯再節縮的「禪」，加上稱謂名詞的「子」，成了「禪子」。

4. 問僧：「甚處來？」僧云：「赴齋來。」師云：「將嚫錢來。」

　　嚫錢，嚫又作嚫，梵語Dakṣiṇā全稱爲達嚫，財施之義。其義有三：①指信徒布施三寶之金、銀、衣物等。②指禪宗之住持於法會時，於諸佛祖師像前所供之獻金。③僧侶爲其俗世親屬或一般在家信徒做佛事之後，施主供養眾僧之錢亦稱爲嚫金（佛光大藏經編修委員會1988：6652）。以音譯詞「達嚫」節縮之後的「嚫」修飾「錢」，構成主從式合義詞。

5. 問：「不是玄機、亦非目擊時如何？」師云：「倒一説。」問：「劫火洞然時如何？」師云：「更夢見什麽？」

　　劫火，梵語kalpāgni，指壞劫時所起之火災（佛光大藏經編修委員會1988：2814）。

6. 自是汝諸人信根淺薄惡業濃厚，突然起得如許多頭角，擔鉢囊千

鄉萬里受屈作麼？

鉢囊，裝飯器之袋，亦通指放袈裟之行李（中村元2009：1413）。

7. 舉「馬大師云：『一切語言是提婆宗，以此箇為主。』」師云：「好語祇是無人問。」

提婆宗，音譯後節縮的「提婆」修飾「宗」為主從式合義詞；提婆，迦那提婆（梵Kāṇa-deva）之略稱。三世紀時南印度人，因係獨眼，人稱獨眼提婆。居薩羅國龍樹之弟子，深解空之理法，屢次摧破外道邪說，著有《百論二卷》、《四百論》、《廣百論》、《百字論》等（佛光大藏經編修委員會1988：4958）。提婆宗係依龍樹所著《中論》、《十二門論》及其弟子迦那提婆所著《百論》所建立之宗派，為我國大乘宗派之一。以般若空義為本宗思想根幹，故又稱為中觀宗、空宗、無相宗、無相大乘宗、無得正觀宗（佛光大藏經編修委員會1988：4959）。

8. 僧便問：「如何是一顆圓光明已久？」師云：「西天斬頭截臂。」又云：「除卻須彌山，拈卻佛殿脊。」

須彌山，須彌，梵名Sumeru，意譯作妙高山、好光山、好高山、善高山、善積山、妙光山、安明由山。原為印度神話中之山名，佛教之宇宙觀沿用之，謂其為聳立於一小世界中央之高山。以此山為中心，周圍有八山、八海環繞，而形成一世界（佛光大藏經編修委員會1988：5364）。本例詞為音譯詞「須彌」修飾「山」，構成主從式合義詞。

9. 問：「十方薄伽梵一路涅槃門，如何是一路涅槃門？」師云：「我道不得。」

涅槃門，指極樂淨土。極樂淨土乃證得涅槃妙果之處，故稱為涅槃門（佛光大藏經編修委員會1988：4153）。涅槃，為梵語nirvāṇa的節譯詞，修飾「門」而構成涅槃門。

以上九例音譯成分修飾漢語成分。

10.師到江州，有陳尚書請師齋，相見便問：「儒書中即不問，三乘十二分教自有座主，作麼生是衲僧行腳事？」

衲僧，由「衲」修飾音譯、節縮後的「僧」。衲指僧衣，法衣之一種，又稱衲袈裟、弊衲衣、壞衲；是以破舊之布裁綴而做成者，故有此稱（佛光大藏經編修委員會1988：3951）。衲僧同納僧，又稱衲子，禪僧之別稱。禪僧多著一衲衣而遊方，故名（丁福保1984：849）。衲僧行腳事，禪僧之行腳，以參師問法爲根本大事，而以解脫生死爲參訪修證之根本目的，故衲僧行腳事即指生死解脫之大事（佛光大藏經編修委員會1988：3852）。

11.上堂云：「劃斷即不可。」復云：「爾若不會，三十年後莫道不見老僧？」代云：「和尚恐人埋沒。」代前語云：「今日上堂大眾著便。」

老僧，老年之僧。通常是僧人的自稱詞。

12.問：「如何是衲僧正眼？」師云：「那箇師僧近前來。」其僧近前，師咄云：「去！」

師僧，堪爲人師之僧，又爲眾僧之敬稱（佛光大藏經編修委員會1988：4098）。

「僧伽」梵語saṃgha，略稱僧，以上都是以漢語原有的成分修飾「僧」。

13.舉「一切聲是佛聲，一切色是佛色。」師拈起拂子云：「是什麼？若道是拂子，三家村裡老婆禪也不會。」

老婆禪，禪林中，師家接引學人一再親切叮嚀之禪風。「老婆禪」一語，或有輕蔑之意；師家當依學人根性，善巧接化，若一味說示，過分關切，恐有礙學人自行探索，開發智慧之機會，實則悖離禪宗「不立文字，教外別傳」之宗旨（佛光大藏經編修委員會1988：2508）。

14.爾諸方行腳參禪問道。我且問：爾諸方參得底事作麼生？

參禪，禪即禪那的節譯，意指靜慮。安禪，即安於禪坐，爲入定之意。學禪亦即學習禪要。參禪，參入禪道之意，指於師家之下

坐禪修行，引申爲於禪定中參究眞理（佛光大藏經編修委員會1988：4414）。

15.草歲依山人事稀，松下相逢話道奇。鋒前一句超調御，擬問如何歷劫違？

歷劫，「劫」字是梵語kalpa的節譯詞，原表示時限，其中雖有多種分別，但長時之「劫」常用於說明世界之成立及破壞之過程（佛光大藏經編修委員會1988：2811）。「歷劫」即承受災難考驗之義。（周碧香2016b）

16.師聞洛浦勘僧，云：「近離甚處？」僧云：「荊南。」

禪人間考測對方悟道之深淺稱爲勘（袁賓、康健2010：234）。勘僧，乃禪林師家判別修行者之力量，或學者探問師家之邪正（佛光大藏經編修委員會1988：4390）。

17.問僧：「甚處來？」僧云：「南華禮塔來。」師云：「莫脫空。」

塔爲梵語stūpa的節譯成分，原爲安置佛陀舍利等物，以磚等構造成之建築物。此例禮塔，專指拜謁慧能和尚之塔。例中的南華，即廣東南華山的南華寺，寺中至今保有六祖之肉身像、唐代千佛袈裟、飯鉢、響鞋、墜腰石、鐵錫杖等遺物，成爲禪宗之至寶。禪宗六祖慧能主持曹溪，發展禪宗南派，故佛徒有「祖庭」之稱（佛光大藏經編修委員會1988：3747）。唐宋行腳之風盛行，至南華寺禮拜六祖塔，即進謁祖庭，以爲禪家子弟之象徵。

以上四例均以音譯成分爲接受動詞支配的賓語。

18.舉「傅大士云：『禪河隨浪靜。定水逐波清。』」師拈挂杖指燈籠，云：「還見麼？若言見，是破凡夫；若言不見，有一雙眼在。爾作麼生會？」

禪河，禪定之水，能滅心火，故譬之於河（丁福保1984：1392）。

19.問僧：「看什麼經？」云：「般若燈論。」

般若，梵語prajñā，又譯作波若、般羅若、鉢剌若。意譯爲慧、智慧、明、黠慧；修習八正道、諸波羅蜜等，而顯現之眞實智慧，明見一切事物及道理之高深智慧，即稱般若（佛光大藏經編修委員會1988：4301）。般若燈，以般若智慧喻之能照亮黑暗之燈，爲譬喻造詞。

20. 示眾云：「日月傍照三天下、正照四天下，我與爾注破了也。一句道將來。」代云：「東弗于代、西瞿耶尼。」

　(1) 東弗于代，梵語Pūrva-videha，舊稱東弗婆提、東毘提訶，或東弗于逮。以其身形殊勝，故稱勝身。地形如半月，人面亦如半月（佛光大藏經編修委員會1988：1731）。

　(2) 西瞿耶尼，梵語Apara-godānīya，舊稱西瞿耶尼。以牛行貿易而得名。地形如滿月，人面亦然，又稱牛貨州（佛光大藏經編修委員會1988：1731）。

21. 上堂大眾集，良久驀拈拄杖，云：「看看！北欝丹越人見汝般柴不易，在中庭裡相撲供養爾；更爲儞念般若經云：一切智智清淨無二無二分無別無斷故。」

22. 師云：「不可總作野狐精見解也。」又云：「狼藉不少。」又云：「七曜麗天。」又云：「南閻浮提、北欝單越。」

　(1) 北欝單越、北欝丹越，梵名Uttara-kuru，又作北俱盧洲、鬱多羅究琉、鬱怛羅越、嗢怛羅矩嚧、殟怛羅句嚧。爲須彌四洲之一（佛光大藏經編修委員會1988：6983）。

　(2) 南閻浮提，梵名Jambu-dvīpa之音譯。又作閻浮利、贍部提、閻浮提鞞波。閻浮jambu，乃樹名；提dvīpa，洲之意原本係指印度之地，後泛指人間世界（佛光大藏經編修委員會1988：6337）。

弗于代、瞿耶尼、閻浮提、欝單越（欝丹越）爲佛教世界所謂的「四洲」，即謂於須彌山四方，七金山與大鐵圍山間之鹹海中的四個大洲，以方位詞修飾音譯詞。

三、合義與派生

　　《雲門廣錄》以合義和派生共同構成者，共有三十五詞六十二例。

1. 因看誌公頌，問僧：「<u>半夜子</u>心住無生即生死，古人意作麼生？」代云：「不可總作野狐精見解也。」

2. 舉「無情說法。」忽聞鐘聲，云：「釋迦老子說法也。」驀拈起拄杖，問僧：「者箇是什麼？」僧云：「<u>拄杖子</u>。」師云：「驢年夢見。」

　　「半夜子」、「拄杖子」二例由主從式合義詞和詞綴「子」構成的三音節派生詞，半夜子是時間詞、拄杖子爲器物名。

3. 師有時云：「橫說豎說菩提涅槃真如佛性，總是向下商量。直得拈槌豎拂時節，亦是橫說豎說，對前頭猶<u>較些子</u>。」僧問：「請師向上道。」師云：「大衆久立，速禮三拜。」

　　較些子，派生詞「些子」修飾動詞「較」成爲動補結構，意爲減輕些、差一點（江藍生、曹廣順1997：188）。

4. 問：「承古有言：牛頭橫說豎說不知有向上<u>關棙子</u>。如何是向上<u>關棙子</u>？」師云：「東山西嶺青。」

　　關者，門閂也；棙，轉軸也。關棙子，佛法之要點，喻心境之轉機（中村元2009：1677）。並列式合義詞「關棙」，加上「～子」詞尾構成。

5. 問僧：「完圇<u>餅角子</u>即不要爾，半截底把將來。」僧應喏。

　　「角」在近代漢語裡有捆束之意（江藍生、曹廣順1997：187）。餅角子，應該是指整餅團，利於隨身攜帶的乾糧。

6. 僧至來日，卻上問訊，云：「昨日蒙和尚放三頓棒。不知過在什麼處？」師云：「<u>飯袋子</u>，江西湖南便溜麼去？」

　　飯袋子，酒囊飯袋，比喻無用之人（江藍生、曹廣順1997：115）。以主從式合義詞加上後綴「～子」構成指人的名詞，斥責不知識取自身佛性、只知外求表面佛法，白白浪費糧食的禪僧。

7. 師云：「草賊大敗。」無對。代前語，云：「且存仁義。」代後

語云：「大似村鎮頭。」又云：「久嚮。」

村鎮頭，即村鎮，爲居民聚集之所。並列式合義詞「村鎮」，再加上「～頭」詞尾構成地方性的名詞。

8. 一日，云：「古人道：『一句合頭語，萬劫繫驢橛。』作麼生明得免此過？」代云：「趙州石橋、嘉州大像。」

合頭，即符合，爲「～頭」派生詞。合頭語，指契合禪法的言句，多指以前的機緣語句（袁賓、康健2010：164）。過往的機緣語句雖符合當時道理，但不是學人自己的，倘若後世學子僅僅一味地模仿、剽竊，將會落入萬劫繫驢橛的困境。

9. 一日，云：「爾師僧繞天下行腳，見老和尚開口，便上來東聽西聽。何不向洗鉢盂處置將一問來？」代云：「也知和尚爲物之故。」因見火頭公：「爾辛苦我賞爾，這箇拄杖子吞卻祖師也。」無對。

火頭公，由派生詞「火頭」修飾「公」，構成主從式合義詞。火頭，禪林中，司掌點燈之職稱。又作油頭（佛光大藏經編修委員會1988：1501）。

10. 舉「洞山云：『塵中不染丈夫兒。』」師云：「拄杖但喚作拄杖，一切但喚作一切。」

丈夫，指成年男子，或諸根圓具之男子（佛光大藏經編修委員會1988：714）。丈夫兒，即男子漢（江藍生、曹廣順1997：435）。合義詞「丈夫」加上後綴「～兒」構成指人性的名詞。

11. 師有時拈起拂子，云：「者裡得箇入處去捏怪也。日本國裡說禪，三十三天有箇人出來，喚云：『吽吽。特庫兒。擔枷過狀。』」

特庫兒，獨身者（中村元2009：972）。喻指未能開悟的學人，如牛兒般仍帶著擔枷過狀。由主從式合義「特庫」，再加上詞綴「～兒」構成。

12. 僧云：「冬去春來時如何？」師云：「橫擔拄杖，東西南北，一任打野欙。」

13. 師以拄杖趁，云：「似這般滅胡種、長連床上納飯阿師，堪什麼共語處？這般打野榸漢，以拄杖一時趁下。」

榸者為枯木之根，野榸為主從式合義詞。打野榸，起鬨吵鬧、戲鬧（中村元2009：391）。打野榸漢，乃禪師對行腳僧的詈斥語，文偃禪師貶斥一窩蜂盲目行腳風氣。

14. 一日，云：「荊棘不彫擇，道將一句來。」代云：「拈放一邊。」或云：「有一切見底人是什麼人？」代云：「三家村裡納稅漢。」

納稅漢，由動賓詞「納稅」加上詞尾「～漢」構成，「納稅」是社會基本義務。故用以指責只知盡外在形式的義務，而未能回指本心、突破障的人，真正開悟的人。

15. 若約衲僧門下句裡呈機，徒勞佇思。直饒一句下承當得，猶是瞌睡漢。

瞌睡漢，指愚鈍糊塗者（袁賓、康健2010：235）。並列式合義詞「瞌睡」加上詞尾「～漢」而成。

16. 師云：「鉢盂無底尋常事，面上無鼻笑殺人。」無對。師云：「趁隊噇飯漢。」

17. 師云：「我問儞十方無壁落，四面亦無門，淨裸裸赤灑灑沒可把。儞道大梵天王與帝釋商量箇什麼事？」僧云：「豈干他事？」師喝云：「逐隊喫飯漢。」

噇飯漢、喫飯漢，二詞所指相同，斥責只知吃飯的人。吃飯僅是維持最本的生理需求，此處禪師斥責僧人關注的層面不夠高深而未能論及禪的精神。

18. 舉「雪峰云：『飯籮邊坐餓死人。臨河渴死漢。』」

臨河渴死漢，已在河邊卻渴死，指原本處於可以滿足、有條件開悟的境地，卻因自身未能積極行動，導致無法開悟而墮落；臨河渴死漢，當謂只空談、行腳，未能向自心求證，渾渾噩噩的求道者。

19. 且問爾：「晝行三千夜行八百，爾鉢盂裡什麼處著？」無對。師

云：「脫空妄語漢。」

脫空妄語，意爲說謊話、虛妄不實（袁賓、康健2010：418）。脫空妄語漢，應即指只會瞎說的、未能證悟的人。

20.若有針鋒與汝爲隔爲礙，與我拈將來。喚什麼作佛作祖？喚什麼作山河大地日月星辰？將什麼爲四大五蘊？我與麼道，喚作三家村裡老婆說話。忽然遇著本色行腳漢，聞與麼道把腳拽向階下，有什麼罪過？雖然如此，據箇什麼道理便與麼？莫趁口快向這裡亂道，須是箇漢始得。

禪僧之行腳，以參師問法爲根本大事，以解脫生死爲參訪修證之根本目的（佛光大藏經編修委員會1988：3952）。行腳漢，是謂仍在求法證悟道路上遊歷者。

21.且汝諸人有什麼不足處？大丈夫漢阿誰無分？獨自承當尚猶不著便，不可受人欺瞞取人處分。

大丈夫，卓越優秀的人。知佛性者（中村元2009：152）。加上指人的「漢」，構成大丈夫漢，這是《雲門廣錄》用「～漢」讚揚人，異於「～漢」的詈稱用法。

22.山云：「何不成褫取那不會底？」官云：「不會，又成褫箇什麼？」山云：「子大似箇鐵橛。」

成褫取、成褫箇，皆同「成持」意爲「扶助」，並列式合義詞「成褫」加上動詞詞綴「～取」和「～箇」構成。

四、音譯與節縮

《雲門廣錄》由音譯與節縮共同構成者，共有八詞十二例。

1.自知聖大師順世，密授付囑之詞。皇帝巡狩，榮加寵光之命，足可以爲祇園柱礎、梵苑梯航。緇徒虔心以歸依，仕庶精誠而信仰。

祇園，爲祇樹給孤獨園之略稱（丁福保1984：847）。梵名Jetavana-anāthapiṇḍasyārāma，全稱祇樹給孤獨園。祇樹，即祇陀太子（梵Jeta）所有之樹林（梵Jeta-vana）之略稱；給孤獨

園，意謂給孤獨長者所獻之僧園（佛光大藏經編修委員會1988：5194）。故本例詞由音譯「祇陀」和意譯「樹林」，先構成合璧詞「祇陀樹林」，再以要字法節縮構成「祇樹」；「給孤獨長者的僧園」以要字法節縮成「給孤獨僧園」；兩個節縮後的詞，並列爲「祇樹給孤獨園」，最後以要字法節縮構成「祇園」一詞。

2. 一日，云：「一切智智清淨中，還有生滅麼？」代云：「夜叉說半偈。」或云：「若知去處。什麼劫中無祖佛？」代云：「發。」

3. 金屑眼中翳，衣珠法上塵。己靈猶不重，佛祖爲何人？
祖佛、佛祖，佛與祖師（佛光大藏經編修委員會1988：2652）。「佛」爲佛陀的節縮詞。

4. 待老和尚口動，便問禪、問道、向上、向下、如何、若何，大卷抄將去。
問禪，參禪問法之略。隨師家參修禪行（中村元2009：1037）。

5. 舉「雪峰云：盡大地是爾將謂別更有。」師云：「不見楞嚴經云：『眾生顛倒迷己逐物。若能轉物即同如來。』」
楞嚴經，大佛頂如來密因修證了義諸菩薩萬行首楞嚴經之略稱（佛光大藏經編修委員會1988：5493）。首楞嚴，梵語Śūraṁgama的音譯（丁福保1984：783）。

6. 師云：「是汝鼻孔重三斤半，如何是大悲說？」師云：「歸依佛法僧。」
佛法僧，即三寶。一切之佛陀Buddha，佛寶也，佛陀所說之教法，法寶Dharma也。隨其教法而修業者，僧寶Saṁgha也。佛者覺知之義，法者法軌之義，僧者和合之義也（丁福保1984：183）。此例詞爲並列式節縮詞，其中「佛」與「僧」爲音譯詞。

7. 又云：「作麼生是嘟？」代云：「會此意。」又云：「文殊五字。」
文殊五字，五字文殊菩薩，梵名Mañjughoṣa。音譯曼殊伽沙，其五字爲「阿、羅、跛、捨、那」，唸誦之以求聰明智慧（佛光大

藏經編修委員會1988：1076）。

五、音譯與派生

　　《雲門廣錄》以音譯和派生共構者，共有四詞十三例。

1. 問僧：「甚處來？」僧云：「南華<u>塔頭</u>來。」師云：「還見祖師
麼？」僧云：「南華橋折。」
　　塔頭，在禪宗，指開山祖師塔之所在。高僧入寂時，弟子因仰
其遺德，不忍驟離塔頭，遂住於新設之小屋，稱塔頭支院。後
世，尤以日本，指本寺所屬且爲本寺境內之寺院，亦稱爲塔頭
（佛光大藏經編修委員會1988：5436）。故由梵語stūpa，節譯的
「塔」，再加上詞綴「～頭」構成的派生詞。

2. 師問僧：「儞作什麼？」僧云：「<u>涅槃頭</u>。」師云：「還有不病
者麼？」僧云：「不會。」
　　涅槃頭，禪林中，掌涅槃堂之職事者。涅槃堂，乃重病者養病之
處（佛光大藏經編修委員會1988：4158）。乃是節譯詞「涅槃」
加上名詞詞尾「～頭」，構成代表禪堂職務的專用詞彙。

3. 上堂云：「諸<u>和尚子</u>莫妄想，天是天地是地，山是山水是水，僧
是僧俗是俗。」良久，云：「與我拈案山來看。」
　　和尙子，對僧徒之敬稱（袁賓、康健2010：165）。由音譯詞「和
尙」加上詞尾「～子」構成。

5. 問：「如何是清淨法身？」師云：「花藥欄。」進云：「便與麼
會時如何？」師云：「金毛<u>師子</u>。」
　　師子，又作獅子，梵語枲伽Simha，又曰僧伽彼，獸中之王也，經
中以譬佛之勇猛（丁福保1984：924）；漢語的「師」源於古波斯
語sēr（岑麒祥1990：341），再加上詞尾「～子」構成派生詞「師
子」。

六、聯綿與派生

　　《雲門廣錄》以聯綿和派生共同構成詞，共有四詞二百四十一例。

1. 師云：「祖師道什麼？」僧云：「和尚道什麼？」師云：「將謂是箇<u>靈利漢</u>。」無對。

2. 舉「槃山云：光境俱忘，復是何物？」師云：「東海裡藏身。須彌山上走馬。」復以拄杖打床一下，大眾眼目定動，乃拈拄杖趁散，云：「將謂<u>靈利者</u>漆桶。」
　　伶俐、敏捷謂之靈利，以聯綿詞「靈利」加上詞綴「～漢」、「～者」構成新詞。靈利漢、靈利者，禪家稱根器很好、悟性高者為靈利者、靈利納僧等（袁賓1993：289）。

3. 趙州云：「何不與他本分草料？」師問僧：「<u>作麼生</u>是本分草料？」僧擬議，師便打。
　　作麼生，猶如「作麼」。怎麼、怎樣，「生」為詞綴（江藍生、曹廣順1997：466）。

4. 舉睦州問僧：「莫便是清華嚴麼？」僧云：「不敢。」州云：「夢見華嚴麼？」僧無語。師云：「門前大<u>狼藉生</u>。」
　　狼藉，指忙亂。狼藉生，「生」為詞綴。

七、重疊與派生

　　《雲門廣錄》重疊詞與派生詞詞尾「～地」共構者八詞十三例。

1. 山云：「洞庭湖水滿也未？」僧云：「未滿。」山云：「許多時雨水為什麼未滿？」雲巖代云：「<u>湛湛地</u>。」
　　湛湛地，水深、清澈的樣子（高文達2001：525）。

2. 師云：「三家村裡老婆盈衢溢路，會麼？」學云：「不會。」師云：「非但汝不會，大有人不會在。」問：「學人<u>簇簇地</u>，商量箇什麼？」師云：「大眾久立。」
　　簇簇地，叢聚、簇擁貌（江藍生、曹廣順1997：73）。

3. 師有時云：「光不透脫有兩般病，一切處不明面前有物，是一；

又透得一切法空，隱隱地似有箇物相似，亦是光不透脫。又法身亦有兩般病，得到法身，為法執不忘，己見猶存坐在法身邊。」

隱隱地，隱約不清的樣子（高文達2001：500）。

4.遂云：「某甲自今已後，向無人煙處卓箇草菴，不畜一粒米、不種一莖菜，接待十方往來知識，與他出卻釘去卻楔、除卻臙脂帽子、脫卻饐臭布衫，教伊灑灑地作箇衲僧，豈不俊哉？」

灑灑地，即赤裸裸，空無一物。禪家用來形容除盡塵俗知解（袁賓、康健2010：360）。

5.首座云：「祇如堂頭道浮逼逼地，又作麼生？」師云：「頭上著枷腳下著杻。」座云：「與麼則無佛法也。」師云：「此是文殊普賢大人境界。」

逼逼，真實、確切（謝紀鋒2011：31）。浮，為漂浮，隨水波而流動。浮逼逼地，喻人處於虛幻世界漂泊不定的樣子，或無常之喻。

6.且問汝諸人從來有什麼事，欠少什麼？向汝道無事，己是相埋沒也，須到者箇田地始得，亦莫趁口亂問。自己心裡黑漫漫地，明朝後日大有事在。爾若根思遲迴，且向古人建化門庭。東覷西覷看是什麼道理？

漫漫者，廣漠遼闊而無邊際的樣子。黑漫漫地，指一切都是黑色，喻指屏絕一切對立的平等境界（中村元2009：1310）。

7.卜度到處火鑪邊三箇五箇聚頭舉口。喃喃地便道。這箇是公才語。這箇是就處打出語。這箇是事上道底語。這箇是體。

喃喃地，「喃喃」兼具擬聲詞和AA式重疊詞，再上「～地」，當作句中的狀語。

8.爾若實有箇見處拈將來看，共汝商量莫空過，不識好惡，認認詗詗地聚頭說葛藤，莫教老僧見捉來勘，不相當搥折腰。莫言不道，汝皮下還有血麼？到處自欲受屈作麼？

認認詗詗地，形容說話倉促、輕率（袁賓、康健2010：65）。

八、派生與節縮

　　《雲門廣錄》以節縮和派生共同構成者，共有二詞十二例。

1. 這一般底打殺萬箇，有什麼罪過喚作打底？不遇作家，至竟祇是箇掠虛漢。爾若實有箇見處，拈將來看。

掠虛漢，即「掠虛頭漢」的節縮詞。虛頭，指虛有其表或沒有內容（中村元2009：1289）。虛空不可掠取。故「掠虛頭漢」乃斥罵慢心躁急、似是而非之禪者（佛光大藏經編修委員會1988：4581）。本詞是由派生詞和擷字節縮法共同構成的詞語，文偃禪師用「掠虛漢」指責只會蒐羅公案、話頭而未能自持修心的學人。

2. 問：「十二時中，如何得不被諸境惑去？」師云：「三門頭合掌。」

三門頭，乃擔任看守三門職務的僧人，「～頭」加上數字節縮詞「三門」而成。

九、梵漢合璧詞再構詞

　　梵漢合璧詞本為音譯、意譯共同構詞者，《雲門廣錄》的梵漢合璧詞再與其他構詞法再造新詞，包括合璧與合義、合璧與節縮，共五詞八例。

1. 上堂，僧問：「如何是本源？」師拈起拄杖云：「若是提起即向上去也。」僧又問：「如何是本源？」師云：「南贍部洲，北欝單越。」

南贍部洲，贍部洲，梵名Jambu-dvīpa之譯詞，閻浮，梵語jambu，乃樹之名；提，梵語dvīpa，洲之意。贍部為jambu音譯，洲為dvīpa的意譯，二者合併為構成「贍部洲」，為合璧詞；方位詞「南」修飾「贍部洲」，成為表面結構的主從式，故為合義和合璧詞共構的詞彙。

2. 舉「《心經》云：『無眼耳鼻舌身意。』」師云：「為爾有箇眼見，所以言無不可。如今見時不可說無也。然雖如此，見一切有

什麼過？一切不可得，有什麼聲香味觸法？」

《心經》，全稱《摩訶般若波羅蜜多心經》。心（梵hṛdaya），指心臟，含有精要、心髓等意。本經係將內容龐大之《般若經》濃縮，成為表現「般若皆空」精神之簡潔經典（佛光大藏經編修委員會1988：4305）。「摩訶般若波羅蜜多心經」是梵漢合璧詞，再經擷字節縮成了「心經」。

3. 師問僧：「轉《金剛經》那？」云：「是。」師云：「一切法即非一切法。是名一切法。」乃拈扇子云：「喚作扇子，是名拈也。在什麼處？從朝至暮顛倒妄想作麼？」

《金剛經》，梵名Vajra－Prajñapāramitā－Sñtra，全一卷。後秦鳩摩羅什譯。略稱《金剛般若經》、《金剛經》。收於《大正藏》第八冊。內容闡釋一切法無我之理（佛光大藏經編修委員會1988：3553）。金剛，是意譯詞；梵語vajra，即金中最剛之義。經論中常以金剛比喻武器及寶石，較常用於比喻武器。以金剛比喻武器，乃因其堅固、銳利，而能摧毀一切，且非萬物所能破壞。以金剛比喻寶石，及取其最勝之義（佛光大藏經編修委員會1988：3552）。「金剛波羅蜜多心經」是梵漢合璧詞，再經擷字節縮為「金剛經」。

4. 舉《華嚴經》云：「金色光明雲。青色光明雲。」爾道我尋常還有這箇時節麼？

5. 古人道：「讀經千遍紙上見經，不識忽然國師問爾作麼生？」又云：「忽然國師拈起作麼生？」代前語，云：「唵。」代後語，云：「朝看《華嚴》、夜讀《般若》。」

華嚴，是《華嚴經》的節縮；《華嚴經》，《大方廣佛華嚴經》之略名。《大方廣佛華嚴經》，梵名Buddhāvataṃsaka-mahāvaipulya-sūtra。又稱《華嚴經》、《雜華經》。乃大乘佛教要典之一。華嚴宗即依據本經，立法界緣起、事事無礙等妙義為宗旨。茲就本經之經題而論，《大方廣佛華嚴經》，係「法喻因果」並舉，「理智人法」兼備之名稱，一經之要旨，皆在此中。

大，即包含之義；方，即軌範之義；廣，即周遍之義。亦即總說一心法界之體用，廣大而無邊，稱爲大方廣。佛，即證入大方廣無盡法界者；華，即成就萬德圓備之果體的因行譬喻；故開演因位之萬行，以嚴飾佛果之深義，則稱爲佛華嚴。總之，大方廣佛華嚴係所詮之義理，而「經」則爲能詮之言教（佛光大藏經編修委員會1988：758）。《大方廣佛華嚴經》是梵漢合璧詞，再經擷字節縮成《華嚴經》、《華嚴》。

十、餘者

1. 問僧：「看什麼經？」僧云：「《般若經》。」師云：「經中道：一切智智清淨是麼？」僧云：「是。」

   一切智智，梵語sarvajña-jñāna。指佛陀之智慧是一切智中之最殊勝者。音譯作薩婆若那。一切智通於聲聞、緣覺、佛三者，今爲區別佛智與前二者，故稱佛智爲一切智智（佛光大藏經編修委員會1988：16）。就結構而言，「一切」修飾重疊詞「智智」。

2. 舉「仰山云：『如來禪即許師兄會。』」僧便問：「如何是如來禪？」師云：「上大人。」

   如來禪，指佛所修之禪，爲祖師禪之對稱（中村元2009：488）。如來，是一個意譯詞。梵語曰多陀阿伽陀Tathāta，譯言如來，佛十號之一。如者眞如也，乘眞如之道從因來果而成正覺之故，名爲如來，是眞身如來也；又乘眞如之道來三界垂化之故，謂之如來，是應身如來也；又如諸佛而來，故名如來（丁福保1984：545）。禪，梵語Dhyāna，又作禪那、馱衍那、持阿那。寂靜審慮之意。指將心專注於某一對象，極寂靜以詳密思維之定慧均等之狀態。略作「禪」。「如來」爲節縮詞，修飾節譯詞「禪」，構成「如來禪」。

3. 進云：「如何是向上事？」師云：「釋迦老子在西天。文殊菩薩居東土。」

   釋迦老子，釋迦，爲釋迦牟尼的節譯詞。釋迦牟尼，梵名Śākyamuni，意即釋迦族出身之聖人。又稱世尊、釋尊，即佛教教祖（佛光大藏經編修委員會1988：6823）。派生詞「老子」即父親，「釋迦」修飾「老子」而成「釋迦老子」。

4. 舉「僧到曹溪，有守衣鉢上座提起衣，云：『此是大庾嶺頭提不起底。』僧云：『為什麼在上座手裡？』」僧無語。師云：「彼彼不了。」師代云：「遠嚮不如親到。」又云：「將謂是<u>師子兒</u>。」

師子兒，佛經中常將釋迦牟尼佛比作師子，因而禪家將傑出、靈利的僧人比作師子兒，謂其不愧為佛的後代（袁賓、康健2010：379）。故本詞是由音譯加派生構成的「師子」，修飾仍有「後代」義的「兒」，構成禪宗特殊的指人名詞。

十一、本節小結

《雲門廣錄》多重構詞共有一百八十四詞八百四十九例，統計如下：

表六：多重構詞詞目用例統計表

類　型	詞目	%	用例	%
1. 梵漢合璧	11	5.98	53	6.24
2. 合義+音譯	100	54.34	404	47.59
3. 合義+派生	35	19.02	62	7.30
4. 音譯+節縮	8	4.35	12	1.41
5. 音譯+派生	4	2.18	13	1.53
6. 派生+聯綿	4	2.18	241	28.39
7. 重疊+派生	8	4.35	13	1.53
8. 派生+節縮	2	1.09	12	1.41
9. 合璧+節縮	4	2.18	7	0.82
10. 合璧+合義	1	0.54	1	0.12

類　型	詞目	%	用例	%
11.合義+重疊	1	0.54	9	1.06
12.音譯+重疊	1	0.54	1	0.12
13.聯綿+合義	1	0.54	1	0.12
14.合義+音譯+節縮	1	0.54	2	0.24
15.合義+音譯+派生	3	1.63	18	2.12
總　計	184	100%	849	100%

不同構詞法共同運作，產生一個詞語；換言之，一個詞語是由不同構詞構造而成，體現《雲門廣錄》複音節詞構詞的多層次性，不僅是《雲門廣錄》的詞彙特性，也是近代漢語詞彙發展的表現。由統計表可清楚地觀察不同構詞法運用的情形。

　　以詞目數來看，「合義＋音譯」共同構成一百詞者最多，以部分音素代表整個音譯詞，再以合義的形式構詞，如「佛病」、「禪徒」、「勘僧」、「禮塔」、「涅槃門」、「老婆禪」等；「合義＋派生」共三十五詞，合義詞再加上詞綴，構成一個多音節詞，以三音節爲主，如「丈夫兒」、「半夜子」、「關棙子」、「火頭公」、「打野榢」、「打野榢漢」、「瞌睡漢」、「脫空妄語漢」等。餘者，梵漢合璧詞十一詞、「音譯＋節縮」、「重疊+派生」各八詞又次之。

　　以用例數來看，以「合義＋音譯」四百零四例最多、「派生＋聯綿」二百四十一例居第二、「合義＋派生」六十二例又次之、梵漢合璧詞五十三例居第四。「派生＋聯綿」計有三詞，如「靈利者」、「靈利漢」、「作麼生」；其中「作麼生」有二百三十七例，是多重構詞運用最多者。梵漢合璧詞，如「眾僧」、「佛性」、「衣鉢」、「維那」等詞。

　　若分析構詞法在詞彙的參與度，合義參與者一百四十二個詞目、音譯參與者一百三十三個詞目、派生參與者五十六個詞、節縮參與者

十五個詞、重疊參與者十詞、聯綿參與者五詞；屬合義和音譯是參與較多的構詞法，說明了合義是當時漢語詞彙最強勢的構詞法。此外，值得注意的是在多重構詞內音譯參與一百二十三個詞的構詞，是衍聲詞類五十一個音譯詞的二點六倍，顯示外來詞語逐漸脫卻與漢語異質的元素，以音譯後的整體或部分，加入合義、派生、梵漢合璧等不同的形式，參與複音詞的構詞工作，逐漸融合於漢語詞彙體系之中。

　　多重構詞足以觀察漢語詞彙構詞的多元化與精細化，能看出外來詞語脫異求同的脈絡與趨勢，當然更體現漢語詞彙強大的包容力與生命力。

第八章

結　論

逐一分析每個詞彙結構,於各章節舉例描寫、說釋。本章綜合《雲門廣錄》複音詞的特點,再以同一語義場詞彙的對比分析,觀察《雲門廣錄》複音詞在晚唐五代禪籍的特點,最後,談談未來可以研究的方向。

第一節　《雲門廣錄》複音詞特點

本節將由構詞法和音節數說明《雲門廣錄》複音詞的特點,再由文偃禪師指人名詞來看用詞特點,最後說說多重構詞的價值。

一、構詞的特點

《雲門廣錄》複音詞總共有四千二百五十詞一萬三千九百五十例,統計如下:

表七:構詞類型數量與比例統計表

類型 項目	衍聲詞	合義詞	重疊詞	派生詞	節縮詞	多重 構詞	總計
詞目數	119	3604	56	171	116	184	4250
%	2.80%	84.80%	1.32%	4.02%	2.73%	4.33%	100%
用例數	960	11278	94	441	328	849	13950
%	6.88%	80.85%	0.67%	3.16%	2.35%	6.09%	100%

由表格內顯示合義是《雲門廣錄》複音詞主要的構詞法,不論詞目數或用例數均占80%以上,展現強大的構詞能力。餘者總合雖不及20%,卻顯示漢語構詞法至此已相當完備,成為現代漢語詞彙各類構詞法的前導。

構詞法個別特點如下:

1.衍聲詞三小類,聯綿詞用以命名和描寫狀態為主;音譯詞,

包括全譯詞和節譯詞，皆源於佛教詞語；擬聲詞數量少，卻爲禪師接引學人手段的展現。

　　2. 合義詞六小類的詞目和用例，都以主從式爲大宗，已與現代漢語詞彙相若。《雲門廣錄》常以主從式合義詞的物品爲媒介說解禪意的對象，如「拈柱」、「露柱」等。支配式合義詞，包括禪宗慣用的動作語詞、普請的項目、生活有關的動作，如「行腳」、「行香」、「點茶」、「上堂」、「喫飯」、「打板」等，運用在禪師與學人對答之中，在在記錄著叢林生活的樣貌；「般柴」、「摘茶」的普請項目，展現農禪合一、自食其力的精神。並列式合義詞，包括實詞和虛詞、同義詞素和反義詞素，並且運用了勘僧的動詞，如「撿點」、「檢校」等。補充式合義詞，記載著禪師以若干動作接引學人，如「拶破」、「擒住」、「道斷」等，以截斷過多的言語和念頭，期許學人回歸自心。說明式合義詞，包括譬喻造詞，如「慧珠」、「定水」、「心猿」等，及代表禪師截斷學人妄想的數字語口訣，在數字之中展現「本來即是」、「本當如此」的邏輯。綜合式合義詞，說明漢語詞彙至此進入多音節結構，表現詞彙的層次性。

　　3.《雲門廣錄》重疊詞以表狀態者爲大宗，包括AA、ABB、AABB三式，數量以AA式爲多；在表義功能上逐漸精細，描述狀態的重疊詞，可加入標誌詞「地」。名詞的AA式表示「逐一」之意，如文偃禪師有名的公案「日日是好日」，AAB式則表示人和禪宗行話，如「邏邏李」。

　　4.《雲門廣錄》派生詞以後綴爲主體，且以名詞詞綴爲主。承繼自古漢語、中古漢語者外，發展出新用法，如「～子」構成量詞、「阿～」當作疑問詞等；亦見新興詞綴，如「～手」表某種才能的人、複數人稱的「～流」、構成及物動詞「～簡」、名詞化標誌的「～底」、副詞標誌的「～地」等新興詞綴加入，成爲《雲門廣錄》派生詞的生力軍。再者，功能相同的詞綴，用法上漸有區別，尤以指人名詞的詞綴分工最爲精細，「～家」表尊稱、「～

等」表複數、「～漢」表詈稱之餘亦表示讚許、「～手」表示人物的特性、「～流」指稱同性質的一大群人。整體而言，呈現出新舊並呈、功能漸趨分工的特點。

　　5.《雲門廣錄》節縮詞以數字節縮和擷字節縮詞為主。就詞彙來源而言，根源於佛教用語，也加入非屬宗教色彩的詞語，如「垂代」、「垂示」、「照用」等詞，突出了禪宗的特殊用法，呈顯簡要的用語特點。

　　6.多重構詞，以合義、音譯二法參與構詞最為積極，派生、梵漢合璧又次之。此現象說明了合義是當時漢語詞彙最強勢的構詞法，音譯詞藉此脫去異質元素而融入漢語，以音譯後的整體或部分，加入合義、派生、梵漢合璧不同的形式，參與複音詞的構詞工作，逐漸融入漢語詞彙體系之中。

二、音節數的特點

　　為能了解音節數分布情形，不同構詞法複音詞的音節數如下表：

表八：複音詞音節數統計表

音節數 / 類型	二	三	四	五	六	七	八	小計
1.全譯	12	3	4				3	22
2.節譯	25	2	1			1		29
3.聯綿詞	56							56
4.擬聲詞	10	2						12
5.主從式合義詞	1945	81	3					2029
6.並列式合義詞	476	1	6	1	1			485
7.支配式合義詞	566							566
8.補充式合義詞	303	7						310
9.說明式合義詞	89			3				92

類型 ＼ 音節數	二	三	四	五	六	七	八	小計
10.綜合式合義詞		65	57					122
11.派生詞	161	3	7					171
12.節縮詞	100	7	9					116
13.重疊詞	45	8	3					56
14.多重構詞	93	70	18	3				184
合　計	3881	249	108	7	1	1	3	4250
	91.32%	5.86%	2.54%	0.17%	0.02%	0.02%	0.07%	100%

《雲門廣錄》複音詞以雙音節詞為主體，共三千八百八十一詞比例高達91.32%；三音節二百四十九詞居次，四音節一百零八詞又次之，餘者均未足十例。雙音節、三音節均以主從式合義詞最多，四音節詞以綜合式合義詞五十七詞最多，五音節則是說明式合義詞的數字口訣，六音節詞是六根的原稱「眼耳鼻舌身意」，七音節和八音節詞分別是節譯詞和全譯詞。就個別類型來看，大多數類型都是雙音詞與多音節詞互見，但聯綿詞、支配式合義詞只有雙音節詞，綜合式合義詞則僅以三、四音節呈現，較為特殊。此時漢語雙音化已完成，又進一步往多音節發展，擴充漢語表義的容量，故音節數的表現已近於現代漢語詞彙。

總言之，《雲門廣錄》複音詞以雙音節詞為基調，具有多種的構詞法、強勢的合義構詞、新興且分工的派生詞、以多重構詞展現詞彙與表義的精緻度，以節縮詞保留源於佛教概念的詞語、藉由衍聲詞和重疊詞展現禪師的禪理和接引學人的手段，如是，體現《雲門廣錄》複音詞結構上的特點，說明漢語詞彙體系至此時已發展成熟，尤其是綜合式合義詞和多重構詞，展現詞彙結構的層次性，為現代漢語詞彙體系奠定良好的根基。

三、用詞的特點

《雲門廣錄》運用豐富的指人物名詞，筆者嘗試區分其語義，包括自稱、敬稱、讚揚和訶責。

㈠用於自稱者，如「老漢」、「老僧」、「老和尚」，是文偃禪師指稱自己的詞。

㈡用於敬稱者，如將掌管生死、地獄地位崇高的「閻羅王」，依世間的「王」稱之，表現佛教中國化的色彩。把佛陀視為父親看待，稱為「釋迦老子」。「尊者」是德智皆值得受敬重的人、「老宿」是年高德劭者、「師僧」是堪為人師之僧人、「和尚子」是對僧徒的敬稱、「上流」稱呼修行卓越的大眾。

㈢用於讚揚者，如「好手」稱本領高的人，「師子兒」稱讚禪僧的作為堪為佛陀後代，「丈夫兒」是諸根圓具之男子，「大丈夫漢」乃指人中之雄。「靈利者」、「靈利漢」指悟性高、思路敏捷的學人。「作家」，大有機用且能善渡眾人的高僧。

㈣用於訶責、貶抑者，如「飯袋子」、「噇飯漢」、「喫飯漢」稱說只知吃飯、無意修行的僧人。「行腳漢」指仍在尋求解脫生死而到處奔波者。「瞌睡漢」是頭腦不清的人；「打野榸漢」是指吵鬧喧嘩、不知靜修養心者。「有頭無尾漢」是沒恆心的人。「三家村裡漢」、「納稅漢」、「俗漢」乃貶斥見識淺薄的修行者。「掠虛漢」、「虛頭漢」乃斥責那些只會蒐羅公案，剽竊古人話語的僧人。「脫空妄語漢」，指稱只在口頭上論理爭辯、未能回歸自心證悟的人。「不著便漢」是罵人不知變通。「老禿奴」是老和尚的詈稱。「吃嘹舌頭」稱如鸚鵡搬弄他人言語的學人。

文偃禪師運用許多的指人名詞，尤以「～漢」指人名詞最為精彩，不單用於詈稱，也擴大至讚揚的用法；禪師透過不同的稱謂，對人物的德行、作為做了區別與評斷。據此能體會《雲門廣錄》運用構詞的精細度和表義的精準化。

四、多重構詞的意義

禪宗語言擁有豐富的多音節詞，但「多重構詞」並非只從詞彙音節數來談，還具有如下的特點：

首先，著重詞彙結構的層次性，逐層解析、關注構詞法在不同層面的作用。如「佛性」，先合璧為「佛陀覺性」，再經撷字節縮，各取一字，構成一個新詞「佛性」。「衲僧」，Saṃgha的節譯為「僧」，再者接受「衲」修飾而成。另外，還有「老僧」、「師僧」。禪，係禪那（梵Dhyāna）之略稱，可構成「禪河」、「禪子」、「禪床」、「禪徒」、「老婆禪」、「如來禪」等詞語。

其次，描寫詞素來源，追溯詞素的來源，分析其形成的程序步驟。不單以表面結構分析之，應深入探究、分析這些詞素的構成歷程。如梵語Kalpa，音譯為「劫波」，節譯為「劫」，能構成「萬劫」、「歷劫」、「永劫」、「劫火」、「無量劫」等詞語。

其三，充分表現詞彙的強韌性，從詞彙音節數來看，從單音節到雙音節、從雙音節到多音節，擴充了音節數，展現近代漢語多音節詞的發展過程，如：「丈夫」加上詞尾「～兒」，成為「丈夫兒」，和「～漢」可構成「丈夫漢」、「大丈夫漢」。另外，還能以節縮法，或者是音譯成分的單獨構詞，使得多音節變為雙音節者，如：「祇樹給孤獨園」乃由音譯「祇陀」和意譯「樹林」構成合璧詞「祇陀樹林」，再以撷字法節縮為「祇樹」，「給孤獨長者僧園」以要字法節縮為「給孤獨僧園」；「祇樹」和「給孤獨僧園」並列為「祇樹給孤獨園」，最後以要字法節縮成雙音節的「祇園」。印證近代漢語詞彙走向多音化，甚至由多音化又走回雙音化，充分展現出漢語詞彙的強韌性。

著重結構層次性、追溯詞素來源、構詞特性的展現，《雲門廣錄》一百八十四詞八百四十九例「多重構詞」，如實地表現禪宗詞彙複音結構的多元化與強韌度、表義的豐富與精緻化，更是漢語詞彙融合力的最佳表現。

第二節　共時比較

　　爲顯示《雲門廣錄》詞彙在同期禪籍的特點，擇以晚唐《傳心法要》、《臨濟錄》及五代《祖堂集》等爲比較語料，以「死亡」語義場爲主題，進行對比分析。

　　《傳心法要》乃黃檗希運禪師（西元？－850）口述、由裴休（約西元791-864）記錄、整理、大中十一年（西元857）題爲《黃檗山斷際禪師傳心法要》；《臨濟錄》原稱《鎮州臨濟慧照禪師語錄》，乃義玄禪師（西元787-867）創立臨濟宗門庭的立基典據，編集於晚唐；《祖堂集》編纂於南唐（西元952），記錄二百四十六位禪師的生平及禪學主張。《傳心法要》、《臨濟錄》法脈相承、時間相近，可並列爲晚唐語料；《祖堂集》與文偃禪師（西元864-949）《雲門廣錄》同屬五代；《傳心法要》和《祖堂集》相距百年，故由此四部禪籍比較同一語義場詞彙共時、歷時的運用情形。

一、四部典籍「死亡」義詞彙運用概況

　　四部禪宗典籍死亡義總計二十四個雙音節詞運用二百八十八例，各詞使用情形如下：

表九：晚唐五代四部禪籍死亡義詞彙一覽表

詞　目	《傳》	《臨》	《雲》	《祖》	小計
1.般涅槃			1	2	3
2.涅般				1	1
3.涅槃	3	8	20	77	108
4.圓寂	1			3	4
5.示滅			1	6	7
6.入滅				11	11

詞　目	《傳》	《臨》	《雲》	《祖》	小計
7. 寂滅			1	4	5
8. 滅渡				27	27
9. 滅後		1	2	5	8
10. 入寂				1	1
11. 入定			2	5	7
12. 入寂定				1	1
13. 告寂				7	7
14. 歸寂			1	2	3
15. 歸真				2	2
16. 示寂		1			1
17. 示化				4	4
18. 遷化		3	1	62	66
19. 順化			1	4	5
20. 順寂			1	2	3
21. 順世			1	6	7
22. 去世				3	3
23. 下世				3	3
24. 委蛻			1		1
合　計	4	13	33	238	288

從表內可知，詞目和用例的數量都顯示逐漸增加，二者意義不同：用例數增加代表需求增加；詞目數增多，表示死亡語義場在此時納入新成員。

二、「死亡」義詞彙對比分析

　　往下將由時代、詞彙結構、詞彙來源三方面分析四部典籍的「死

亡」義詞彙，並歸納共同特點。

(一) 時代

各部典籍死亡義詞目數和用例統計如下：

表十：四部禪籍死亡義詞目用例統計表

時代	典　籍	詞目數	用例數
晚唐	《傳》	2	4
晚唐	《臨》	4	13
五代	《雲》	12	33
五代	《祖》	22	238

就時代而言，晚唐的詞目數少、用例亦不多，共出現六詞十七例；五代死亡義雙音詞，詞目多樣、詞例豐富，其中有十八個新詞，以《祖堂集》爲著。從晚唐到五代，不論在詞目或用例數量皆顯著增加。如是，用例增加代表著表達「死亡」概念的需求增加，詞目增加則表示語義擴展及詞語衍生。

(二) 詞彙結構

若以詞彙結構來源，音譯與非音譯死亡義詞彙用例數運用情形如下：

表十一：四部禪籍死亡義詞彙音譯與非音譯用例統計表

時代	典籍	總數	音譯	%	非音譯	%
晚唐	《傳》	4	3	75%	1	25%
晚唐	《臨》	13	8	62%	5	38%
五代	《雲》	33	21	64%	12	36%
五代	《祖》	238	80	34%	158	66%
	合計	288	112	39%	176	61%

音譯詞的「涅槃」、「涅般」、「般涅槃」三詞共用一百一十二例，占總用例39%；其間「涅槃」即一百零八例，是四部典籍表示死亡義使用最多的語詞。非音譯形式的詞彙共二十一詞一百七十六例，占總數量61%，顯示漢語形式表達「死亡」義已是運用的首選，而詞彙形式多樣。

　　表內數字顯示音譯和非音譯的用例都逐漸增加，說明此語義場詞彙使用率增加；再者，兩種類型詞彙比例消長，音譯詞漸消、非音譯詞漸長，顯示在詞彙間存在著競爭關係，值得細部觀察。

(三) 詞彙來源

　　往下梳理詞彙來源如下：

1.音譯詞

　　源於音譯者有兩個來源：梵語Nirvāṇa，音譯爲「涅槃」、「涅般」；梵語Parinirvāṇa後者譯爲「般涅槃」，三詞共用一百一十二例。

2.意譯詞

　　此類來自四個不同的梵語：梵語nirvāṇa的意譯做「示寂」、「滅度」二詞；梵語parinirvāṇa的意譯詞是「圓寂」；梵語pariṇirvāti意譯爲入滅渡，再縮略爲「入滅」；梵語vyupaśama意譯爲「寂滅」，略稱爲滅；五詞共有四十八例。

3.衍生詞

　　由意譯詞類推衍生而來的詞，包括滅後、入寂、入定、歸寂、歸眞、遷化、順寂、順化、順世、去世、下世、示滅、示化、入寂定、告寂、委蛻，共有十六詞一百二十八例。統計詞彙來源的詞目和用例數量如下表：

表十二：四部禪籍死亡義詞彙來源詞目用例數統計表

詞彙來源	詞目數	占總詞目%	用例數	占總用例%
音譯	3	13.0%	112	38.2%
意譯	5	21.8%	48	16.4%
衍生	16	65.2%	128	45.4%
小 計	24	100.0%	288	100.0%

表中數字客觀呈現三種來源的詞彙運用情形：音譯詞雖然占詞目整數僅13%，用例數卻占38.2%，說明集中使用少數音譯；意譯詞目數占21.8%、用例數16.4%，表示用例較為少且分散；衍生詞，詞目數占65.2%、用例數占45.4%，此為同一語義場內部較強勢的類型，透露漢語詞彙形式取代外來詞成為必然的趨勢。

　　在詞彙來源的基礎上，推敲詞彙間的關係，嘗試將二十四個雙音節詞的關係圖示如下：

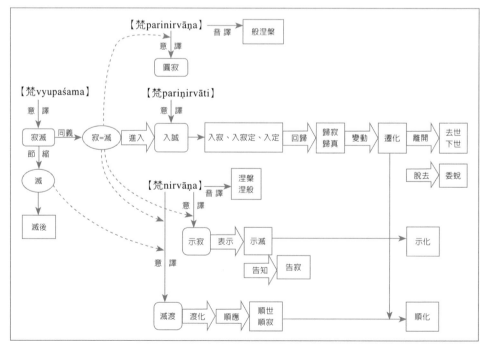

圖一：死亡義場詞彙類推示意圖

圖中蠡測詞彙類推的路徑，發現舊的形式和概念，影響新的概念或詞語，也使得同一語義場的成員日益增多。

三、共同特點

歸納晚唐五代四部禪宗文獻死亡義場雙音節詞彙的特點：

㈠與時而增：從晚唐到五代，在詞目或用例數量皆顯著增加，推測與典籍性質有關。《祖堂集》記錄二百四十六位禪師的生平，使用死亡義詞目和用例都較豐富。

㈡音譯與意譯並存：四部典籍均見音譯與意譯，如「般涅槃」與「圓寂」；「涅槃」、「涅般」和「示寂」、「滅渡」。來自相同梵語的詞彙以不同的形式並存同一部典籍中，如《祖堂集》同時運用「般涅槃」與「圓寂」；「涅槃」、「涅般」、「滅渡」；《臨濟錄》運用「涅槃」、和「示寂」；而且音譯的用例明顯地高過意譯詞。

㈢音譯與非音譯消長：死亡義詞彙音譯和非音譯的用例數和詞目數逐漸增加，表示此語義場詞彙被使用率增加。使用比例的變化，代表著詞彙競爭中，音譯詞漸消、非音譯詞漸長的趨勢，說明了死亡義語義場詞彙運用趨向於漢語詞彙形式，由異質而漸趨同化。

㈣保留著對象的差異：佛和菩薩、尊者、一般人都用專用的死亡義詞彙，高僧、僧侶死亡可選用的詞彙較多，不混用其他身分的用語。顯示近代漢語禪籍裡死亡義詞彙仍存在著「因人而異」的特質。

㈤衍生詞彙多樣、用例豐富：唐五代禪籍「死亡」義雙音詞彙的類化現象，產生多個詞目和豐富的用例，如是印證類推是一個變異求同的過程，是一種不自覺的創新；人類在使用語言的過程，對於相似事物自然地歸類，使同一種表達方式更加簡便、便利構詞，體現語言中的經濟原則，更能清楚地展現同一語義場內部詞彙與詞彙間的細部關聯。

　　透過觀察同一語義場詞彙的運用特點和類化現象，更能梳理詞彙間的關係、發現詞彙細微關聯。以晚唐五代禪籍死亡義場的雙音節詞為研究對象，發現因著類推作用，產生新的詞語，而使得這些原本意譯而來的詞語，經由類化，漸次消減外來色彩、趨近漢語詞彙的形式。

四、《雲門廣錄》「死亡」義詞彙的特點

　　往下談談《雲門廣錄》在近代漢語初期禪籍裡展現的意義：

　　《雲門廣錄》「死亡」義詞語計十二詞三十三例，比晚唐《傳心法要》二詞四例、《臨濟錄》四詞十三例來得高，少於同屬五代的《祖堂集》二十二詞二百三十八例。《傳心法要》、《臨濟錄》、《雲門廣錄》是單位禪師言行專錄，死亡義詞彙使用較少，應屬當然；《祖堂集》為燈錄體、隸屬史傳部，死亡義詞彙使用自然較多；但若就所記錄二百四十六位禪師，總數二百三十八次，其實每位禪師並未及一次，單個禪師的使用率其實最低。《雲門廣錄》為文偃禪師的專錄，死亡義雙音詞運用的比例上相當可觀。

　　分析十二個詞彙的來源，源於音譯如有般涅槃、涅槃；源於意譯，如示滅、寂滅；衍生詞如滅後、入定、歸寂、遷化、順化、順寂、順世、委蛻。音譯詞二詞二十一例、意譯詞二詞二例、衍生詞八詞十例，用例是「音譯＞衍生＞意譯」，詞目則是「衍生＞音譯＝意譯」，顯示雖然用例上音譯詞屬於強勢，但集中於「涅槃」一詞；意譯詞和衍生詞目數量增加，說明了死亡義語義場詞彙，原本外來的「入涅槃」這樣的異質概念，逐漸被同化為漢語詞彙形式，是值得觀察的點。

　　《雲門廣錄》死亡義衍生詞目，顯示外來概念漸進融入漢語詞彙的趨勢；同時，詞目和詞例，突顯不論是文偃禪師或《雲門廣錄》編輯者，都相當注重詞語替換和表義的精準度，充分展現編纂者的才學和用心。

第三節 研究展望

　　本研究先以傳統校勘檢覈句讀、用字，以求文義妥貼，如：

1. 因入廚，問<u>茱頭</u>云：「鍋裡多少茄子？」

　　「茱頭」應爲禪林職務名「菜頭」。

2. 師問侍者：「客來將什麼接？」<u>待者</u>無對。

　　「待者」依據上下文意校正爲「侍者」。

3. 師歲夜問僧：「<u>餅啖</u>是羅漢藥石，還將得<u>餺䭔</u>餡子來麼？」

　　「餅啖」應是麵餅的「餅餤」，「餺䭔」當爲「餺飥」。

4. 師云：「截卻汝肚腸、換卻<u>匙筯</u>、拈將鉢盂來看。」

　　「匙筯」當爲「匙筋」。

5. 師云：「儞爲什麼鼻孔裡<u>秪對</u>我？」僧云：「某甲什麼處是鼻孔

　　裡<u>秪對</u>？」

　　「秪對」，當爲「祇對」。

6. 問：「<u>浮桑柯畔</u>日輪未出時如何？」師云：「知。」

　　「柯畔」，當爲「河畔」。

7. 代云：「君子<u>可八</u>。」

　　「可八」，當爲「可入」。

8. 僧<u>應喏</u>。師云：「這箇是老鼠啼。」

　　「應喏」當爲「應諾」。

9. 上堂大眾集定，云：「是大過患，子細點<u>撿</u>。」

10. 師云：「拈槌豎拂彈指時節皆<u>撿</u>點來。也未是無眹跡。」

　　撿，當爲「檢」。「點撿」爲「點檢」、「撿點」爲「檢點」。

　　再者，以現代語言學分析的方法，逐一地分析、描寫《雲門廣錄》複音詞。因才學、心力所限，筆者著重於詞彙研究，尤其是以詞彙結構爲重點，以梳理《雲門廣錄》複音詞在構詞上的特點。本論文

嘗試以指人名詞，了解文偃禪師對於稱呼上展現的精細度，及運用以死亡語義場的雙音節詞彙進行比較，點出《雲門廣錄》於漢語詞彙發展上的意義。

　　未來研究展望方面，《雲門廣錄》仍然有許多未被梳理、討論的領域，如句法、詞義、語用，尤其是語用，若能全面地討論文偃禪師的用詞，必能歸納其語言風格。《雲門廣錄》運用了許多與「茶」相關的詞語，可作為研究茶文化的憑藉，為文化語言學研究的素材。再者，繼續探究其他晚唐五代禪家語錄，能完整地書寫近代漢語初期禪宗語言運用的全貌。其次，對照後世燈錄體如《景德傳燈錄》、《五燈會元》所收《雲門廣錄》，觀察不同版本的情況。或者，整理雲門宗同門師僧的語錄，進行專門且系列的研究，以敘寫雲門宗禪錄的特點，梳理本宗與文字禪發展的關係。

　　以上都是值得投入心力的研究區塊，等待更多有心之士投入、耕耘。筆者以駑鈍之資、不捨之工，勉力梳理《雲門廣錄》複音詞的現象，兼及文偃禪師禪理、禪宗特殊的思維和表述方式描寫詞彙，揭櫫早期禪宗語錄的價值、觀察近代漢語初期的詞彙樣貌。願拋此磚，引發大家對禪語錄研究的重視，有朝之日能有更多禪錄語言研究之美玉，為禪宗典籍整理與研究工作共同努力，是吾人之願。

參考書目

一、中文

二劃

丁福保，1984，《佛學大辭典》，北京：文物出版社。
〔日〕入矢義高，1991，〈雲門との機緣〉，《禪文化研究所紀要》，
　　　第17輯，P.9。
〔日〕入矢義高著、李壯鷹譯，1994，〈禪宗語錄的語言與文體〉，
　　　《俗語言研究》，創刊號，P.4-8。

三劃

于　谷，1995，《禪宗語言和文獻》，南昌：江西人民出版社。

四劃

王　力，1985，《中國現代語法》，北京：商務印書館。
王　力，1988，《漢語史稿》，濟南：山東教育出版社。
王　力，1989，《漢語語法史》，北京：商務印書館。
王　力，1993，《漢語詞彙史》，北京：商務印書館。
王艾祿、司富珍，2001，《漢語的語詞理據》，北京：商務印書館。
王艾祿、司富珍，2002，《語言理據研究》，北京：中國社會科學出版
　　　社。
王希杰，2004，〈詞彙演變發展的內因和外因〉，《渤海大學學報》，
　　　第2期，P.92-97。
王作新，1995，〈漢語複音詞結構特徵的文化透視〉，《漢字文化》，
　　　第2期，P.23-29。
王昌東，1994，〈再論漢語詞彙複音化的原因〉，《內蒙古教育學院學
　　　報》，第2-3期，P.57-60。
王洪湧，2004，〈近十餘年漢語歷史詞彙研究概述〉，《江漢大學學
　　　報》，第1期，P.24-28。
王浩然，1994，〈古漢語單音同義詞雙音化問題初探〉，《河南大學學
　　　報》，第3期，P.52-55。

王雪梅，2007，〈當代漢語附綴式構詞變化和演化的動因分析〉，《河北職業技術學院學報》，第4期，P.73-74。

王啓濤，2003，〈近五十年來的中古漢語詞彙研究〉，《四川師範大學學報》，第1期，P.98-103。

王雲路，1998，〈談詞綴在古漢語構詞法中的地位〉，《漢語史研究集刊》，第一輯，P.432-445。

王雲路，1999，〈中古詩歌附加式雙音詞舉例〉，《中國語文》，第5期，P.370-376。

王雲路，2001a，〈從《唐五代語言詞典》看附加式構詞法在中近古漢語中的地位〉，《古漢語研究》，第2期，P.70-75。

王雲路，2001b，〈百年中古漢語詞彙研究述略〉，《浙江大學學報》，第4期，P.55-60。

王傳德、尚慶栓，1996，《漢語史》，濟南：濟南出版社。

王德春，1983，《詞彙學研究》，濟南：山東教育出版社。

王曉平，1990，〈漢語語素組合的靈活性及其構詞的能產性〉，《江西大學學報》，第4期，P.95-101。

王錦慧，2001，〈晚唐五代佛典在語法史上的價值〉，《語文學報》，第7期，P.113-132。

方一新，2005，〈20世紀中古漢語詞彙研究〉，《中古漢語研究(二)》，P.32-60。

方一新、雷冬平，2006，〈近代漢語「看來」的詞彙化與主觀化〉，《周口師範學院學報》，第3期，P.107-111。

方師鐸，1979，《國語結構語法初稿》，臺中：東海大學出版社。

方經民，1993，《現代語言學方法論》，鄭州：河南人民出版社。

中華電子佛典協會，2014，《CBETA電子佛典系列》，臺北：中華電子佛典協會。

〔日〕太田辰夫，1987，蔣紹愚、徐昌華譯，《中國語歷史文法》，北京：北京大學出版社。

〔日〕太田辰夫，1991，江藍生、白維國譯，《漢語史通考》，重慶：重慶出版社。

〔日〕中村元原著、林光明編譯，2009，《廣說佛教語大辭典》，臺北：嘉豐出版社。

五劃

申　莉，2005，〈淺談修辭造詞〉，《北京聯合大學學報》，第2期，

P.56-58。

申小龍，1995，《當代中國語法學》，廣州：廣東教育出版社。

申小龍，2001，《漢語語法學》，南京：江蘇教育出版社。

史有為，2004，《外來詞：異文化的使者》，上海：上海辭書出版社。

史存直，1989，《漢語詞彙史綱要》，上海：華東師範大學出版社。

史冬青，2007，〈關於漢語詞彙複音化研究的幾點論點〉，《山東省農業管理幹部學院學報》，第4期，P.148-149。

左林霞，2004，〈從詞系派生看詞彙與文化互動〉，《江漢論壇》，9月，P.75-77。

仲崇山，2002，〈複合詞構詞方式的辨認〉，《齊齊哈爾大學學報》，第3期，P.60-62。

石毓智，2004，《語法研究的類型學視野》，南昌：江西教育出版社。

石毓智，2005，〈中古的音節演化與詩歌形式變遷〉，《學術研究》，第2期，P.140-143。

石毓智、李　訥，1998，〈漢語發展史上結構助詞的興替——論「的」的語法化歷程〉，《中國社會科學》，第6期，P.165-180。

石毓智、李　訥，2001，《漢語語法化的歷程》，北京：北京大學出版社。

石靈娟，2006，〈淺析漢語單音節重疊構詞與重疊構形〉，《語文學刊》，第9期，P.131-133。

〔日〕永井政之，1971，〈雲門の語錄の成立に關する一考察〉，《宗學研究》，第13期。

〔日〕永井政之，1971，〈雲門十二時偈に關する一考察〉，《印度學佛教學研究》，第39期，P.148-149。

〔日〕永井政之，1991，〈広東の仏教信仰——雲門文偃末後の事蹟〉，《印度學佛教學研究》，第40卷，第1期，P.104-109。

〔日〕永井政之，2008，《雲門》，東京：臨川書店。

〔日〕田植均、俞光中，1999，《近代漢語語法研究》，上海：學林出版社。

六劃

朱　彥，2004，《漢語複合詞語義構詞法研究》，北京：北京大學出版社。

朱德熙，1982，《語法講義》，北京：商務印書館。

朱慶之，1992a，《佛典與中古漢語詞彙研究》，臺北：文津出版社。

朱慶之，1992b，〈試論佛典翻譯對中古漢語詞彙發展的若干影響〉，
　　《中國語文》，第4期，P.297-303。

朱慶之，1993，〈漢譯佛典語文中的原典影響初探〉，《中國語文》，
　　第5期，P.379-385。

朱慶之，2000，〈佛經翻譯中的仿譯及其對漢語辭彙的影響〉，《中古
　　近代漢語研究》，第1期，P.247-262。

朱慶之，2003a，〈論佛教對古代漢語辭彙發展演變的影響（上）〉，
　　《普門學報》，第15期，P.1-41。

朱慶之，2003b，〈論佛教對古代漢語辭彙發展演變的影響（下）〉，
　　《普門學報》，第16期，P.1-35。

朱慶之編，2009，《佛教漢語研究》，北京：商務印書館。

任　曄，2004，〈漢語詞彙發展的語言內部因素與途徑〉，《語言與翻
　　譯》，第2期，P.14-20。

全佛編輯部，2007，《禪宗的重要名詞解說（下）生活‧寺院篇》，臺
　　北：全佛文化事業有限公司。

伍先林，2015，《中國佛教與唐代禪宗》，北京：宗教文化出版社。

江傲霜，2006，〈佛經詞語研究現狀綜述〉，《柳州師專學報》，第4
　　期，P.27-29。

江藍生，1988，《魏晉南北朝小說詞語彙釋》，北京：語文出版社。

江藍生，2000，《近代漢語探源》，北京：商務印書館。

江藍生、曹廣順，1997，《唐五代語言詞典》，上海：上海教育出版
　　社。

向　熹，1995，《簡明漢語史》，北京：高等教育出版社。

〔日〕西口芳男，1991，〈雲門禪っの斷簡〉，《禪文化研究所紀
　　要》，第17輯。

七劃

李小平，2004a，〈試論漢語詞彙在魏晉六朝時的複音化發展──以
　　《論語》、《孟子》、《世說新語》為例〉，《山東科技大學學
　　報》，第2期，P.89-94。

李小平，2004b，〈附加式後綴從上古到魏晉六朝的嬗變〉，《河北科
　　技大學學報》，第3期，P.34-38。

李小平，2006，〈從《顏氏家訓》，看駢文對漢語詞彙雙音化的影
　　響〉，《重慶社會科學》，第3期，P.44-47。

李仕春，2005a，〈從複音詞數據看早期漢語各類複音詞的發展趨

勢〉，《煙臺教育學院學報》，第3期，P.15-18。

李仕春，2005b，〈「類推」在漢語新詞語產生和流傳中的作用〉，《語文學刊》，第9期，P.23-25。

李仕春，2006，〈聯合式構詞法在中古時期最能產的原因〉，《雲南師範大學學報》，第4期，P.81-86。

李仕春，2007，〈從複音詞數據看上古漢語單音詞複音化現象〉，《西南交通大學學報》，第2期，P.78-82。

李安綱，1997，《雲門大師傳》，大樹：佛光出版社。

李如龍，2002，〈漢語詞彙衍生的方式及其流變〉，《河北師範大學學報》，第5期，P.68-76。

李如龍、蘇新春，2001，《詞彙學理論與實踐》，北京：商務印書館。

李佐丰，2004，《古代漢語語法學》，北京：商務印書館。

李佐丰，2005，〈試談漢語歷史詞義的系統分析法〉，《語言的本體研究與應用研究》，P.31-56。

李金平，2006，《複音詞的衍生方式及漢語詞彙複音化原因的哲學考探》，長春：東北師範大學碩士論文。

李金平，2007，〈漢語詞複音化原因的哲學考探〉，《技術與教育》，第1期，P.20-26。

李忠初，2003，〈漢語隱喻造詞法的系統性特點〉，《湘潭師範學院學報》，第6期，P.36-37。

李思明，1997，〈中古漢語並列合成詞中決定詞素次序諸因素考察〉，《安慶師院社會科學學報》，第1期，P.64-69。

李峻鍔，1988，〈古白話界說與近代漢語上限的探索〉，《上海師範大學學報》，第3期，P.120-125。

李維琦，1993，《佛經釋詞》，長沙：嶽麓書社。

李維琦，1999，《佛經續釋詞》，長沙：嶽麓書社。

李維琦，2004，《佛經詞語匯釋》，長沙：湖南師範大學出版社。

李廣明，1999，〈從天水方言看禪語錄中「麼羅」、「狼藉」詞義──兼論漢語詞「梵漢雙源」現象〉，《唐都學刊》，第1期，P.57-58、52。

吳　亮，2005，〈試論漢語詞綴的形成和途徑──語法化〉，《河南教育學院學報》，第1期，P.71-75。

吳正吉，2000，《活用修辭學》，高雄：復文圖書公司。

吳言生，2001，〈雲門宗禪詩研究〉，《五臺山研究》，第1期，P.8-15。

吳建勇，2006，〈反義語素構詞的結構和語義考察〉，《現代文》，

第4期，P.37-38。

吳為善，2003，〈雙音化、語法化和韻律詞的再分析〉，《漢語學習》，第2期，P.8-14。

吳福祥，1996，《敦煌變文語法研究》，長沙：嶽麓書社。

吳福祥，2000，〈近代漢語語法研究的成就與展望〉，《漢語史研究集刊第二輯》，成都：巴蜀書社。

吳福祥，2004，〈近年來語法化研究的進展〉，《外語教學與研究》，第1期，P.18-24。

吳福祥，2005，〈漢語歷史語法研究的目標〉，《古漢語研究》，第2期，P.2-14。

吳福祥、顧之川點校，1996，《祖堂集》，長沙：嶽麓書社。

吳經熊著、吳怡譯，1969，〈截斷眾流的雲門禪師〉，《東方雜誌》，第4卷，第9期，P.93-97。

吳曉峰，1998，〈修辭現象詞彙化：新詞新義產生的重要途徑〉，《益陽師專學報》，第4期，P67-71。

何大安，2000，〈語言史研究中的層次問題〉，《漢學研究》，第18卷：特刊，P.261-271。

何小宛，2009，〈禪錄詞語釋義商補〉，《中國語文》，第3期，P.269-271。

何耿鏞，1992，〈古代漢語單音詞發展為複音詞的轉化組合〉，《廈門大學學報》，第1期，P.116-119、109。

何樂士，1992a，〈《史記》語法特點研究——從《左傳》與《史記》的比較看《史記》語法的若干特點〉，《兩漢漢語研究》，濟南：山東教育出版社，P.86-178。

何樂士，1992b，〈敦煌變文與《世說新語》若干語法特點的比較〉，《隋唐五代漢語研究》，濟南：山東教育出版社，P.133-268。

呂叔湘，1989，〈動補結構的多義性〉，《呂叔湘自選集》，P.408-415，上海：上海教育出版社。

呂叔湘，1992a，《漢語語法論文續集》，北京：商務印書館。

呂叔湘，1992b，《中國文法要略》，臺北：文史哲出版社。

呂叔湘，1995，《漢語語法論文集》，北京：商務印書館。

呂香云，1985，《現代漢語語法學方法》，北京：書目文獻出版社。

佛光大藏經編修委員會，1988，《佛光大辭典》，大樹：佛光山文教基金會。

佛光大藏經編修委員會，1994，《祖堂集》，大樹：佛光出版社。

佛光山電子大藏經，2005，《佛光大藏經‧禪藏》（電子版），大樹：

佛光山文教基金會。

沈家煊，1994，〈「語法化」研究綜觀〉，《外語教學與研究》，第4期，P.17-24。

沈家煊，1998a，〈語用法的語法化〉，《福建外語》，第2期，P.1-8、14。

沈家煊，1998b，〈實詞虛化的機制——《演化而來的語法》評介〉，《當代語言學》，第3期，P.41-46。

沈家煊，2004，〈語用原則、語用推理和語義演變〉，《外語教學與研究》，第4期，P.243-251。

沈懷興，2000，〈漢語詞彙複音化新探〉，《中國語文通訊》，第56期，P.10-19。

沈懷興，2001，〈複音單純詞、重疊詞、派生詞的產生和發展——漢語詞彙複音化發展續探〉，《漢字文化》，第1期，P.25-29。

邢志群，2003，〈漢語動詞語法化的機制〉，《語言學論叢》，第二十八輯，P.94-113。

邢東風，1996，〈禪宗言語問題在禪宗研究中的位置〉，《俗語言研究》，第3期，P.110-118。

邢福義，1997，《漢語語法學》，長春：東北師範大學出版社。

汪維輝，2000，《東漢——隋常用詞演變研究》，南京：南京大學出版社。

岑學呂，1951，《雲門山志》，廣東：雲門寺常住。

岑麒祥，1960，〈關於構詞法問題的一些意見〉，《中國語文》，4月，P.176-177。

岑麒祥，1990，《漢語外來語詞典》，北京：商務印書館。

杜繼文、魏道儒，1993，《中國禪宗通史》，蘇州：江蘇古籍出版社。

〔日〕村上俊，1991，〈《室中語要》見雲門の認識について〉，《禪文化研究所紀要》，第17輯。

〔日〕村上俊，1993，〈雲門について〉，《禪文化研究所紀要》，第19輯。

〔日〕志村良治，1995，江藍生、白維國譯，《中國中世語法史研究》，北京：中華書局。

〔美〕李英哲，2001，《漢語歷時共時語法論集》，北京：北京語言文化大學出版社。

八劃

周　薦，1995，《漢語詞彙學研究史綱》，北京：語文出版社。

周　薦，2004，《漢語詞彙結構論》，上海：上海辭書出版社。

周　萍，1999，〈淺論古漢語的實詞虛化現象〉，《浙江師大學報》，第6期，P.66-69、98。

周光慶，2005，〈漢語詞彙研究的認知學基礎〉，《華中師範大學學報》，第5期，P.106-112。

周叔迦，1991，《佛教基本知識》，北京：中華書局。

周法高，1953，〈中國語法札記〉，《中央研究院歷史語言研究所集刊》，第24本，P.197-281

周法高，1972，《中國古代語法——構詞篇》，臺北：中央研究院。

周法高，1990，《中國古代語法——稱代篇》，北京：中華書局。

周裕鍇，1999，《禪宗語言》，杭州：浙江人民出版社。

周裕鍇，2009，《禪宗語言研究入門》，上海：復旦大學出版社。

周碧香，2000，《《祖堂集》句法研究——以六項句式為主》，嘉義：國立中正大學中國文學研究所博士論文。

周碧香，2002，〈隋唐五代漢文佛典中的助詞「個」〉，《圓光佛學學報》，第7期，P.171-212。

周碧香，2004a，《《祖堂集》——句法研究》，大樹：佛光山文教基金會《法藏文庫110》。

周碧香，2004b，〈《祖堂集》——派生詞研究〉，《第二屆漢文佛典語言學國際學術研討會》，長沙：湖南師範大學佛典語言研究所。

周碧香，2006a，《實用訓詁學》，臺北：洪葉文化出版社。

周碧香，2006b，〈《祖堂集》「所」字探析—「所V」詞化蠡析〉，《語言學探索——竺家寧先生六秩壽慶論文集》，P.39-52。

周碧香，2008，〈五代禪籍「V諸」的詞彙化——從古漢語「諸」說起〉，《第三屆漢文佛典語言學國際研討會》，P.185-203，臺北：政治大學、金山法鼓山研修學院，10.31-11.3。

周碧香，2009，〈《祖堂集》指人名詞的複數詞彙探析——從「眾」說起〉，《第四屆漢語史研討會暨第七屆中古漢語國際學術研討會》，P.511-523，北京：北京語言大學出版社。

周碧香，2010，〈《祖堂集》聯綿詞探析〉，《普門學報》，第59期，P.33-56。

周碧香，2012，〈《傳心法要》多重構詞探究〉，《圓融內外　綜貫

梵唐——第五屆漢文佛典語言國際學術研討論會論文》，P.159-180，新北市：花木蘭文化出版社。

周碧香，2013，〈從晚唐五代禪籍探究漢語詞彙的類化現象〉，《東亞文獻研究》，第11期，P.87-104。

周碧香，2014a，〈《祖堂集》音譯詞及相關詞彙探析〉，《漢譯佛典語言學研究》，北京：語文出版社，P.312-334。

周碧香，2014b，〈茶禪一味——談談晚唐五代禪錄的「茶」〉，《鏡海茶香—澳門茶文化叢刊》，第六期，P.24-38，貴陽：貴州師範大學文學，2013.8.23-27。

周碧香，2014c，〈禪宗典籍「表示」語義場研究〉，《第八屆佛經語言學國際學術研討會論文集》，P.415-430，南京：南京師範大學文學，2014.11.1-3。

周碧香，2016a，〈說流不流——談禪宗典籍的~流〉，《東亞文獻研究》，第17期，P.141-156。

周碧香，2016b，〈撮鹽於水——從「萬劫不復」探究詞彙融合與發展〉，《第十屆漢文佛典語言學國際學術研討會》，P.602-620，北京：中國人民大學文學院。

孟　杰，2006，〈漢語合成詞的造詞理據類初探〉，《語文學刊》，第12期，P.151-153。

孟廣道，1997，〈佛教對漢語詞彙的影響〉，《漢字文化》，第1期，P.30-34。

房玉清，1992，《實用漢語語法》，北京：北京語言學院出版社。

房艷紅，2001，〈「名——謂」型複合詞的結構方式及其與語素義選擇限制的關係〉，《北京聯合大學學報》，第3期，P.25-28。

林華東，2004，〈從複合詞的「異序」論漢語的類型學特徵〉，《泉州師範學院學報》，第3期，P.68-73。

竺家寧，1991，〈自然科學與社會心理——論詞彙形成的因素〉，《語文建設通訊》，第34期，P.20-21。

竺家寧，1993，〈詞義場與古漢語詞彙研究〉，《林尹教授逝世十週年學術論文集》，臺北：洪葉文化出版社。

竺家寧，1994，〈先秦諸子語言的新創詞對構詞法的影響〉，《Symposium on Ancient Chinese Grammar》，P.1-9。

竺家寧，1997，〈早期佛經詞彙之動補結構研究〉，《國立中正大學學報》，第1期，P.1-20。

竺家寧，1998a，〈明代口語中的「打」前綴〉，《國立臺灣師範大學國文研究所中國學術年刊》，第19期，P.599-624。

竺家寧，1998b，《早期佛經詞彙研究：三國佛經詞彙》，臺北：國科會。

竺家寧，1999a，〈佛經中的「有所」與「無所」〉，《紀念許世瑛先生九十冥誕學術研討會論文集》，臺北：臺灣師範大學，P.133-154。

竺家寧，1999b，《漢語詞彙學》，臺北：五南圖書出版股份有限公司。

竺家寧，2000a，〈魏晉佛經三音節結構詞現象〉，《紀念王力先生百年誕辰語言學學術國際研討會》。

竺家寧，2000b，〈魏晉語言中的「自」前綴──從三國佛經觀察〉，《第九屆國際漢語語言學會議暨話語教學國際研討會》。

竺家寧，2001a，〈敦煌卷子P.3006詞彙研究〉，《二十一世紀敦煌學國際學術研討會》。

竺家寧，2001b，〈佛經中的複合動詞「經行」與「謂為」〉，《中正中文學報，年刊》，第4期，P.1-25。

竺家寧，2001c，《慧琳一切經音義複合詞研究》，臺北：國科會。

竺家寧，2002，《安世高譯經複合詞彙研究》，臺北：國科會。

竺家寧，2003，〈論佛經中的「都盧皆」和「悉都盧」〉，《文與哲》，第3期，P.199-210。

竺家寧，2005a，《佛經語言初探》，臺北：橡樹林出版社。

竺家寧，2005b，〈中古佛經的「所」字構詞〉，《古漢語研究》，第1期，P.68-73。

竺家寧，2006a，〈佛經中「嚴」字的構詞與詞義〉，《文與哲》，第8期，P.127-155。

竺家寧，2006b，〈佛經語言研究綜述──詞彙篇〉，《佛教圖書館館刊》，第44期，P.66-86。

邵敬敏，1989，〈論漢語語法發展的歷史趨勢〉，《中國語言發展方向》，北京：光明日報出版社。

邵敬敏，1994，《語法研究與語法應用》，北京：北京語言學院出版社。

〔日〕岩村康夫，1993，〈雲門文偃の佛法〉，《東海佛教》，第38期，P.1-12。

〔日〕忽滑谷快天著、敦敏俊譯，2003，《禪學思想史》，新北市：大千出版社。

〔美〕屈承熹，1993，朱文俊譯，《歷史語法學理論與漢語歷史語法》，北京：北京語言學院出版社。

九劃

柳士鎮，1992，《魏晉南北朝歷史語法》，南京：南京大學出版社。

俞理明，1986，《漢魏六朝佛經代詞探新》，成都：四川大學碩士論文。

俞理明，1993，《佛經文獻語言》，成都：巴蜀書社。

俞理明，1999，〈詞語縮略中的任意性基礎和約定作用〉，《語文建設》，第6期，P.8-12。

胡中文，1999，〈試析比喻構造漢語新詞語〉，《語文研究》，第4期，P.19-26。

胡竹安，1985，〈中古白話及其訓詁的研究〉，《天津師大學報》，第3期，P.73-123

胡竹安、楊耐思、蔣紹愚，1992，《近代漢語研究》，北京：商務印書館。

胡壯麟，2003，〈語法化研究的若干問題〉，《現代外語》，第1期，P.86-92。

胡明揚，1995，〈規則化 系統化 計量化——當代語言學的特徵〉，《漢語學習》，第5期，P.4-6。

胡運飆，1997a，〈漢語詞彙複音化原因的哲學探索〉，《貴州民族學院學報》，第1期，P.68-73、83。

胡運飆，1997b，〈從複音詞數據看詞彙複音化和構詞法的發展〉，《貴州文史叢刊》，第2期，P.63-71。

胡 適等，1991，《禪宗的歷史與文化》，臺北：新潮社。

祝敏徹，1983，〈敦煌變文中一些新生的語法現象〉，《甘肅社會科學》，第1期，P.109-116。

姚振武，2006，〈漢語歷史語法研究的一點思考〉，《漢語史學報》，第6輯，P.68-70。

〔日〕柳田聖山、毛丹青譯，1992，《禪與中國》，臺北：桂冠出版社。

〔日〕柳田聖山、殷譯，1996，〈禪籍解題(二)〉，《俗語言研究》，第3期，P.186-211。

〔日〕香阪順一著，江藍生、白維國譯，1997，《白話語彙研究》，北京：中華書局。

十劃

袁 賓，1988，〈禪宗著作裡的口語詞〉，《語文月刊》，第7期，

P.11-12。

袁　賓，1989，〈再談禪宗語錄中的口語詞〉，《語文月刊》，第3期，P.12-13。

袁　賓，1990，《禪宗著作詞語匯釋》，蘇州：江蘇古籍出版社。

袁　賓，1991，〈禪宗著作詞語釋義〉，《中國語言學報》，第4期，P.174-184。

袁　賓，1992，《近代漢語概論》，上海：上海教育出版社。

袁　賓，1993，《禪宗詞典》，武漢：湖北人民出版社。

袁　賓，2001，〈「囉囉哩」考（外五題）〉，《中國禪學》，第1卷，P.309-323。

袁　賓、徐時儀、史佩信、陳年高，2001，《二十世紀的近代漢語研究》，太原：書海出版社。

袁　賓、張秀清，2005，〈禪錄詞語「專甲」與「某專甲」源流考釋〉，《中國語文》，第6期，P.557-560。

袁　賓、康健，2010，《禪宗大詞典》，武漢：崇文書局。

袁毓林，2004，《漢語語法研究的認知視野》，北京：商務印書館。

袁慶德，2002，〈早期漢語造詞法新探〉，《殷都學刊》，第1期，P.102-106。

孫　艷，1998，〈試論類推機制漢語新詞語構造中的作用〉，《西北師大學報》，第2期，P.85-89。

孫玉文，2000，《漢語變調構詞研究》，北京：北京大學出版社。

孫良明，1994，《古代漢語語法變化研究》，北京：語文出版社。

孫錫信，1992，《漢語歷史語法要略》，上海：復旦大學出版社。

孫錫信，1997，《漢語歷史語法叢稿》，上海：漢語大詞典出版社。

孫錫信，2002，〈語法化機制探賾〉，《紀念王力先生百年誕辰學術論文集》，P.89-104。

孫繼善，1996，〈「節縮」在構詞上的運用及其特點〉，《文科教學》，第1期，P.42-49、17。

孫繼善，1998，〈關於複合詞的結構分析問題〉，《集寧師專學報》，第1期，P.93-96。

高文達，1992，《近代漢語詞典》，北京：知識出版社。

高文達，2001，《新編聯綿詞典》，鄭州：河南人民出版社。

高名凱，1948，〈唐代禪家語錄所見的語法成分〉，《燕京學報》，第34期，《高名凱語言學論文集》，北京：商務印書館，P.134-163。

高增霞，2004，〈從語法化角度看動詞直接作狀語〉，《漢語學習》，

第4期，P.18-23。

高瑞闊，2004，〈論詞彙發展的歷時性特徵〉，《皖西學院學報》，第6期，P.121-124。

唐子恆，2004，〈也談漢語詞複音化的原因〉，《文史哲》，第6期，P.59-61。

唐子恆，2005，〈漢語詞複音化問題概說〉，《臨沂師範學院學報》，第2期，P.29-33。

唐超群，1990，〈動賓式合成詞研究〉，《華中師範大學學報》，第2期，P.89-95。

徐正考，1994，〈論漢語詞彙的發展與漢民族歷史文化的變遷〉，《吉林大學學報》，第1期，P.86-89。

徐時儀，1998a，〈動賓？動補？虛化？——漢語特殊動賓關係探論〉，《語文建設通訊》，第55期，P.43-48。

徐時儀，1998b，〈論詞組結構功能的虛化〉，《復旦學報》，第5期，P.108-112。

徐時儀，1999，〈從偏義現義到偏義複詞〉，《語文建設通訊》，第61期，P.64-67。

徐時儀，2000，《古白話詞彙研究論稿》，上海：上海教育出版社。

徐時儀，2004a，〈語法化札記三則〉，《南洋師範學院學報》，第4期，P.46-51。

徐時儀，2004b，〈詞組詞彙化與詞典釋義考探〉，《湖州師範學院學報》，第3期，P.1-6。

徐時儀，2005a，〈漢語雙音詞的衍生和發展探論〉，《柳川職業技術學院學報》，第1期，P.39-47。

徐時儀，2005b，〈佛經音義所釋外來詞考〉，《漢學研究》，第23卷第1期，P.427-460。

徐時儀，2005c，〈漢語詞彙雙音化的內在原因考探〉，《語言教學與研究》，第2期，P.68-76。

徐時儀，2007，《漢語白話發展史》，北京：北京大學出版社。

徐通鏘，1999，《語言論——語義型語言的結構原理和研究方法》，長春：東北師範大學出版社。

徐通鏘，2004，《漢語研究方法論初探》，北京：商務印書館。

徐國慶，1999a，《現代漢語詞彙系統論》，北京：北京大學出版社。

徐國慶，1999b，〈關於漢語詞彙層的研究〉，《北京大學學報》，第2期，P.44-47。

徐慧文，2004，〈漢語附加式構詞法淺析〉，《濱州師專學報》，第3

期，P.69-71。

馬貝加，2004，〈語法化過程中名詞的次類變換〉，《語言研究》，第4期，P.106-111。

馬伯樂撰、馮承鈞譯，1944，〈晚唐幾種語錄中的白話〉，《中國學報》，第1期，P.73-91。

馬清華，2003，〈漢語語法化問題的研究〉，《語言研究》，第2期，P.63-71。

桑春燕，2004，〈複合詞構詞類型辨析〉，《學語文》，第5期，P.42。

桑進林，2002，〈「驢唇不對馬嘴」考證〉，《語文月刊》，第2期，P.49-50。

殷志平，2002，〈數字式縮略語的特點〉，《漢語學習》，第2期，P.26-30。

殷孟倫，1981，〈談談漢語詞彙研究的斷代問題〉，《文史哲》，第2期，P.49-52。

桂詩春、寧春岩，1997，《語言學方法論》，北京：外語教學與研究出版社。

十一劃

越　之，1998，〈近代漢語詞彙史研究動態〉，《史林》，第2期，P.111-112。

麻天祥，1998，〈雲門改屬的道統之爭〉，《禪學研究》，第三集，P.31-35。

陳光磊，1994，《漢語詞法論》，上海：學林出版社。

陳明娥，2003，〈從敦煌變文看中近古漢語詞綴的新變化〉，《寧夏大學學報》，第4期，P.45-51。

陳明娥，2005，〈從敦煌變文多音詞看近代漢語複音化的趨勢〉，《敦煌學輯刊》，第1期，P.108-114。

陳坤德，1997，〈古漢語複音虛詞的產生與構成〉，《惠州大學學報》，第2期，P.75-80。

陳保亞，1999，《20世紀中國語言學方法論》，濟南：山東教育出版社。

陳秀蘭，2002，《敦煌變文詞彙研究》，成都：四川民族出版社。

陳寶條，1992，《國語構詞法舉例》，高雄：復文圖書出版社。

陳寶勤，1999，〈試論漢語語位造詞〉，《語文研究》，第1期，P.29-37、54。

陳寶勤，2002，《漢語造詞研究》，成都：巴蜀書社。

陳寶勤，2003，《漢語詞彙的生成與演化》，成都：四川大學文學與新聞學院博士論文。

陳衛蘭，1997，〈試論敦煌變文詞彙複音化的三個趨勢〉，《北方論叢》，第5期，P.98-101。

陳蘭香，1999，〈佛教詞語中的比喻造詞及其美質〉，《修辭學習》，第5期，P.14-15。

陳艷陽，2004，〈論「著」的語法化〉，《株洲師範高等專科學校》，第4期，P.109-111。

張　悅，2005，〈漢語詞彙複音化對漢語發展的影響〉，《廣西社會科學》，第6期，P.169-171。

張　斌，1998，《漢語語法學》，上海：上海教育出版社。

張子開、張琦，2008，〈禪宗語言的種類〉，《宗教學研究》，第4期，P.56-70。

張子開，2009，〈語錄體形成芻議〉，《武漢大學學報》，第5期，P.517-521。

張立民，2005，〈論語根造詞法〉，《赤峰學院學報》，第1期，P.4-7、67。

張永言，1982，《詞彙學簡論》，武昌：華中工學院出版社。

張永言、汪維輝，1995，〈關於漢語詞彙史研究的一點思考〉，《中國語文》，第6期，P.401-413。

張美蘭，1998，《禪宗語言概論》，臺北：五南圖書出版股份有限公司。

張美蘭，2001，《近代漢語語言研究》，天津：天津教育出版社。

張雲徽，2001，〈漢語簡稱的分類及其規範〉，《雲南民族學院學報》，第1期，P.92-96。

張道新，2004，〈縮略語的認知考察〉，《通化師範學院學報》，第3期，P.64-67。

張壽康，1985，《構詞法和構形法》，漢口：湖北教育出版社。

張慶云、張志毅，2001，《詞彙語義學》，北京：商務印書館。

張誼生，2006，〈「看起來」與「看上去」——兼論動趨式短語詞彙化的機制與動因〉，《世界漢語教學》，第3期，P.5-16。

張國一，2001，〈唐禪之人間性格研究〉，《鵝湖》，第26卷第10期，P.32-46。

張國一，2003，〈雲門文偃的心性思想〉，《鵝湖》，第28卷第12期，P.34-43。

張海沙，2005，〈雲門宗風與晚唐五代詩論〉，《學術研究》，第2

期，P.105-107。

張慧欣，2006，《王梵志詩雙音節副詞初探》，濟南：山東大學碩士論文。

張學忠、高桂珍，2006，〈影響構詞能力的語言因素探究〉，《吉林師範大學學報》，第6期，P.61-64。

張麗萍，2005，〈試論漢語詞彙複音化〉，《山東教育學院學報》，第5期，P.42-43。

張麗霞，2007，〈論漢語構詞的雙音化趨勢──從「兒」尾與「子」尾的使用頻率談起〉，《山東理工大學學報》，第3期，P.72-74。

陶小東，1990，〈詞綴意義辨析〉，《上海師範大學學報》，第4期，P.124-134。

曹小云，2005，《中古近代漢語語法詞彙叢稿》，合肥：安徽大學出版社。

曹小云，2005b，〈語法化理論與漢語歷史語法研究〉，《寧波大學學報》，第3期，P.70-75。

曹瑞鋒，2011，《《雲門匡真禪師廣錄》研究》，上海：上海大學博士論文。

曹廣順，2004，〈重疊與歸──漢語語法歷史發展中的一種特殊形式〉，《漢語史學報第四輯》，P.8-15。

郭楚江、周健，2005，〈類推造詞法對詞義的影響〉，《廣西社會科學》，第6期，P.167-168、178。

梅　廣，2003，〈迎接一個考證學和語言學結合的漢語語法史研究新局面〉，《古今通塞：漢語的歷史與發展》，臺北：中央研究院語言學研究所籌備處。

梅祖麟，1994，〈唐代、宋代共同語的語法和現代方言的語法〉，《中國境內語言暨語言學》，第2期，P.61-97。

許少峰，1997《近代漢語詞典》，北京：團結出版社。

許光烈、孫永蘭，1991，〈漢語詞彙雙音節化源流初探〉，《內蒙古民族師院學報》，第4期，P.57-60。

許茂琳，2008，〈覺妙地明雲門文偃　敲開心門〉，《禪天下》，第75期，P.117。

許威漢，2000，《二十世紀的漢語詞彙學》，太原：書海出版社。

許結玲，2006，〈古漢語單音複合化的成因探析〉，《現代語文》，第4期，P.52-53。

巢宗祺，1997，〈漢語語法構造的跨層次相似性〉，《華東師範大學學報》，第6期，P.89-91。

連金發，2000，〈構詞學問題探索〉，《漢學研究》，第18卷：特刊，P.61-78。

符淮青，1996a，《漢語詞彙學史》，合肥：安徽教育出版社。

符淮青，1996b，《詞義的分析和描寫》，北京：語文出版社。

解惠全，1997，〈關於虛詞複音化的一些問題〉，《語言研究論叢》，第七輯，北京：語文出版社。

畢慧玉，2006，〈論「許多」的成詞過程及時代〉，《黑龍江教育學院學報》，第1期，P.73-74。

陸儉明，2003，《漢語和漢語研究十五講》，北京：北京大學出版社。

梁光第，2006，〈論文化符號對構詞的影響〉，《現代語文》，第3期，P.23-24。

梁光華，1995，〈試論漢語詞彙雙音化的形成原因〉，《貴州文史叢刊》，第5期，P.50-55。

梁曉虹，1985，《漢魏六朝佛經意譯詞研究》，南京：南京師範大學中文所碩士論文。

梁曉虹，1991a，〈漢魏六朝譯經對漢語詞彙雙音化的影響〉，《南京師大學報》，第2期，P.73-78。

梁曉虹，1991b，〈漢譯佛經中的「比喻造詞」〉，《暨南學報》，第2期，P.119-122、136。

梁曉虹，1991c，〈佛經用詞特色雜議〉，《浙江師大學報》，第4期，P.98-101。

梁曉虹，1991d，《佛教詞語的構造與漢語詞彙的發展》，杭州：杭州大學中文所博士論文。

梁曉虹，1992a，〈佛教典籍與近代漢語口語〉，《中國語文》，第3期，P.225-230、234。

梁曉虹，1992b，〈論佛教與漢語詞彙〉，《書目季刊》，第62卷第3期，P.22-29。

梁曉虹，1992c，〈佛教與漢語〉，《中國語文通訊》，第19期，P.15-22。

梁曉虹，1994a，〈論佛教詞語對漢語詞彙寶庫的擴充〉，《杭州大學學報》，第4期，P.184-191。

梁曉虹，1994b，《佛教詞語的構造與漢語詞彙的發展》，北京：北京語言學院出版社。

梁曉虹，1998，〈禪宗典籍中「子」的用法〉，《古漢語研究》，第2期，P.51-55。

梁曉虹，2001，《佛教與漢語詞彙》，大樹：佛光出版社。

梁曉虹、徐時儀、陳五雲，2005，《佛經音義與漢語詞彙研究》，北京：商務印書館。

梁錦祥，1995，《語言學研究的通用方法》，廣州：廣東科技出版社。

十二劃

馮　英，1993，〈漢語語序變異及其原因〉，《雲南師範大學學報》，第6期，P.102-111。

馮　英，2005，〈複音詞的產生與複音詞的關係——漢藏語系語言詞彙複音化思考〉，《雲南師範大學學報》，第1期，P.108-112。

馮　英，2006，〈複音詞產生的動因與複音詞產生的條件——漢藏語系語言詞彙複音化思考〉，《雲南師範大學學報》，第2期，P.26-28。

馮春田，1991，《近代漢語語法問題研究》，濟南：山東教育出版社。

馮春田，1992a，〈魏晉南北朝時期某些語法問題探究〉，《魏晉南北朝漢語研究》，濟南：山東教育出版社，P.179-239。

馮春田，1992b，〈唐五代某些語法現象淺析〉，《隋唐五代漢語研究》，濟南：山東教育出版社，P.269-326。

馮春田，1995，〈唐宋禪宗文獻的「V似」結構〉，《山東社會科學》，第6期，P.94-97。

馮春田，2000，《近代漢語語法研究》，濟南：山東教育出版社。

馮勝利，1996，〈論漢語的「韻律詞」〉，《中國社會科學》，第1期，P.161-175。

馮勝利，1997，《漢語的韻律、詞法與句法》，北京：北京大學出版社。

馮勝利，2001，〈從韻律看漢語「詞」「語」分流之大界〉，《中國語文》，第1期，P.27-37。

馮學成，2008，《雲門宗史話》，廣州：南方日報出版社。

黃　征，2002，《敦煌語言文字學研究》，蘭州：甘肅教育出版社。

黃六平，2000，《漢語文言語法綱要》，臺北：華正出版社。

黃夏年，2002a，《禪宗三百題》，臺北：建安出版社。

黃夏年，2002b，〈禪宗研究一百年〉，《中國禪學》，第1卷，P.450-473。

黃啓江，1994，〈雲門宗與北宋叢林之發展〉，《大陸雜誌》，第89卷第6期，P.6-27。

黃繹勳，2006，〈論《祖庭事苑》之成書、版本與體例——以卷一之

《雲門錄》為中心〉，《佛教研究中心學報》，第12期，P.123-163。

黃繹勳，2011，《宋代禪宗辭書《祖庭事苑》之研究》，高雄：佛光文化事業有限公司。

彭永昭，1990，〈研究構詞法必須重視語義層面〉，《重慶師院學報》，第3期，P.76-81。

彭迎喜，1995，〈幾種新擬設立的漢語複合詞結構類型〉，《清華大學學報》，第2期，P.34-36。

湯廷池，1992，〈漢語述補式複合動詞的結構、功能與起源〉，《漢語詞法句法第四集》，臺北：學生書局。

湯廷池，2000，〈語言分析與詞彙教學〉，《人文及社會學科教學通訊》，第3期，P.133-156。

曾普信，1961，〈雲門和尚的公案〉，《臺灣佛教》，第15卷第12期，P.7-9。

曾普信，1967，〈雲門和尚的禪機〉，《獅子吼》，第6卷第2期，P.10-11。

賀國偉，2003，《漢語詞語的產生與定型》，上海：上海辭書出版社。

程　東、薛　冬，1993，《雲門宗門禪——歷代禪師絕世奇行錄》，臺北：躍昇出版社。

程湘清，1992a，〈變文雙音詞研究〉，《隋唐五代漢語研究》，濟南：山東教育出版社，P.1-132。

程湘清，1992b，〈漢語史斷代專書研究方法論〉，《宋元明漢語研究》，濟南：山東教育出版社，P.1-18。

傅遠碧，1995，〈應將造詞法與構詞法區分開來〉，《綿陽師專學報》，第2期，P.75-76。

〔日〕椎名宏雄，1982，〈《雲門廣錄》との抄錄本の系統〉，《宗學研究》，第24期，P.190-196。

〔瑞士〕費爾迪南・德・索緒爾（Ferdinand de Saussure），1985，《普通語言學教程》，臺北：弘文館出版社。

十三劃

楊　琳，1995，〈漢語詞彙複音化新探〉，《煙臺大學學報》，第4期，P.90-95。

楊玉玲，2005，〈漢語「語法化」研究綜述〉，《語文學刊》，第5期，P.71-74。

楊世鐵，2003，〈漢語新詞造詞法研究〉，《集寧師專學報》，第3期，P.19-30。

楊成虎，2002，〈語法化理論與語法隱喻的差異分析〉，《福建外語》，第1期，P.21-25。

楊成凱，1996，《漢語語法理論研究》，瀋陽：遼寧教育出版社。

楊伯峻、何樂士，1992，《古漢語語法及其發展》，北京：語文出版社。

楊曾文，1998，〈雲門文偃及其禪法思想〉，《1992年佛學研究論文集》，P.75-98。

楊曾文，1999，《唐五代禪宗史》，北京：中國社會科會出版社。

楊愛姣，2000，〈近代漢語三音節發展原因試析〉，《武漢大學學報》，第4期，P.568-571。

楊雅筑，2003，〈雲門三句及其論詩析探〉，「第十四屆佛學論文聯合發表會」，新竹：玄奘大學。

楊錫彭，2002，〈論複合詞結構的語法屬性〉，《南京大學學報》，第1期，P.155-160。

楊錫彭，2003，《漢語語素論》，南京：南京大學出版社。

董　琨，1985，〈漢魏六朝佛經所見若干新興語法成分〉，《研究生論文選集·語言文字分冊》，南京：江蘇古籍，P.114-128。

董秀芳，1998a，〈重新分析與「所」字功能的發展〉，《古漢語研究》，第3期，P.50-55。

董秀芳，1998b，〈古漢語中的後置詞「所」——兼論古漢語中表方位的後置詞系統〉，《四川大學學報》，第2期，P.108-112。

董秀芳，2000，〈動詞性並列式複合詞的歷時發展特點與詞化程度的等級〉，《河南師範大學學報》，第1期，P.57-63。

董秀芳，2002，《詞彙化：漢語雙音詞的衍生和發展》，成都：四川民族出版社。

董秀芳，2003，〈論「X著」的詞彙化〉，《語言學論叢》，第二十八輯，P.138-151。

董秀芳，2004a，《漢語的詞庫與詞法》，北京：北京大學出版社。

董秀芳，2004b，〈「是」的進一步語法化：由虛詞到詞內成分〉，《當代語言學》，第1期，P.35-44。

董秀芳，2007a，〈詞彙化與話語標記的形成〉，《世界漢語教學》，第1期，P.50-61。

董秀芳，2007b，〈從詞彙化的角度看粘合式動補結構的性質〉，《語言科學》，第1期，P.40-47。

董志翹，2004，〈漫議21世紀中古、近代漢語詞彙研究〉，《21世紀的中國語言學㈠》，P.70-77。

董為光，2002，〈稱謂表達與詞綴「老」的虛化〉，《語言研究》，第1期，P.66-71。

董學軍，2003，〈漢語詞彙語法化原因探析〉，《臺洲學院學報》，第4期，P.47-49。

董繼敏、趙步東，1996，〈漢語詞彙中「兒」應否看成語素〉，《松江學刊》，第2期，P.88-92。

萬　毅，2006，〈雲門宗法脈歸屬問題試探——文偃與南嶽懷讓系禪師的淵源〉，《中山大學學報》，第46卷第5期，P.27-32。

萬　毅，2007，〈雲門文偃的禪學思想〉，《現代哲學》，第1期，P.118-122。

萬獻初，2004，《漢語構詞論》，武漢：湖北人民出版社。

葛本儀，2001，《現代漢語詞彙學》，濟南：山東人民出版社。

葛兆光，1989，《禪宗與中國文化》，臺北：東華出版社。

溫金玉，1995，〈雲門文偃禪法述評〉，《中華文化論壇》，第4期，P.96-100。

雷漢卿，2010，《禪籍方俗詞研究》，成都：巴蜀書社。

雷漢卿，2013，〈說「茶信」、「金字茶」〉，《中國訓詁學報》，第2輯，P.151-156。

〔日〕鈴木哲雄，1984，〈雲門文偃と南漢〉，《印度學佛教學研究》，第33卷第1期，P.90-95。

〔日〕鈴木大拙、謝思煒譯，1992，《禪學入門》，臺北：桂冠出版社。

〔日〕新野光亮，1977，〈《雲門匡真禪師広錄》の現成について〉，《宗教學研究》，第51卷：第3期。

十四劃

榮　晶，2000，〈漢語語法構詞的困惑〉，《新疆大學學報》，第2期，P.95-99。

趙　軍，1996，〈詞彙功能語法〉，《語言文字應用》，第4期，P.104-108。

趙元任，1991，《國語語法——中國話的文法》，臺北：學海出版社。

趙克勤，1994，《古代漢語詞彙學》，北京：商務印書館。

十五劃

魯　六，2006，〈談古漢語複音詞的判斷標準〉，《中州學刊》，第5期，P.294-296。

劉　禾，1988，〈談古代漢語幾種詞源造詞法〉，《東北師大學報》，第4期，P.100-105。

劉　利，2004，〈「不過」的詞彙化問題補議〉，《陝西師範大學學報》，第5期，P.100-102。

劉　杰，2004，〈縮略語的詞化〉，《阜陽師範學院學報》，第2期，P.74-75。

劉　堅、曹廣順、吳福祥，1995，〈論誘發漢語詞彙語法化的若干因素〉，《中國語文》，第3期，P.161-169。

劉　萍，1999，〈縮略詞語基本原則探析〉，《鞍山師範學院學報》，第2期，P.63-66。

劉　順，2004，〈語法和詞彙關係的共時與歷時透視〉，《河北大學學報》，第1期，P.29-31。

劉　慧，2001，〈唐五代時期的詞尾「頭」〉，《江蘇教育學院學報》，第2期，P.61-64。

劉乃叔，1998，〈探尋「內部形式」是研究漢語造詞法的又一途徑〉，《吉林師範學院學報》，第2期，P.23-25。

劉力堅，2005，〈複合詞造詞材料的語素化問題〉，《浙江師範大學學報》，第4期P.20-24。

劉志生，2000，〈論近代漢語詞綴「生」的用法及來源〉，《長沙電力學院學報》，第2期，P.108-110。

劉金勤，2002，〈「取」的語法化認知分析〉，《語言分析》，特刊，P.129-131。

劉叔新1961〈論詞彙體系問題——與黃景欣同志商榷〉，《中國語文》，3月，P.203-213。

劉叔新，1990a，《漢語描寫詞彙學》，北京：商務印書館。

劉叔新，1990b，〈複合詞結構的詞彙屬性——兼論語法學、詞彙學同構詞法的關係〉，《中國語文》，第4期，P.241-247。

劉叔新，1996，《語法學探微》，天津：南開大學出版社。

劉承慧，1995，《漢語述賓結構之早期發展——戰國到西晉時期》，臺北：國科會專題研究成果報告。

劉承慧，1998，《西晉佛經語詞研究（I）竺法護譯經中的語詞》，臺北：國科會專題研究成果報告。

劉承慧，2000，〈古漢語動詞的複合化與使成化〉，《漢學研究》，第18卷：特刊，P.231-260。

劉承慧、魏培泉，2003，〈古漢語實詞的複合化〉，《古今通塞：漢語的歷史與發展》，臺北：中央研究院語言學研究所籌備處。

劉桂芳、劉長金，1987，〈試談詞的發展〉，《松遼學刊》，第3期，P.34-38、40。

劉桂芳、劉長金，1988，〈試談詞的發展（續）〉，《松遼學刊》，第3期，P.105-109。

劉俊莉，2006，〈句式功能義的詞彙化例談〉，《長江學術》，第2期，P.173-176。

劉開驊，2004，〈中古漢語的並列式雙音副詞〉，《煙臺師範學院學報》，第1期，P.57-62。

劉瑞明，2006，〈也説複合詞的深層結構和表層結構及其理據性〉，《隴東學院學報》，第4期，P.1-5。

劉稟誠、胡衍錚，2006a，〈縮略構詞中的辯證法〉，《井岡山學院學報》，第3期，P.34-38。

劉稟誠、胡衍錚，2006b，〈不對稱和對稱：漢語新詞構詞的重要途徑〉，《重慶郵電學院學報》，第3期，P.405-408。

劉鳳嶺，1994，〈漢語詞化的構想〉，《中文信息》，第1期，P.60。

劉緒湖，1998，〈近代漢語詞尾功能示例〉，《烏魯木齊成人教育學院學報》，第1期，P.32-36。

劉輝修，2003，〈詞彙空缺現象的認知和歷時解釋〉，《衡陽師範學院學報》，第4期，P.126-128。

劉曉紅，1997，〈漢語複音詞的意義分析問題〉，《邢臺師範高專學報》，第2期，P.84-87。

劉曉梅，2003，〈當代漢語新詞語造詞法的考察〉，《暨南大學華文學院學報》，第4期，P.59-65。

劉曉然，2006，〈漢語量詞短語的詞彙化〉，《語言研究》，第1期，P.103-106。

劉蘭民，2001，〈試論漢民族傳統思維方式對漢語造詞的影響〉，《漢字文化》，第3期，P.36-37。

鄭湧，2010a，〈言為心聲不由擬議（上）——記雲門「日日是好日」〉，《海潮音》，第91卷第7期，P.33-35。

鄭湧，2010b，〈言為心聲不由擬議（下）——記雲門「日日是好日」〉，《海潮音》，第91卷第8期，P.31-34。

鄭定歐，1999，《詞彙語法理論與漢語句法研究》，北京：北京語言文

化大學出版社。

潘允中，1989，《漢語詞彙史概要》，上海：上海古籍出版社。

潘文國、葉步青、韓洋，1993，《漢語的構詞法研究》，臺北：學生書局。

黎良軍，1995，《漢語詞彙語義學論》，桂林：廣西師範大學出版社。

蔣宗許，2004，〈論中古漢語詞尾〉，《古漢語研究》，第2期，P.72-76。

蔣紹愚，1989a，〈關於漢語詞彙系統及其發展變化的幾點想法〉，《中國語文》，第1期，P.45-52。

蔣紹愚，1989b，《古漢語詞彙綱要》，北京：北京大學出版社。

蔣紹愚，1991，〈詞彙和語法的關係〉，《王力先生紀念論文集》，P.392-406。

蔣紹愚，1993，〈關於近代漢語研究的幾點想法〉，《中國語文研究四十年紀念文集》，P.242-248。

蔣紹愚，1994，《近代漢語研究概況》，北京：北京大學出版社。

蔣紹愚，1995，〈內部構擬法在近代漢語語法研究中的運用〉，《中國語文》，第3期，P.191-194、220。

蔣紹愚，1998，〈近十年間近代漢語研究的回顧與前瞻〉，《古漢語研究》，第4期，P.37-44。

蔣紹愚，1999，〈抽象原則和臨摹原則在漢語語法史中的體現〉，《古漢語研究》，第4期，P.2-5。

蔣紹愚，2000，《漢語詞彙語法史論文集》，北京：商務印書館。

蔣冀騁，1989，〈近代漢語詞彙研究的進一步科學化〉，《中國語言學發展方向》，P.188-196。

蔣冀騁、吳福祥，1997，《近代漢語綱要》，長沙：湖南教育出版社。

樂晉霞，2006，〈詞彙變異的途徑及其規範原則〉，《洛陽師範學院學報》，第3期，P.108-110。

十六劃

駱曉平，1990，〈魏晉六朝漢語詞彙雙音化傾向三題〉，《古漢語研究》，第4期，P.1-11、94。

錢乃榮，1995，《漢語語言學》，北京：北京語言學院出版社。

戴浩一，2007，〈中文構詞與句法概念結構〉，《華語文教學研究》，第4卷第1期，P.1-30。

盧烈紅，2002，〈佛教獻中「何」系疑問代詞的興替演變〉，《漢文佛

典語言學國際學際研討會》，嘉義：中正大學。

十七劃

謝米納斯，1995，〈漢語中同義詞詞彙化的問題〉，《呼蘭師專學報》，第4期，P.44-47。

謝・葉・雅洪托夫，1986，〈七至十三世紀的漢語書面和口語〉，《語文研究》，第4期，P.56-61。

謝　軍、周健，2004，〈詞彙空缺現象與翻譯〉，《湖南師範大學學報》，第5期，P.98-100。

謝　暉，2004，〈漢語詞綴的特徵〉，《湖北廣播電視大學學報》，第5期，P.37-40。

謝紀鋒，2011，《漢語聯綿詞詞典》，北京：外語教學與研究出版社。

韓陳其，2002，《漢語詞彙論稿》，南京：江蘇古籍出版社。

薄守生，2005，〈詞彙的層次地位和詞彙研究散論〉，《北華大學學報》，第2期，P.40-44。

魏達純，1997，〈從《顏氏家訓》看修辭手段在魏晉六朝複音詞構成中的重要作用〉，《康定學刊》，第2期，P.47-52。

儲泰松，2002，〈「和尚」的語源及其形義的演變〉，《語言研究》，第1期，P.83-93。

儲澤祥、謝曉明，2002，〈漢語語法化研究中應重視的若干問題〉，《當代語言學》，第3期，P.225-236。

十八劃

蕭　玫，1998，〈雲門文偃的禪法〉，《宗教與心靈改革研討會論文集》，P.276-300。

魏達純，2004，《近代漢語簡論》，廣州：高等教育出版社。

〔日〕鎌田茂雄，1987，《簡明中國佛教史》，臺北：谷風出版社。

十九劃

譚汝為，2003，〈內部形式、構詞理據和流俗詞源〉，《浙江樹人大學學報》，第6期，P.54-57。

關世謙，1988，《中國禪宗史》，臺北：東大出版社。

二十劃

嚴　明、吳　勇，2004，〈動趨結構詞化傾向芻議〉，《武漢職業技術學院學報》，第1期，P.52-56。

蘇欣郁，2002，《雲門文偃禪學研究》，臺北：國立臺灣師範大學國文研究所碩士論文。

蘇新春，1990，〈漢語雙音詞化的根據和動因〉，《廣州師院學報》，第4期，P.58-65。

蘇新春，1991，〈漢語詞彙結構的具象性和辯證性〉，《江西師範大學學報》，第3期，P.92-97。

蘇新春，1994，〈當代漢語詞彙研究的大趨勢——詞義研究〉，《廣東教育學院學報》，第1期，P.38-42。

蘇新春，1995，《當代中國詞彙學》，廣州：廣東教育出版社。

蘇新春，2001，〈漢語詞彙定量研究的運用及其特點〉，《廈門大學學報》，第4期，P.135-142。

蘇新春，2003，〈當代漢語外來單音語素的形成與提取〉，《中國語文》，第6期，P.549-558。

蘇新春，2004，〈漢語詞彙研究需要開闊的視野與歷史縱深感〉，《二十世紀漢語詞彙學著作提要・論文索引》，P.1-6。

蘇新春、蘇寶榮，2004，《詞彙學理論與應用(二)》，北京：商務印書館。

釋證源，1992，《雲門宗宗風之研究》，香港：能仁學院哲學研究所碩士論文。

二十一劃

顧　陽、沈　陽，2001，〈漢語合成複合詞的構造過程〉，《中國語文》，第2期，P.122-133。

蘭賓漢，2002，《漢語語法分析的理論與實踐》，北京：中國社會科學出版社。

二十三劃

龔　隽，2006，《禪史鉤沉：以問題為中心的思想史論述》，北京：三聯書店。

二、英文

Elly van, Gelderen.2004. *Grammaticalization as Economy.* Amsterdam Philadelphia: John Benjamins Pub.

Heine,Bernd Ulrike Claudi, & Friederike Hunnemeyer.1991. *Grammaticalization: a Conceptual Framework.* Chicago: University of Chicago Press.

Hopper, Paul J.1993. *Grammaticalization.* New York: Cambridge University Press.

Le-Ning ,Liu.1996. *The Grammaticalization of Chinese Conjunctive adverbs.* Ann Arbor, Mich.: UMI.

Ronald W.Langacker.2003. *Constructional Integration, Grammaticization, and Serial Verb Constructions.* Language and Linguistics 4.2: 251-278.

Lin, Yen-Hwei.2002. Chinese Affixal Phonology——Some Analytical and Theoretical Issues, 第八屆中國境內語言暨語言學研討會。

Urs,App 1989 《Facets of the Life and Teaching of Chan Master Yunmen Wenyan (864-949)》，Ph.D.dissertation for Temple University.

Urs ,App 1991 〈The Making of a Chan Record: Reflections on the History of the Records of Yunmen〉，《禪文化研究所紀要》，第17號，P.72-79。

Xiu-Zhi Zoe Wu.2004. *Grammaticalization and Language Change in Chinese: a Formal View.* London: RoutledgeCurzon.

Xing Janet Zhiqun.2003. *Grammaticalization of Verbs in Mandarin Chinese.* Muenchen: Lincom Europa.

附錄　禪宗語言研究成果（西元1944-2016）

1. 馬伯樂撰、馮承鈞譯，1944，〈晚唐幾種語錄中的白話〉，《中國學報》，第1期，P.73-91。
2. 高名凱，1948，〈唐代禪家語錄所見的語法成分〉，《高名凱語言學論文集》，北京：商務印書館，P.135-163。
3. 楊聯陞，1982，〈禪宗語錄中之「聻」〉，《清華學報》，第1期，P.299-306。
4. 孫錫信，1983，〈《祖堂集》中的疑問代詞〉，《語文論叢》，上海：上海教育。
5. 蔣紹愚，1985，〈《祖堂集》詞語試釋〉，《中國語文》，第2期，P.142-147。
6. 郝慰光，1985，《唐朝禪宗語錄語法分析》，輔仁大學語言學研究所碩士論文。
7. 曹廣順，1986，〈《祖堂集》中與語氣助詞「呢」有關的幾個助詞〉，《語言研究》，第2期，P.115-122。
8. 曹廣順，1986，〈《祖堂集》中的「底（地）」「卻（了）」「著」〉，《中國語文》，第3期，P.192-203。
9. 袁　賓，1986，〈《五燈會元》詞語釋義〉，《中國語文》，第5期，P.377-380。
10. 伍　華，1987，〈論《祖堂集》中以「不、否、無、摩」收尾的問句〉，《中山大學》，第4期，P.80-89。
11. 袁　賓，1987，〈《五燈會元》口語詞探義〉，《中國語文》，第5期，P.125-134。
12. 袁　賓，1988，〈禪宗著作裡的口語詞〉，《語文月刊》，第7期，P.11-12。
13. 袁　賓，1989，〈《祖堂集》被字句研究〉，《中國語文》，第1期，P.53-61。
14. 常　青，1989，〈《祖堂集》副詞「也」「亦」的共用現象〉，《天津師大學報》，第1期，P.78-80。
15. 袁　賓，1989，〈再談禪宗語錄中的口語詞〉，《語文月刊》，第3期，P.12-13。
16. 李崇興，1990，〈《祖堂集》中的助詞「去」〉，《中國語文》，第1期，P.71-73。
17. 袁　賓，1990，〈《五燈會元》口語詞選釋〉，《漢語論叢》，第1

　　　　　期，P.173-186。

18. 李思明，1990，〈《祖堂集》、《五燈會元》中的指示代詞「與摩」
　　　　　與「恁摩」〉，《安徽廣播電視大學學報》，第1期。

19. 高增良，1990，〈《六組壇經》所見的語法成分〉，《語文研究》，
　　　　　第4期，P.33-38。

20. 袁　賓，1990，《禪宗著作詞語彙釋》，蘇州：江蘇古籍出版社。

21. 李思明，1991，〈《祖堂集》中「得」字的考察〉，《古漢語研
　　　　　究》，第3期，P.88-91。

22. 袁　賓，1991，〈禪宗著作詞語釋義〉，《中國語言學報》，第4
　　　　　期，P.174-184。

23. 呂幼夫，1992，〈《祖堂集》詞語選釋〉，《遼寧大學學報》，第2
　　　　　期，P.46-48。

24. 劉忠信，1992，〈《祖堂集》中的隱名代詞〉，《鎮江師專學報》，
　　　　　第2期，P.48-50。

25. 劉　利，1992，〈《祖堂集》動詞補語管窺〉，《徐州師範學院學
　　　　　報》，第3期，P.61-65。

26. 袁　賓，1993，《禪宗詞典》，武漢：湖北人民出版社。

27. 曹小云，1993，〈《〈祖堂集〉被字句研究》，商補〉，《中國語
　　　　　文》，第5期，P.389-390。

28. 〔日〕入矢義高撰、李壯鷹譯，1994，〈禪宗語錄的語言與文體〉，
　　　　　《俗語言研究》，第1期，P.4-18。

29. 歐陽宜璋，1994，《《碧巖集》的語言風格研究——以構詞法為中
　　　　　心》，新店：圓明出版社。

30. 馮淑儀，1994，〈《敦煌變文集》和《祖堂集》的形容詞、副詞詞
　　　　　尾〉，《語文研究》，第1期，P.17-26。

31. 刁晏斌，1994，〈《祖堂集》正反問句探析〉，《俗語言研究》，第
　　　　　1期，P.29-33。

32. 段觀宋，1994，〈《五燈會元》俗語言詞選釋〉，《俗語言研究》，
　　　　　第1期，P.34-37。

33. 劉凱鳴，1994，〈《五燈會元》詞語補釋〉，《俗語言研究》，第1
　　　　　期，P.38-40。

34. 曲彥斌，1994，〈關於禪籍俗語言的民俗語源問題〉，《俗語言研
　　　　　究》，第1期，P.101-107。

35. 潘重規，1994，〈敦煌寫本六祖壇經中的「獦獠」〉，《中國文
　　　　　化》，第9期，P.162-165。

36. 于　谷，1995，《禪宗語言和文獻》，南昌：江西人民出版社。

37. 馮春田，1995，〈試說《祖堂集》、《景德傳燈錄》「作麼（生）」與「怎麼（生）」之類詞語〉，《俗語言研究》，第2期，P.23-28。

38. 闞緒良，1995，〈《五燈會元》裡的「是」字選擇問句〉，《語言研究》，第2期，P.167-169。

39. 張育英，1995，〈談禪宗語言的模糊性〉，《蘇州大學學報》，第3期，P.93-95。

40. 滕志賢，1995，〈《五燈會元》詞語考釋〉，《古漢語研究》，第4期，P.90-91。

41. 鮑鵬山，1995，〈語言之外的終極肯定——談禪宗的語言觀〉，《江淮論壇》，第4期，P.107-112。

42. 馮春田，1995，〈唐宋禪宗文獻的「V似」結構〉，《山東社會科學》，第6期，P.94-97。

43. 宋寅聖，1996，《《祖堂集》虛詞研究》，中國文化大學中國文學研究所博士論文。

44. 張美蘭，1996，〈論《五燈會元》中同形動量詞〉，《南京師大學報》，第1期，P.109-113。

45. 李壯鷹，1996，〈禪語解讀——「頭白」與「頭黑」〉，《北京師大學學報》，第2期，P.49-55。

46. 宋寅聖，1996，〈《祖堂集》所見唐五代口語助詞研究〉，《華岡研究學報》，第3期，P.1-30。

47. 入矢義高，1996，〈禪語片談〉，《俗語言研究》，第3期，P.30-52。

48. 段觀宋，1996，〈禪籍俗語詞零札〉，《俗語言研究》，第3期，P.53-54。

49. 邢東風，1996，〈禪宗言語問題在禪宗研究中的位置〉，《俗語言研究》，第3期，P.110-118。

50. 劉瑞明，1996，〈禪籍詞語校釋的再討論〉，《俗語言研究》，第3期，P.152-164。

51. 祖生利，1996，〈《景德傳燈錄》的三種複音詞研究〉，《古漢語研究》，第4期，P. 61-65。

52. 張美蘭，1996，〈禪宗語錄中的數字語〉，《文教資料》，第6期，P.98-104。

53. 張雙慶，1996，〈《祖堂集》所見泉州方言詞彙〉，《第四屆國際閩方言研討會論文集》，汕頭：汕頭大學。

54. 王錦慧，1997，《敦煌變文與《祖堂集》疑問句比較研究》，臺灣師

範大學國文研究所博士論文。

55. 王立文、蕭麗華，1997〈《六組壇經》的語言藝術與思考方法〉，《人文與管理學報》，第1期，P.39-54。

56. 張新民，1997，〈敦煌寫本《壇經》「獦獠」辭義新解〉，《貴州大學學報》，第3期，p.84-88。

57. 張美蘭，1997，〈《五燈會元》詞語二則〉，《古漢語研究》，第4期，P.30。

58. 段觀宋，1997，〈禪籍詞語校釋辯〉，《俗語言研究》，第4期，P.121-1，28。

59. 王錦慧，1997，〈敦煌變文與《祖堂集》「甚」、「甚（什）摩」用法之比較〉，《中國學術年刊》，第18期，P.448-469。

60. 張美蘭，1998，《禪宗語言概論》，臺北：五南圖書出版股份有限公司。

61. 盧烈紅，1998，《《古尊宿語要》代詞助詞研究》，武昌：武漢大學出版社，。

62. 具熙卿，1998，《宋代禪宗語錄被動式語法研究──以被字句、為字句為例》，政治大學碩士論文。

63. 武振玉，1998，〈試析《五燈會元》中的是非問句與選擇問句〉，《長春大學學報》，第2期，P.22-25。

64. 梁曉虹，1998，〈禪宗典籍中「子」的用法〉，《古漢語研究》，第2期，P.51-55。

65. 歐陽駿鵬，1998，〈禪宗語言障文字障的修辭學分析〉，《雲夢學刊》，第2期，P.73-74。

66. 歐陽駿鵬，1998，〈不得體的得體──以禪宗言語交際為例〉，《遼寧師範大學學報》，第3期，P.57-59。

67. 梁曉虹，1998，〈禪宗詞語辨析(一)〉，《禪學研究》，第3輯，P.209-214。

68. 盧烈紅，1998，〈《古尊宿語要》的近指代詞〉，《武漢大學學報》，第5期，P.97-103。

69. 王錦慧，1998，〈《祖堂集》繫詞「是」用法探究〉，《中國學術年刊》，第19期，P.637-658。

70. 劉勛寧，1998，〈《祖堂集》「去」和「去也」方言證〉，《古漢語語法論集》，北京：語文出版社，P.674-683。

71. 劉勛寧，1998，〈《祖堂集》反覆問句的一項考察〉，《現代漢語研究》，北京：北京語言文化大學，P.150-162。

72. 袁津琥，1999，〈《祖堂集》中的俗語源〉，《綿陽師院高等專科學

校學報》，第1期，P.45-53。

73. 周裕楷，1999，《禪宗語言》，杭州：浙江人民出版社。

74. 李廣明，1999，〈從天水方言看禪語錄中「麼羅」、「狼藉」詞義──兼論漢語詞「梵漢雙源」現象〉，《唐都學刊》，第1期，P.57-58、52。

75. 具熙卿，1999，〈《五燈會元》、《碧嚴集》、《景德傳燈錄》中所見的被字句分析〉，《中文研究學報》，第2期，P.21-35。

76. 徐默凡，1999，〈禪宗語言觀的現代語言學解釋〉，《華夏文化》，第2期，P.35-36。

77. 盧烈紅，1999，〈《古尊宿語要》的旁指代詞〉，《古漢語研究》，第3期，P.12-14。

78. 黃靈庚，1999，〈《五燈會元》詞語札記〉，《浙江師大學報》，第3期，P.22-26。

79. 張美蘭，1999，〈《五燈會元》詞語二則〉，《古漢語研究》，第4期，P.30。

80. 袁津琥，1999，〈《祖堂集》中的俗語源（續）〉，《綿陽師院高等專科學校學報》，第6期，P.40-42。

81. 徐時儀，2000，〈密禪二宗語言觀探論〉，《中華文化論壇》，第1期，P.97-104。

82. 周裕鍇，2000，〈以俗為雅：禪籍俗語言對宋詩的滲透與啟示〉，《四川大學學報》，第3期，P.73-79。

83. 周碧香，2000，《《祖堂集》句法研究──以六項句式為主》，中正大學博士論文。

84. 郭維茹，2000，《句末助詞「來」、「去」：禪宗語錄之情態體系研究》，臺灣大學碩士論文。

85. 王文杰，2000，《《六祖壇經》虛詞研究》，中正大學碩士論文。

86. 疏志強，2000，〈淺析禪宗語言的「言有所為」現象〉，《修辭學習》，第4期，P.46-47。

87. 段觀宋，2000，〈禪籍中「得」的用法〉，《長沙電力學院學報》，第4期，P.103-105。

88. 黃秀琴，2000，〈試論唐代禪宗詩偈語言表達方式的轉變──言外見意〉，《嶺東學報》，第11期，P.228-257。

89. 郭維茹，2000，〈試論禪宗語錄反映的情態體系〉，《中國文學研究》，第14期，P.223-247。

90. 王錦慧，2000，〈《祖堂集》「得」字句用法探究：兼論「得」字句的演變〉，《中國學術年刊》，第21期，P.491-554。

91. 李斐雯，2001，《《景德傳燈錄》疑問句研究》，成功大學碩士論文。

92. 邢東風，2001，〈禪宗語言研究管窺〉，《世界宗教文化》，第1期，P.40。

93. 段觀宋，2001，〈禪宗語錄疑難詞語考釋〉，《東莞理工學院學報》，第1期，P.52-55。

94. 武振玉，2001，〈《五燈會元》中的是非問句與選擇問句初探〉，《陝西師範大學繼續教育學報》，第1期，P.56-58。

95. 祖生利，2001，〈《景德傳燈錄》中的支配式和主謂式複音詞淺析〉，《西藏民族學院學報》，第1期，P.76-78。

96. 袁　賓，2001，〈「囉囉哩」考（外五題）〉，《中國禪學》，第1卷，P.309-323。

97. 陳年高，2001，〈敦博本《壇經》的人稱代詞〉，《淮陰師範學院學報》，第2期，P.269-274。

98. 祖生利，2001，〈《景德傳燈錄》中的補充式複音詞〉，《渭南師範學院學報》，第3期，P.16-19。

99. 袁津琥，2001，〈《祖堂集》釋詞〉，《古漢語研究》，第4期，P.65。

100. 祖生利，2001，〈《景德傳燈錄》中的偏正式複音詞〉，《古漢語研究》，第4期，P.78-82。

101. 王景丹，2001，〈《祖堂集》中「將」字句研究〉，《殷都學刊》，第4期，P.86-88。

102. 陸永峰，2001，〈禪宗語言觀及其實踐〉，《揚州大學學報》，第6期，P.32-35。

103. 王文杰，2002，〈《祖堂集》中的「以」字句〉，《漢文佛典語言學國際學術研討會》，嘉義：中正大學。

104. 張美蘭，2002，〈《祖堂集》語言的構成因素〉，《漢文佛典語言學國際學術研討會》，嘉義：中正大學。

105. 王錦慧，2002，〈從禪宗語錄看事態助詞「去」的用法與產生〉，《漢文佛典語言學國際學術研討會》，嘉義：中正大學。

106. 歐陽宜璋，2002，〈「趙州無」的語言符號解讀〉，《漢文佛典語言學國際學術研討會》，P.1-23。

107. 魏培泉，2002，〈《祖堂集》中的助詞「也」——兼論現代漢語助詞「了」的來源〉，《第三屆海峽兩語法史研討會》，臺北：中央研究院。

108. 歐陽宜璋，2002，〈趙州公案語言的主位推移與問答結構分析〉，

《第一屆漢傳佛教學術研討會》，中壢：中央大學。

109. 王錦慧，2002，〈從禪宗語錄看事態助詞「來」的用法與產生〉，《第一屆漢傳佛教學術研討會》，中壢：中央大學。

110. 王錦慧，2002，〈禪宗語錄中的句末助詞「來」〉，《含章光化——戴璉璋先生七秩哲誕論文集》，P.579-626。

111. 馮淑儀，2002，〈《敦煌變文集》和《祖堂集》的詞綴研究〉，《漢語史論文集》，武漢：武漢出版社，P.165-192。

112. 林永澤，2002，〈《祖堂集》中表示動作完成的幾種格式〉，《漢語史論文集》，武漢：武漢出版社，P.389-413。

113. 方立天，2002，〈禪宗的「不立文字」語言觀〉，《中國人民大學學報》，第1期，P.34-44。

114. 張美蘭，2002，〈《祖堂集》語言研究概述〉，《中國禪學》，第1卷，北京：中華，P.332-342。

115. 張子開，2002，〈敦煌寫本《六祖壇經》中的修辭〉，《綏化師專學報》，第2期，P.50-54。

116. 祖生利，2002，〈《景德傳燈錄》中的聯合式複音詞〉，《古漢語研究》，第3期，P.58-63。

117. 金軍鑫，2002，〈禪宗語言的幾個特點〉，《修辭學習》，第4期，P.16-17。

118. 鞠彩萍，2002，〈試析《祖堂集》中的「了」字句〉，《貴陽金筑大學學報》，第4期，P.74-76。

119. 蕭蘭萍，2002，〈唐宋禪宗語錄中的隱性選擇疑問句式初探〉，《漢語史研究集刊》，第5輯，P.442-447。

120. 周碧香，2002，〈隋唐五代漢文佛典中的助詞「個」〉，《圓光佛學學報》，第7期，P.171-212。

121. 雷漢卿，2002，〈禪籍口語同義詞略說〉，《中國俗文化研究國際學術研討會》，P.80-95，成都：四川大學中國俗文化研究所。

122. 譚　偉，2002，〈《祖堂集》語詞考釋〉，《中國俗文化研究國際學術研討會》，P.244-252，成都：四川大學中國俗文化研究所。

123. 張美蘭，2003，《《祖堂集》語法研究》，北京：商務印書館。

124. 林曉莉，2003，《《景德傳燈錄》同義名詞研究》，四川大學碩士論文。

125. 蕭蘭萍，2003，《唐宋禪宗語錄特指問句研究》，四川大學碩士論文。

126. 李濤賢，2003，《禪宗俗諺初探》，四川大學碩士論文。

127. 胡芬娜，2003，《敦煌變文與《祖堂集》詞彙比較研究》，南京大學碩士論文。

128. 張美蘭，2003，《祖堂集》判斷句研究〉，《漢學研究通訊》，第1期，P.1-11。

129. 王景丹，2003，〈《祖堂集》的「何」及其語體色彩〉，《古漢語研究》，第1期，P.48-52。

130. 郭玉生，2003，〈論禪宗語言對宋詩語言藝術的影響——從英美新批評理論的角度考察〉，《寧夏社會科學》，第1期，P.108-111。

131. 雷漢卿，2003，〈禪籍口語同義詞略說〉，《中國俗文化研究》，第1期，P.136-148。

132. 譚　偉，2003，〈《祖堂集》字詞考釋〉，《南京師範大學文學院學報》，第1期，P.148-151。

133. 歐陽俊鵬，2003，〈禪宗語言觀初探〉，《船山學刊》，第2期，P.79-81。

134. 張美蘭，2003，〈《祖堂集》祈使句及其指令行為的語力級差〉，《清華大學學報》，第2期，P.88-95。

135. 徐時儀，2003，〈禪宗語錄中「囉囉哩」語探源〉，《中國禪學》，第2卷，P.328-331。

136. 張美蘭，2003，〈從《祖堂集》問句看中古語法對其影響〉，《語言科學》，第3期，P.80-91。

137. 蕭蘭萍，2003，〈唐宋禪宗語錄特指問句末尾的「來」〉，《漢語史研究集刊》，第六輯，P.151-155。

138. 譚　偉，2003，〈《祖堂集》俗別字考論〉，《漢語史研究集刊》，第六輯，P.339-353。

139. 歐陽宜璋，2003，〈「趙州無」的語言符號解讀〉，《普門學報》，第14期，P.1-20。

140. 周碧香，2004，《《祖堂集》句法研究》，（《法藏文庫110）大樹：佛光山文教基金會。

141. 孟豔紅，2004，《《五燈會元》程度副詞研究》，武漢大學碩士論文。

142. 韓維善，2004，《五種禪宗語錄中的虛詞研究》，西北師範大學碩士論文。

143. 林新年，2004，《《祖堂集》動態助詞研究》，廈門大學博士論文。

144. 闞緒良，2004，《《五燈會元》虛詞研究》，浙江大學博士論文。

145. 林新年，2004，〈談《祖堂集》「動1+了+動2」格式中「了」的性

　　　質〉，《古漢語研究》，第1期，P.48-53。

146. 張澤寧，2004，〈《六祖壇經》中助動詞「得、須、可、敢、能」的使用法〉，《廣東廣播電視大學學報》，第1期，P.78-103。

147. 韓維善，2004，〈《祖堂集》詩韻止、蟹二攝考〉，《甘肅廣播電視大學學報》，第2期，P.9-11。

148. 周裕鍇，2004，〈禪籍俗諺管窺〉，《江西社會科學》，第2期，P.42-47。

149. 雷漢卿，2004，〈禪籍俗語詞札記〉，《江西社會科學》，第2期，P.48-52。

150. 陳寶勤，2004，〈《祖堂集》總括副詞研究〉，《學術研究》，第2期，P.135-138。

151. 韓維善，2004，〈《祖堂集》詩韻考〉，《甘肅高師學報》，第3期，P.27-29。

152. 疏志強，2004，〈禪宗修辭中的特殊問答方式〉，《修辭學習》，第3期，P.45-47。

153. 林新年，2004，〈《祖堂集》「著」的語法化等級研究〉，《福建師範大學學報》，第3期，P.133-139。

154. 沈丹蕾，2004，〈《五燈會元》的句尾語氣詞「也」〉，《安徽師範大學學報》，第4期，P.595-599。

155. 蘇俊波，2004，《《碧巖錄》趨向動詞「來」、「去」研究》，華中師範大學碩士論文。

156. 邱湘雲，2004，〈《六祖壇經》及其語言研究考述〉，《問學》，第7期，P.1-27。

157. 周碧香，2004，〈《祖堂集》派生詞研究〉，《第二屆漢文佛典語言學國際學術研討會》，長沙：湖南師範大學佛典語言研究所。

158. 譚　偉，2005，《《祖堂集》文獻語言研究》，成都：巴蜀書社。

159. 汪　允，2005，《《祖堂集》與《景德傳燈錄》詞尾研究》，陝西師範大學碩士論文。

160. 李福唐，2005，《《祖堂集》介詞研究》，上海師範大學碩士論文。

161. 章正忠，2005，《《祖堂集》詞彙研究》，國立臺灣師範大學國文學系在職進修碩士班碩士論文。

162. 梅軼潔，2005，《《祖堂集》數詞的語法研究》，上海師範大學碩士論文。

163. 劉勇，2005，《《古尊宿語錄》疑問句研究》，山東大學碩士論文。

164. 劉海平，2005，《《古尊宿語要》疑問句研究》，湖南師範大學碩士論文。

165. 龐亞飛，2005，《「禪門公案」的語用學研究》，山西大學碩士論文。

166. 盧烈紅，2005，〈禪宗語錄詞義札記〉，《中國典籍與文化》，第1期，P.59-61。

167. 向德珍，2005，〈《祖堂集》與唐五代前佛典特式判斷句比較研究〉，《海南大學學報》，第1期，P.99-108。

168. 劉海平，2005，〈《古尊宿語要》選擇問研究〉，《成都理工大學學學報》，第3期，P.14-18、53。

169. 馮國棟，2005，〈從《景德傳燈錄》看禪宗語言的文學性〉，《中國俗文學研究》，第3期，P.121-131。

170. 任　珊，2005，〈禪宗語言中的會話修辭〉，《淮陽師範學院學報》，第3期，P.376-382。

171. 于　濤，2005，〈《祖堂集》中的祈使語氣詞及其語法化〉，《雲南師範大學學報》，第4期，P.46-48。

172. 劉愛玲，2005，〈禪籍諺語活用現象探析〉，《佳木斯大學社會科學學報》，第5期，P.44-45。

173. 雷漢卿、馬建東，2005，〈禪籍詞語選釋〉，《天水師範學院學報》，第6期，P.71-74。

174. 袁　賓、張秀清，2005，〈禪錄詞語「專甲」與「某專甲」源流考釋〉，《中國語文》，第6期，P.557-560。

175. 蔣宗福，2005，〈敦煌禪宗文獻與語文辭書〉，《漢語史研究集刊》，第七輯，P.125-145。

176. 譚　偉，2005，〈《祖堂集》語詞考釋〉，《漢語史研究集刊》，第七輯，P.296-309。

177. 鐘文伶，2005，〈禪宗語言文字觀之探討——「不立文字」與「不離不棄文字」〉，《問學》，第8期，P.147-164。

178. 雷漢卿，2005，〈禪籍詞語選釋〉，《漢語史研究集刊》，第八輯，P.211-221。

179. 方海燕，2005，〈《祖堂集》的量詞札記〉，《中國語文通訊》，第76期，P.42-45。

180. 林新年，2006，《《祖堂集》動態助詞研究》，上海：三聯書店。

181. 詹緒左，2006，《《祖堂集》詞語研究》，上海師範大學博士論文。

182. 鞠彩萍，2006，《《祖堂集》謂語動詞研究》，上海師範大學博士論文。

183. 王丙山，2006，《《碧巖錄》介詞研究》，山東師大碩士論文。

184. 胡靜書，2006，《《景德傳燈錄》介詞研究》，安徽師大碩士論文。

185. 王遠明，2006，《《五燈會元》量詞研究》，貴州大學碩士論文。

186. 殷　華，2006，《《五燈會元》反覆問句及選擇問句研究》，南京師範大學碩士論文。

187. 葉千綺，2006，《《祖堂集》助動詞研究》，中正大學碩士論文。

188. 葉松華，2006，《《祖堂集》量詞研究》，上海師範大學碩士論文。

189. 齊煥美，2006，《《祖堂集》詞綴研究》，上海師範大學碩士論文。

190. 劉愛玲，2006，《禪籍諺語研究》，南京師大碩士論文。

191. 劉愛玲，2006，〈禪籍諺語的活用〉，《湖北三峽職業技術學院學報》，第1期，P.41-43。

192. 雷漢卿、孫豔，2006，〈禪籍詞語考釋〉，《宗教學研究》，第1期，P.58-62。

193. 于淑健，2006，〈《大正藏》第85卷（敦煌卷）詞語校釋〉，《新疆師範大學學報》，第1期，P.116-119。

194. 溫振興，2006，〈《祖堂集》中的助詞「許」及其相關結構〉，《湛江師範學院學報》，第2期，P.107-110。

195. 林新年，2006，〈《祖堂集》「還（有）……也無」與閩南方言「有無」疑問句式〉，《福建師範大學》，第2期，P.119-124。

196. 任　珊，2006，〈禪語問答的認知語言學觀照——以《景德傳燈錄》為中心〉，《重慶社會科學》，第2期，P.62-68。

197. 劉　青，2006，〈《祖堂集》中「個」的詞性及用法〉，《內蒙古電大學刊》，第3期，P.49-50。

198. 王　群，2006，〈唐宋禪宗文獻「自X」類詞的歷史形成〉，《齊魯學刊》，第3期，P.89-91。

199. 陳年高，2006，〈敦博本《壇經》的動補結構〉，《淮陰師範學院學報》，第3期，P.389-392。

200. 雷漢卿，2006，〈禪籍詞語選釋〉，《語言科學》，第4期，P.102-107。

201. 謝潔瑕，2006，〈《六祖壇經》中的副詞研究〉，《湛江師範學院學報》，第4期，P.115-119。

202. 李福唐，2006，〈《祖堂集》中所見晚唐五代複音介詞〉，《滁州學院學報》，第6期，P.12-14。

203. 范春媛，2006，〈智慧禪語——禪宗典籍諺語語義探析〉，《佛教文史》，第6期，P.56-59。

204. 譚　偉，2006，〈從用典看禪宗語言的複雜性〉，《漢語史研究集刊》，第九輯，P.65-78。

205. 焦繼順、孔令玲，2006，〈禪宗語言觀與語用原則的語言文化解

　　　讀〉，《職業時空》，第21期，P.38。

206. 周碧香，2006，〈《祖堂集》「所」字探析——「所V」詞化蠡
　　　析〉，《語言學探索——竺家寧先生六秩壽慶論文集》，
　　　P.39-52。

207. 田春來，2007，《《祖堂集》介詞研究》，上海師範大學博士論文。

208. 具熙卿，2007，《唐宋五種禪宗語錄助詞研究》，中國文化大學博士
　　　論文。

209. 范春媛，2007，《禪籍諺語研究》，南京師範大學博士論文。

210. 余溢文，2007，《《祖堂集》代詞研究》，上海師範大學碩士論文。

211. 方廣錩，2007，〈《祖堂集》中的「西來意」〉，《世界宗教》，第
　　　1期，P.8-14。

212. 王夢純，2007，〈《六祖壇經》中的「是」字判斷句的考察〉，《語
　　　文教學與研究》，第1期，P.55-57。

213. 邱震強，2007，〈《五燈會元》釋詞二則〉，《中國語文》，第1
　　　期，P.68-71。

214. 鞠彩萍，2007，〈《祖堂集》詞語訓釋〉，《常州工學院學報》，第
　　　1期，P.77-79。

215. 田春來，2007，〈《祖堂集》句末的「次」〉，第1期，P.176-179。

216. 疏志強，2007，〈試析禪宗修辭的非語言形式〉，《湛江師範學院學
　　　報》，第2期，P.36-42。

217. 葉建軍，2007，〈《祖堂集》中的「是」字結構附加問〉，《古漢語
　　　研究》，第2期，P.69-72。

218. 范春媛，2007，〈禪籍俗語語義研究〉，《蘭州學刊》，第2期，
　　　P.204-205。

219. 陳前瑞、張　華，2007，〈從句尾「了」到詞尾「了」——《祖堂
　　　集》、《三朝北盟會編》中「了」用法的發展〉，《語言教學
　　　與研究》，第3期，P.63-71。

220. 齊煥美、裴　蓓，2007，〈《祖堂集》附加式構詞考察〉，《石河子
　　　大學學報》，第3期，P.88-91。

221. 葉建軍，2007，〈《祖堂集》中感嘆句〉，《雲夢學刊》，第5期，
　　　P.139-141。

222. 郭　杰，2007，〈略論近代漢語一組表早晨的時間詞——由《祖
　　　集》中的「侵早」一詞談起〉，《語文學刊》，第12期，
　　　P.113-115。

223. 梁銀峰，2007，〈《祖堂集》中多功能副詞「卻」的綜合研究〉，
　　　《漢語趨向動詞的語法化》，P.175-196。

224. 梁曉虹，2007，〈從日本中世禪辭書中的「俗語」、「熟語」看禪宗的人間性〉，《2007佛學研究論文集——禪宗與人間佛教》，P.449-473。
225. 葉建軍，2008，《《祖堂集》疑問句研究》，上海師範大學博士論文。
226. 郭　杰，2008，《《祖堂集》時間詞語研究》，上海師範大學碩士論文。
227. 宋殿偉，2008，《《祖堂集》方位詞研究》，上海師範大學碩士論文。
228. 周玉妤，2008，《《祖堂集》方位詞研究》，貴州大學碩士論文。
229. 王海霞，2008，《《祖堂集》語氣詞研究》，吉林大學碩士論文。
230. 張瑩瑩，2008，《《祖堂集》動詞研究——謂語動詞的配價研究》，中國人民大學碩士論文。
231. 鄒　仁，2008，《《五燈會元》動態助詞研究》，福建師範大學碩士論文。
232. 何　君，2008，《禪宗語言的修辭研究》，福建大學碩士論文。
233. 詹緒左，2008，〈《祖堂集》詞語札記〉，《安徽師範大學學報》，第1期，P.65-70。
234. 葉建軍，2008，〈《祖堂集》中四種糅合句式〉，《語言研究》，第1期，P.94-99。
235. 公長偉、王　晶，2008，〈禪宗明心見性與語言相對性及其自我超越〉，《陰山學刊》，第2期，P.36-39。
236. 雷冬平、胡麗珍，2008，〈說禪宗語錄中的「格外」〉，《湘潭大學學報》，第2期，P.154-156。
237. 周清艷，2008，〈《五燈會元》中副詞「都」的用法〉，《周口師範學院學報》，第4期，P.40-43。
238. 雷漢卿，2008，〈禪籍「驢胃」「驢胄」「驢肘」辨〉，《宗教學研究》，第4期，P.54-55。
239. 張子開、張　琦，2008，〈禪宗語言的種類〉，《宗教學研究》，第4期，P.56-70。
240. 王景丹，2008，〈禪宗文本的語言學闡釋〉，《雲南社會科學》，第4期，P.137-140。
241. 韓鳳鳴、王　麗，2008，〈語言與般若——禪宗語言哲學透視〉，《河南師範大學學報》，第5期，P.1-6。
242. 葉建軍，2008，〈《祖堂集》中疑問代詞「什摩」的反詰用法〉，《安慶師範學院學報》，第5期，P.112-114。

243. 馬梅玉，2008，〈《六祖壇經》中的兼語式與現代漢語中的兼語式的比較〉，《語文學刊》，第5期，P.142-144。

244. 何繼軍，2008，〈《祖堂集》中「那」的隱指用法〉，《修辭學習》，第6期，P.61-65。

245. 田春來，2008，〈釋唐宋禪錄裡的「只如」〉，《漢語史學報》，第8輯，P.216-225。

246. 劉愛玲，2008，〈淺談禪籍諺語的常規意義變體〉，《黑龍江教育學院學報》，第9期，P.133-135。

247. 楊秀明，2008，〈從《祖堂集》看唐末閩南方言「仔」綴語詞的發展〉，《韻關學院學報》，第11期，P.96-99。

248. 張宜民，2008，〈禪宗語錄的獨特言說方式〉，《現代語文》，第12期，P.9-12。

249. 劉愛玲，2008，〈淺談諺語在禪籍中的作用〉，《中國科教創新導刊》，第28期，P.125。

250. 龍國富，2008，〈試論《祖堂集》前兩卷與後十八卷語言的時代差異〉，《語言論集》，第5輯，P.174-192。

251. 田照軍、蕭　嵐，2008，〈《古尊宿語錄》語詞札記〉，《中國語文通訊》，第83-84期，P.67-72。

252. 周裕鍇，2009，《禪宗語言研究入門》，上海：復旦大學。

253. 王　杰，2009，《《古尊宿語錄》複音詞研究》，貴州大學碩士論文。

254. 惠紅軍，2009，〈俗文化觀照下的禪宗語言〉，《貴州社會科學》，第1期，P.133-136。

255. 雷漢卿，2009，〈語文辭書收詞釋義漏略禪籍新義例釋〉，《合肥師範學院學報》，第2期，P.27-32。

256. 廖顯榮，2009，〈《古尊宿語要》中介詞「以」淺探〉，《語文知識》，第2期，P.85-86。

257. 張　泰，2009，〈《景德傳燈錄》成語研究〉，《西南農業大學學報》，第2期，P.112-116。

258. 殷　偉，2009，〈《五燈會元》中「T，是否？」句式研究〉，《常州工學院學報》，第3期，P.67-70。

259. 何小宛，2009，〈禪錄詞語釋義商補〉，《中國語文》，第3期，P.269-271。

260. 韓鳳鳴，2009，〈真諦與俗諦辯正——禪宗語言觀的真理維度〉，《東疆學刊》，第3期，P.79-83。

261. 張鵬麗，2009，〈禪宗語錄語言研究述略〉，《南京理工大學學

報》，第4期，P.59-62

262. 惠紅軍，2009，〈《五燈會元》中的處置式〉，《貴州民族學院學報》，第4期，P.93-95。

263. 張鵬麗，2009，〈唐宋禪宗語錄特殊選擇疑問句考察〉，《南京師範大學文學院學報》，第3期，P.174-179。

264. 范春媛，2009，〈禪籍諺語之妙用〉，《江西社會科學》，第4期，P.249-250。

265. 何繼軍，2009，〈《祖堂集》「這（者）＋連帶成分」之考察〉，《合肥師範學院學報》，第5期，P.28-31。

266. 姚紅衛，2009，〈《六祖壇經》句式運用探究〉，《惠州學院學報》，第5期，P.79-83。

267. 何繼軍，2009，〈《祖堂集》疑問代詞「什摩」作定語的語義功能探析〉，《寧夏大學學報》，第6期，P.23-27。

268. 胡靜書，2009，〈《景德傳燈錄》中介詞「向」的多功能現象〉，《語文學刊》，第7期，P.53-54。

269. 鞠彩萍，2009，〈禪籍詞語「漏逗」考〉，《語文學刊》，第8期，P.48-49。

270. 孔慶友，2009，〈禪宗語言的語義三角理論闡釋〉，《現代語文》，第12期，P.55-56。

271. 梁銀峰，2009，〈《祖堂集》中的語氣詞「摩」及相關問題〉，《漢語史研究集刊》，第12輯，P.139-156。

272. 謝　蓓，2009，〈《祖堂集》形容詞同義連用現象考察〉，《科技資訊》，第29期，P.225、227。

273. 周碧香，2009，〈從《祖堂集》談佛典詞彙的漢化〉，《漢譯佛典語法研究國際學術研討會暨第四屆漢文佛典語言學國際學術研討會論文彙編》，P.284-303，寧波：香山教寺。

274. 周碧香，2009，〈《祖堂集》指人名詞的複數詞彙探析——從「眾」說起〉，《第四屆漢語史研討會暨第七屆中古漢語國際學術研討會》，P.511-523，北京：北京語言大學。

275. 葉建軍，2010，《《祖堂集》疑問句研究》，北京：中華書局。

276. 雷漢卿，2010，《禪籍方俗詞研究》，成都：巴蜀書社。

277. 徐　琳、魏艷伶、袁莉容，2010，《《祖堂集》佛教稱謂詞語研究》，成都：四川大學出版社。

278. 曹廣順、梁銀峰、龍國富，2010，《《祖堂集》語法研究》，開封：河南大學出版社。

279. 袁賓、康　健，2010，《禪宗大詞典》，武漢：崇文書局。

280. 王閏吉，2010，《《祖堂集》語言問題研究》，上海師範大學博士論文。

281. 龔　峰，2010，《《五燈會元》祈使句研究》，蘇州大學碩士論文。

282. 周菲菲，2010，《禪的語言觀——整合語言學提供的新視角》，華東師範大學碩士論文。

283. 劉孟洋，2010，《《祖堂集》動結式述補結構研究》，遼寧師範大學碩士論文。

284. 余　梅，2010，《《壇經》偏正結構研究》，西南大學碩士論文。

285. 張鵬麗、陳明富，2010，〈《六度集經》與《六祖壇經》判斷句比較研究〉，《寧夏大學學報》，第1期，P.22-27。

286. 葉建軍，2010，〈《祖堂集》中的是非反詰問句〉，《寧夏大學學報》，第1期，P.32-36。

287. 梁銀峰，2010，〈《祖堂集》的語氣副詞系統〉，《寧夏大學學報》，第1期，P.37-41。

288. 張　文，2010，〈《祖堂集》有定無定表達手段考察〉，《北京廣播電視大學學報》，第1期，P.48-52。

289. 梁銀峰，2010，〈《祖堂集》的時間副詞系統〉，《長江學術》，第1期，P.78-87。

290. 任　珊，2010，〈禪語會話的認知隱喻解讀〉，《商丘職業技術學院學報》，第1期，P.85-86。

291. 林　玲，2010，〈《祖堂集》新詞研究與辭書編纂(一)〉，《成都大學學報》，第1期，P.95-99。

292. 何繼軍，2010，〈《祖堂集》「有」起首的「有NP＋VP」句研究〉，《安徽大學學報》，第2期，P.91-96。

293. 丁治民，2010，〈《古尊宿語錄》偈頌用韻考〉，《古漢語研究》，第3期，P.2-7。

294. 何繼軍，2010，〈《祖堂集》「底」字關係從句初探〉，《寧夏大學學報》，第3期，P.33-38。

295. 鞠彩萍，2010，〈《祖堂集》虛詞「因」的特殊用法〉，《語文研究》，第3期，P.53-56。

296. 葉建軍，2010，〈《祖堂集》中複句式疑問句〉，《北方論叢》，第3期，P.56-59。

297. 鞠彩萍、朱文夫，2010，〈試析《祖堂集》中用於主謂之間的「而」〉，《天中學刊》，第3期，P.99-102。

298. 葉建軍，2010，〈《祖堂集》疑問句句末語氣詞〉，《聊城大學學報》，第3期，P.123-126。

299. 王樹海、劉春明，2010，〈佛禪語言詩化考辨〉，《吉林大學社會科學學報》，第4期，P.44-51。

300. 鞠彩萍，2010，〈禪宗語錄中的同義成語〉，《常州工學院學報》，第4期，P.57-61。

301. 李小榮，2010，〈論禪宗語錄之「弄醜」〉，《福州大學學報》，第4期，P.79-85。

302. 林　玲，2010，〈《祖堂集》新詞研究與辭書編纂(二)〉，《成都大學學報》，第4期，P.104-108。

303. 杜　軼，2010，〈試論《祖堂集》中「V得VP」結構的句法性質〉，《漢語史學報》，第5期，P.207-217。

304. 張鑫鵬、康健，2010，〈《祖堂集》「索」義集釋〉，《安康學院學報》，第6期，P.39-40、47。

305. 王遠明，2010，〈《五燈會元》量詞的語義特徵〉，《現代語文》，第6期，P.62-64。

306. 王遠明，2010，〈《五燈會元》名量詞句法功能考察〉，《語法文刊》，第8期，P.104-106。

307. 葉建軍，2010，〈《祖堂集》中的糅合式疑問句〉，《安慶師範學院學報》，第8期，P.111-114。

308. 葉建軍，2010，〈《祖堂集》詢問句的語用功能〉，《長春大學學報》，第9期，P.38-41。

309. 曹小云，2010，〈《禪苑清規》釋詞〉，《漢語史學報》，第9輯，P.207-211。

310. 康　健，2010，〈《祖堂集》中的「豈不是」〉，《西南民族大學》，第11期，P.222-225。

311. 范春媛，2010，〈語言的空間性表達——淺談禪籍諺語的使用修辭〉，《作家雜誌》，第12期，P.164-165。

312. 張鵬麗、陳明富，2010，〈唐宋禪宗語錄特殊特指疑問句考察〉，《漢語史研究集刊》，第13輯，P.1-13。

313. 溫振興，2010，〈唐宋禪籍中的呵斥嘆詞「咄」〉，《漢語史研究集刊》，第13輯，P.203-213。

314. 劉孟洋，2010，〈《古尊宿語錄》中的幾個助詞〉，《考試周刊》，第14期，P.34-35。

315. 周碧香，2010，〈《祖堂集》聯綿詞探析〉，《普門學報》，第59期，P.33-56。

316. 周碧香，2010，〈《傳心法要》多重構詞探究〉，第五屆漢文佛典語言國際學術研討會，武漢：華中科技大學中國語言文學，

　　　　2010.10.29-11.1。

317. 鞠彩萍，2011，《《祖堂集》動詞研究》，北京：中國社會科學出版社。

318. 張慶冰，2011，《《祖堂集》完成體動詞辨析》，山東大學博士論文。

319. 薛春華，2011，《禪宗語錄熟語研究》，上海師範大學碩士論文。

320. 黃新強，2011，《《祖堂集》與《景德傳燈錄》連詞比較研究》，溫州大學碩士論文。

321. 李得成，2011，《《祖堂集》副詞系統研究》，西北師範大學碩士論文。

322. 張舒翼，2011《敦煌本《六祖壇經》連詞研究》，河南大學碩士論文。

323. 馬　希，2011，《《祖堂集》比較句研究》，黑龍江大學碩士論文。

324. 曲曉春，2011，《《臨濟錄》疑問句研究》，曲阜師範大學碩士論文。

325. 張　穎，2011，《《世說新語》與《祖堂集》中讓步連詞的比較研究》，湖北大學碩士論文。

326. 孔慶友，2011，《禪宗語境研究》，曲阜師範大學碩士論文。

327. 具熙卿，2011，〈唐宋代禪宗語錄中「卻」的分析──以《祖堂集》、《景德傳燈錄》、《五燈會元》為例〉，《漢文佛典語言學》，臺北：法鼓文化出版社，P.231-252。

328. 周碧香，2011，〈五代禪籍「V諸」的詞彙化──從古漢語「諸」說起〉，《漢文佛典語言學》，臺北：法鼓文化出版社，P.253-284。

329. 王錦慧，2011，〈魏晉南北朝至宋代「動＋將＋趨」結構研究──以漢文佛典作考察〉，《漢文佛典語言學》，臺北：法鼓文化出版社，P.143-177。

330. 黃新強，2011，〈《祖堂集》與《景德傳燈錄》選擇連詞比較〉，《阜陽師範學院學報》，第1期，P.47-49。

331. 范春媛，2011，〈禪宗人稱稱謂「××漢」考察〉，《寧夏大學學報》，第1期，P.66-69。

332. 張鑫鵬，2011，〈《祖堂集》成語探析〉，《長春工程學院學報》，第1期，P.99-101。

333. 洪瀟瀟，2011，〈略論禪宗的語言運作機制──以趙州禪中心〉，《揚州大學學報》，第1期，P.113-116。

334. 何繼軍，2011，〈《祖堂集》「這（者）」「那」的指示功能及其化

軌迹〉，《語文研究》，第2期，P.55-60。

335. 何繼軍，2011，〈《祖堂集》「其+N/NP」格式中「其」的功能及流變〉，《古漢語研究》，第2期，P.69-76。

336. 徐　琳，2011〈禪籍俗語語義探析〉，《晉陽學刊》，第2期，P.142-143。

337. 張　麗，2011，〈《祖堂集》中兩組倒序詞的梳理〉，《文教資料》，第3期，P.13-15。

338. 康　健，2011，〈禪錄代詞隱指用法探析〉，《寧夏大學學報》，第3期，P.23-27。

339. 周裕鍇，2011，〈拴索‧傀儡‧鎖骨——關於一個獨特詞彙的宗教寓意的考察〉，《宗教學研究》，第3期，P.74-79。

340. 張鵬麗，2011，〈唐宋禪宗語錄中疑問詞語「何」「云何」「如何」發展演變〉，《西華師大學報》，第3期，P.36-41。

341. 祁從舵，2011，〈《祖堂集》中「有+人名+VP」構式的功能特徵與歷史演變〉，《語文研究》，第3期，P.43-46。

342. 雷漢卿，2011，〈試論禪籍方俗詞的甄別——兼論漢語方俗詞的甄別〉，《古漢語研究》，第3期，P.52-62。

343. 盧烈紅，2011，〈禪宗語錄中帶語氣副詞的測度問句〉，《長江學術》，第3期，P.95-101、120。

344. 祁從舵，2011，〈《祖堂集》中「且置」式問句的歷史形成及其動因〉，《深圳大學學報》，第3期，P.108-111。

345. 溫振興，2011，〈《祖堂集》俗語彙例釋〉，《中國禪學》，第5卷，P.1-9。

346. 李艷琴，2011，〈從《祖堂集》看「叉手」一詞的確義及其他〉，《寧夏大學學報》，第5期，P.7-11。

347. 徐　琳，2011，〈點石成金：禪宗語言的風格與智慧〉，《中國宗教文化》，第5期，P.54-56。

348. 王閏吉，2011，〈《禪錄詞語釋義商補》商補〉，《中國語文》，第5期，P.472-475。

349. 雷漢卿，2011，〈試論禪宗語言比較研究的價值——以詞彙研究為例〉，《語言科學》，第5期，P.551-560。

350. 張秀清，2011，〈《祖堂集》「且」類關聯副詞使用初探〉，《語文學刊》，第6期，P.57-58。

351. 王閏吉、張繼娥，2011，〈《祖堂集》人名的簡稱〉，《麗水學院學報》，第6期，P.78-81。

352. 徐　琳，2011，〈唐宋禪籍俗語中的民俗文化蘊含〉，《文化學

刊》，第6期，P.100-105。

353. 嚴寶剛，2011，〈從《祖堂集》看唐五代時期的名詞化標記「底」〉，《西南農業大學學報》，第8期，P.163-165。

354. 康　健，2011，〈關於禪宗文獻語言詞典的幾點認識〉，《編輯》，第10期，P.78-80。

355. 任鵬波，2011，〈《古尊宿語錄》點校辯證及詞語考釋數則〉，《重慶科技學院學報》，第22期，P.92-93。

356. 田春來，2012，《《祖堂集》介詞研究》，北京：中華書局。

357. 祈從舵，2012，《《祖堂集》框架句研究》，上海師範大學博士論文。

358. 楊潔，2012，《《五燈會元》祈使句研究》，河南師範大學碩士論文。

359. 符筱筠，2012，《《景德傳燈錄》中「來」、「去」二詞研究》，雲南大學碩士論文。

360. 任鵬波，2012，《《古尊宿語錄》副詞研究》，湖南師範大學碩士論文。

361. 李麗婷，2012，《《景德傳燈錄》疑問句研究》，四川師範大學碩士論文。

362. 周碧香，2012，〈從《碧巖錄》看禪宗語錄的雅俗交融〉，《第九屆通俗文學與雅正文學——「話語的流動」國際學術研討會》，P.71-86，臺中：中興大學。

363. 周碧香，2012，〈從晚唐五代禪籍探究漢語詞彙的類化現象〉，《佛教文獻研究暨第六屆佛經語言學國際學術研討會》，P.67-77，韓國忠州大學校東亞研究所。

364. 周碧香，2012，〈從《臨濟錄》談早期禪宗語錄的詞彙特點〉，2012文化語言教學國際學術研討會，臺中：臺中科技大學。

365. 雷漢卿，2012，〈禪籍俗成語淺論〉，《語文研究》，第1期，P.40-45。

366. 張鵬麗，2012，〈唐宋禪宗語錄疑問語氣詞「麼（摩）」考察〉，《漢字文化》，第1期，P.49-52。

367. 張鵬麗，2012，〈唐宋禪宗語錄「VP-Neg-VP」式正反疑問句研究〉，《泰山學院學報》，第1期，P.88-92。

368. 惠紅軍，2012，〈《古尊宿語錄》量詞句法功能的語法等級〉，《貴州民族學院學報》，第1期，P.104-110。

369. 鞠彩萍，2012，〈釋禪籍詞語「絡索」、「（隨）摟摟」〉，《漢字文化》，第2期，P.31-35。

370. 鞠彩萍，2012，〈淺談禪宗稱謂中的借稱〉，《法音》，第2期，P.36-41。

371. 張鵬麗，2012，〈唐宋禪宗語錄新生疑問詞語考察〉，《西華大學學報》，第2期，P.47-52。

372. 鞠彩萍，2012，〈禪宗語錄「（××）漢」稱呼語的語義語用分析——兼論「漢」的歷史來源及情感傾向〉，《常州工學院學報》，第2期，P.63-69。

373. 袁衛華，2012，〈《五燈會元》中帶語氣副詞的測度問句〉，《合肥師範學院學報》，第2期，P.18-22。

374. 方吉萍，2012，〈《五燈會元》中「相似」比擬句式〉，《齊齊哈爾大學學報》，第2期，P.128-131。

375. 鞠彩萍，2012，〈試述禪宗史書《祖堂集》複音詞對大型辭書的補充〉，《法音》，第3期，P.29-37。

376. 黃冬麗，2012，〈《五燈會元》中的歇後語〉，《天水師範學院學報》，第3期，P.105-108。

377. 康　健，2012，〈《祖堂集》中的「VP一切了」及其歷時演變〉，《西南交通大學學報》，第4期，P.8-14。

378. 譚世寶，2012，〈略論唐至遼宋禪宗對悉曇文字及漢語言文字研究之貢獻〉，《宗教研究》，第4期，P.106-113。

379. 王閏吉，2012，〈《祖堂集》語法問題考辨數則〉，《語言科學》，第4期，P.432-435。

380. 康　健，2012〈《祖堂集》副詞用法及特點探析〉，《西華師範大學學報》，第5期，P.98-104。

381. 馬丹丹，2012，〈《祖堂集》類化俗字之探析〉，《赤峰學院學報》，第6期，P.119-121。

382. 陳文潔，2012，〈敦煌本《壇經》介詞「於」的分類考察〉，《文教資料》，11月號，P.151-155。

383. 譚　偉，2012，〈從《寶林傳》到《傳法正宗記》看禪宗語言的世俗化〉，《漢語史研究集刊》，第15輯，P.371-381。

384. 周金萍，2012，〈《五燈會元》中「生」字的義項、用法和功能〉，《文教資料》，第27期，P.114-115。

385. 梁　濱，2013，《《祖堂集》連動結構研究》，浙江師範大學碩士論文。

386. 苗　瑋，2013，《《祖堂集》與《五代史平話》詞綴比較研究》，浙江財經學院碩士論文。

387. 柴　淼，2013，《《祖堂集》動詞研究——以配價理論為說明方法》，

黑龍江大學碩士論文。

388. 陳保忠，2013，《《景德傳燈錄》代詞研究——以配價理論為説明方法》，西南大學碩士論文。

389. 沈氏雪娥，2013，〈禪籍方俗詞三題〉，《欽州學院學報》，第1期，P.33-37。

390. 黃冬麗，2013，〈《五燈會元》俗諺例釋〉，《天水師範學院學報》，第1期，P.119-123。

391. 胡　蝶、康健，2013，〈《祖堂集》中的比較句及其特點〉，《寧夏社會科學》，第1期，P.123-127。

392. 王閏吉，2013，〈唐宋禪錄疑難語詞考釋四則〉，《語言研究》，第3期，P.12-14。

393. 柴　淼，2013，〈對近代漢語行爲動詞雙音節化特點的分析——以《祖堂集》中的「償」、「犯」爲例〉，《齊齊哈爾大學學報》，第3期，P.118-120。

394. 胡雪兒，2013，〈《祖堂集》之〈石霜和尚〉語詞考釋〉，《語文學刊》，第4期，P.80、84。

395. 柴　淼，2013，〈對《祖堂集》中心理動詞特點的分析〉，《理論界》，第4期，P.162-164。

396. 常海星，2013，〈《五燈會元》「因」字研究〉，《現代語文》，第6期，P.59-60。

397. 溫　靜，2013，〈《祖堂集》的「阿」、「子」、「生」詞綴在閩語中的保留〉，《銅仁學院學報》，第6期，P.72-75。

398. 康　健，2013，〈唐宋禪錄中的「則（即）不可（無）」特色句式〉，《西華師範大學學報》，第6期，P.86-87、85。

399. 姚　奇，2013，〈漢語「將」字句的語法化研究——以《古尊宿語錄》中的「將」字句為例〉，《青春歲月》，第6期，P.86-87、85。

400. 李艷琴，2013，〈禪籍衙門俗語宗門義管窺〉，《宜春學院學報》，第8期，P.50-52、159。

401. 周碧香，2013，〈從晚唐五代禪籍探究漢語詞彙的類化現象〉，《東亞文獻研究》，第11期，P.87-104。

402. 傅源洲，2013，〈淺析《景德傳燈錄》中的「著」字〉，《學術交流》，11月，P.48-49、47。

403. 王閏吉，2013，〈「獦獠」的詞義及其宗教學意義〉，《漢語史學報》，第13輯，P.257-268。

404. 李全星、劉愛俠，2013，〈《祖堂集》中的處置式〉，《魅力中

國》，第15期，P42-43。

405. 周北南，2013，〈《祖堂集》方位詞「前」語法特徵〉，《漢語史研究集刊》，第16輯，P.237-248。

406. 李　旭，2013，〈禪錄詞語釋箚記〉，《漢語史研究集刊》，第16輯，P.329-339。

407. 熊作余，2013，〈《祖堂集》詞語重疊形式研究〉，《青年文學家》，第32期，P.143。

408. 呂　佩，2014，《《六祖壇經》複音節複合詞義構詞法研究》，山西師範大學碩士論文。

409. 潘玉英，2014，《《祖堂集》俗字研究》，寧波大學碩士論文。

410. 張　雙，2014，《禪宗會話中隱喻現象的語用學研究——以《景德傳燈錄》為例》，廣東外語外貿大學碩士論文。

411. 尹淳一，2014，《《祖堂集》情態動詞及其語法化研究》，復旦大學博士論文。

412. 周碧香，2014，〈《祖堂集》音譯詞及相關詞彙探析〉，《漢譯佛典語言學研究》，北京：語文出版社，P.312-334。

413. 周碧香，2014，〈禪宗典籍「表示」語義場研究〉，《第八屆佛經語言學國際學術研討會論文集》，P.415-430，南京：南京師範大學文學，2014.11.1-3。

414. 李　旭，2014，〈《五燈會元》詞語札記〉，《寧夏大學學報》，第1期，P.29-31、86。

415. 聶娟娟，2014，〈《景德傳燈錄》相對疑問詞考察〉，《美與時代》，第1期，P.113-115。

416. 聶娟娟，2014，〈《景德傳燈錄》中問人的疑問代詞研究〉，《藝術科技》，第1期，P.177、150。

417. 聶娟娟，2014，〈《五燈會元》「作麼」類疑問代詞研究〉，《藝術科技》，第1期，P.178、180。

418. 王籽鄘，2014，〈《古尊宿語錄》複合方位詞研究〉，《赤子》，1期，P.212、214。

419. 聶娟娟、王琳，2014，〈禪宗典籍及近代漢語中疑問代詞的研究綜述〉，《美與時代》，第2期，P.106-108。

420. 鞠彩萍，2014，〈釋禪籍稱謂「杜拗子」、「勤巴子」、「梢郎子」〉，《寧夏大學學報》，第3期，P.29-31、36。

421. 李全星，2014，〈《祖堂集》中的「把」字〉，《語文學刊》，第3期，P.35-36、41。

422. 王籽鄘，2014，〈《古尊宿語錄》，中方位詞「前、後」的語義認知

分析〉，《四川文理學院學報》，第3期，P.104-107。

423. 雷漢卿、王長林2014〈禪錄方俗詞解詁〉，《閩江學刊》，第4期，P.88-93。

424. 張　霽，2014，〈從《祖堂集》動詞作定語結構特點談標記「之」的隱現條件〉，《黔南民族師範學院學報》，第4期，P.30-33。

425. 陳家春，2014，〈禪籍詞語兼位現象例釋〉，《安徽理工大學學報》，第4期，P.71-76。

426. 鞠彩萍，2014，〈唐宋禪籍詈稱的深層文化折射研究〉，《河南社會科學》，第5期，P.105-109。

427. 楊雅娟、高霞、張麗波，2014，〈從《五燈會元》到《醒世姻緣傳》把字句的歷史演變〉，《長江大學學報》，第5期，P.66-68。

428. 王籽鄘，2014，〈《古尊宿語錄》中方位詞「上」的用法分析〉，《大眾文藝》，第5期，P.207-208。

429. 李艷琴、徐譜悅，2014，〈禪籍賭博貨貿俗語宗門舉隅〉，《宜春學院學報》，第7期，P.6-8、20。

430. 〔日〕衣川賢次，2014，〈《祖堂集》的基礎方言〉，《新國學》，第10卷，P.1-56。

431. 李蓓蓓，2014，〈《祖堂集》中的「即」和「則」〉，《現代語文》，第10期，P.40-42。

432. 鞠彩萍，2014，〈禪籍詈稱的語義類別及語用效力〉，《求索》，第10期，P.142-146。

433. 何小宛，2014，〈禪籍諺語的語言特性〉，《現代語文》，第11期，P.33-36。

434. 龔元華、曾　良，2014，〈禪籍文獻詞語考釋舉例〉，《語言研究集刊》，第12輯，P.270-276。

435. 王　華，2014，〈《祖堂集》疑問句句末語氣詞考察——兼談「不」、「否」、「無」等詞的界定〉，《學術交流》，第12期，P.163-167。

436. 詹緒左，2014，〈禪籍疑難詞語考（上）〉，《漢語史研究集刊》，第17輯，P.211-226。

437. 雷漢卿、王長林，2014，〈禪宗文獻詞語釋義商榷——兼談禪宗文獻詞義考釋方法〉，《漢語史研究集刊》，第17輯，P.227-248。

438. 王　勇，2014，〈禪籍方俗詞溯源〉，《漢語史研究集刊》，第17輯，P.249-262。

439. 詹緒左，2014，〈禪籍疑難詞語考（下）〉，《漢語史研究集刊》，

第18期，P.301-321。

440. 莫璧嘉，2015，《《祖堂集》形容詞的結構、功能與演變研究》，廣西大學碩士論文。

441. 朱婧怡，2015，《《景德傳燈錄》副詞研究》，東北師範大學碩士論文。

442. 周碧香，2015，〈脫卻神祕更清晰──談談禪宗典籍「X示」、「示X」詞語〉，《語言之旅──竺家寧先生七秩壽慶論文集》，P.350-368，臺北：五南圖書出版股份有限公司。

443. 莫照發，2015，〈禪宗公案中的語言藝術──以《壇經》為例〉，《青春歲月》，第1期，P.10-14。

444. 王長林，2015，〈禪語「君子可八」釋義商兌〉，《語言研究》，第1期，P.99-100。

445. 鞠彩萍，2015，〈禪錄詞語選釋四則〉，《古籍研究》，第1期，P.278-285。

446. 張鵬麗，2015，〈《碧巖錄》五類結構複音詞研究〉，《漢字文化》，第2期，P.29-35。

447. 邱震強，2015，〈《五燈會元》前五卷句子訓詁〉，《湘南學院學報》，第1期，P.36-41。

448. 鞠彩萍，2015，〈禪錄俗語詞「風後先生」解讀〉，《勵耘語言學刊》，第2期，P.67-79。

449. 秦　越，2015，〈禪宗語言「雙重意義」修辭分析〉，《唐山學院學報》，第2期，P.84-91。

450. 鞠彩萍，2015，〈禪錄俗語詞「央庫」、「丁一卓二」考〉，《天中學刊》，第2期，P.106-109。

451. 王　華，2015，〈《祖堂集》的語氣詞系統〉，《哈爾濱師範大學學報》，第3期，P.82-86。

452. 鞠彩萍，2015，〈禪籍方所詞語無標記轉指稱謂現象考察〉，《常熟理工學院學報》，第3期，P.87-91。

453. 任連明、孫祥愉，2015，〈禪籍俗諺修辭運用探析〉，《賀州學院學報》，第4期，P.48-53。

454. 任連明、孫祥愉，2015，〈論禪籍文獻在辭書編撰中的重要價值〉，《遼東學院學報》，第6期，P.55-60。

455. 邱震強，2015，〈佛學視角下的《五燈會元》詞語訓詁舉隅〉，《重慶郵電大學學學報》，第5期，P.140-144。

456. 李海峰，2015，〈近代漢語結構助詞「底」的發展演變──以敦煌變文和《祖堂集》爲例〉，《金田》，第6期，P.279。

457. 王若玉，2015，〈《祖堂集》中成語探析〉，《語文學刊》，第7期，P.55-56、87。

458. 張鵬麗，2015，〈《碧巖錄》宋代多音節複音詞例釋〉，《現代語文》，第9期，P.49-52。

459. 康　健，2015，〈唐宋禪錄中的「是即/則是」句式〉，《漢語史研究集刊》，第19輯，P.142-162。

460. 王長林，2015，〈禪宗文獻語詞析疑〉，《漢語史研究集刊》，第19輯，P.213-224。

461. 儲泰松、詹緒左，2015，〈《五燈會元》「車」字考〉，《漢語史研究集刊》，第20輯，P.286-304。

462. 盧烈紅，2015，〈禪宗語錄中轉移話題式複句的發展〉，《第九屆漢文佛典語言學國際學術研討會暨第三屆佛音義國際學術研討》，P.247-257，日本札幌：北海道大學。

463. 周碧香，2015，〈從《祖堂集》談「个」的語法化與詞彙化——兼論與「底（地）的關係」〉，《第九屆漢文佛典語言學國際學術研討會暨第三屆佛音義國際學術研討》，P.371-390，日本札幌：北海道大學。

464. 胡斌彬，2016，〈《祖堂集》時間構成式「VP（之）次」及其興衰——基於「VP（之）次」與「VP（之）時」的比較〉，《西華大學學報》，第2期，P.32-37、66。

465. 李　彬，2016，〈《葛藤語箋》詞典學價值管窺——以《禪宗大詞典》為參照對象〉，《宜賓學院學報》，第2期，P.112-117。

466. 向德珍、李磊，2016，〈禪宗文獻中以「（即/則）是」收尾的選擇問和特指問句〉，《寧夏大學學報》，第4期，P.8-11。

467. 李艷琴，2016，〈禪宗文獻飲食類詞語宗門義管窺〉，《宜春學院學報》，第10期，P.16-19。

468. 高婉瑜，2016，〈論禪籍表時間的「次」〉，《語言研究集刊》，第16輯，P.205-217。

469. 高婉瑜，2016，〈試論禪宗語言的理據性——以玄沙師備的說法為例〉，《東亞文獻研究》，第17期，P.125-139。

470. 周碧香，2016，〈說流不流——談禪宗典籍的～流〉，《東亞文獻研究》，第17期，P.141-156。

471. 汪維輝，2016，〈有關《臨濟錄》語言的幾個問題〉，《漢語史研究集刊》，第21輯，P.225-256。

472. 譚偉，2016，〈禪宗語言在傳播中的異變〉，《漢語史研究集刊》，第21輯，P.273-288。

473. 高婉瑜，2016，〈《祖堂集》的勘驗詞〉，《第十屆漢文佛典語言學國際學術研討會》，P.48-59，北京：中國人民大學文學院。

474. 李　彬，2016，〈《祖堂集》中「厶」字來源再議〉，《第十屆漢文佛典語言學國際學術研討會》，P.96-100，北京：中國人民大學文學院。

475. 盧烈紅，2016，〈禪宗語錄中「只這（个）是」類強調式判斷句的發展及相關問題〉，《第十屆漢文佛典語言學國際學術研討會》，P.293-302，北京：中國人民大學文學院。

476. 周碧香，2016，〈撮鹽於水——從「萬劫不復」探究詞彙融合與發展〉，《第十屆漢文佛典語言學國際學術研討會》，P.602-620，北京：中國人民大學文學院。

477. 周碧香，2016，〈風簷展書讀——禪典「火裡蝍蟟」與《蘄春語》〉，《紀念黃侃先生誕辰一百三十週年國際學術研討會》，P.466-477，湖北：武漢大學文學院。

Note

Note

Note

國家圖書館出版品預行編目資料

《雲門廣錄》詞彙探析／周碧香著. ——初
版. ——臺北市：五南, 2017.11
　面；　公分
ISBN 978-957-11-9259-8（平裝）

1.漢語　2.詞彙　3.禪宗　4.佛教說法

802.18　　　　　　　　106010960

1XBW　五南當代學術叢刊 30

《雲門廣錄》詞彙探析

作　　者 — 周碧香

發 行 人 — 楊榮川

總 經 理 — 楊士清

副總編輯 — 黃惠娟

責任編輯 — 蔡佳伶　簡妙如

封面設計 — 姚孝慈　謝瑩君

出 版 者 — 五南圖書出版股份有限公司

地　　址：106台北市大安區和平東路二段339號4樓

電　　話：(02)2705-5066　　傳　　真：(02)2706-6100

網　　址：http://www.wunan.com.tw

電子郵件：wunan@wunan.com.tw

劃撥帳號：01068953

戶　　名：五南圖書出版股份有限公司

法律顧問　林勝安律師事務所　林勝安律師

出版日期　2017年11月初版一刷

定　　價　新臺幣480元